TERAPIA

TERAPIA

Sebastian Fitzek

TRADUÇÃO: RENATO MARQUES

Diretor-presidente:
Jorge Yunes
Publisher:
Claudio Varela
Editora:
Ivânia Valim
Bárbara Reis
Editorial:
Fernando Gregório
Juliana Yoshida
Lui Navarro
Maria Beatriz Avanso
Tamires Mazzo Cid
Vitória Galindo
Suporte editorial:
Nádila Sousa
William Sousa
Marketing:
Renata Bueno
Daniel Moraes
Bruna Borges
Vitória Costa
Direitos autorais:
Leila Andrade
Coordenadora comercial:
Vivian Pessoa

Die Therapie
© 2006 by Verlagsgruppe Droemer Knaur GmbH & Co. KG, Munich, Germany
© 2025, Companhia Editora Nacional

Todos os direitos reservados. Nenhuma parte desta obra pode ser reproduzida ou transmitida por qualquer forma ou meio eletrônico, inclusive fotocópia, gravação ou sistema de armazenagem e recuperação de informação sem o prévio e expresso consentimento da editora.

1ª edição — São Paulo
Tradução:
Renato Marques
Preparação de texto:
Marina Montrezol
Revisão:
Luiza Cordiviola
Gleice Couto
Design de capa:
Karina Pamplona
Projeto gráfico e diagramação:
Karina Pamplona
Amanda Tupiná
Imagens da capa:
Shutterstock

DADOS INTERNACIONAIS DE CATALOGAÇÃO NA
PUBLICAÇÃO (CIP) DE ACORDO COM ISBD

F552t	Fitzek, Sebastian
	Terapia / Sebastian Fitzek ; traduzido por Renato Marques. - São Paulo : Editora Nacional, 2025. 272 p. : 16cm x 23cm.
	Tradução de: Therapy ISBN: 978-65-5881-228-9
	1. Literatura alemã. 2. Ficção. 3. Suspense. I. Marques, Renato. II. Título.
2024-2552	CDD 833 CDU 821.112.2-3

Elaborado por Vagner Rodolfo da Silva - CRB-8/9410

Índice para catálogo sistemático:
1. Literatura americana 810
2. Literatura americana 821.111(73)

Rua Gomes de Carvalho, 1306 - 11º andar - Vila Olímpia
São Paulo - SP - 04547-005 - Brasil - Tel.: (11) 2799-7799
editoranacional.com.br - atendimento@grupoibep.com.br

Para Tanja Howarth

Prólogo

Assim que o tique-taque do relógio bateu meia hora, ele soube que nunca mais veria a filha. Josephine abriu a porta, virou-se para olhar de relance para ele e entrou de mansinho no consultório do velho médico. Aos doze anos, sua filhinha querida partiu para sempre. Ele soube disso com uma absoluta e terrível certeza. Nunca mais veria os sorrisos dela quando a pegasse no colo e a carregasse para a cama; nunca mais esperaria a menina cair no sono para poder desligar o abajur da mesinha de cabeceira; nunca mais acordaria no meio da noite, sacudido de seus sonhos pelos gritos agonizantes dela.

A constatação foi em igual medida devastadora e súbita, atingindo-o com a mesma força de uma colisão frontal com uma carreta em alta velocidade.

Viktor Larenz se pôs de pé, desajeitado; mas suas pernas, alertando-o de que não deveria confiar no precário apoio que eram capazes de proporcionar, pareciam agarradas ao assento da poltrona. Ele imaginou seus joelhos se dobrando, viu a si mesmo desmoronando no surrado piso de madeira, caído de bruços na sala de espera, espremido entre a dona de casa rechonchuda com psoríase e a mesa de centro atulhada de pilhas de revistas antigas. Ele sentiu vontade de desmaiar, mas até mesmo essa ínfima misericórdia lhe foi negada. Sua mente ainda estava alerta.

> Os pacientes serão atendidos de acordo com a GRAVIDADE do quadro, NÃO por ordem de chegada.

Ele fitou a porta forrada de couro, as letras da placa nadando diante de seus olhos.

O dr. Grohlke, especialista em alergias, era amigo da família e o 22º médico da lista de Viktor. Até então, 21 médicos diferentes não tinham conseguido descobrir coisa alguma sobre o padecimento de Josy. A causa de sua doença deixara todos perplexos.

O primeiro, um médico de emergência, havia sido chamado às pressas no dia 26 de dezembro, exatamente onze meses antes, ao casarão da família em Schwanenwerder. Josephine vomitou e teve diarreia à noite inteira. A princípio, presumiram que se tratasse de uma dor de barriga, uma indigestão causada pela fondue de três queijos natalina, mas por fim sua esposa, Isabell, ligou para o convênio de saúde particular enquanto Viktor carregava a filha, vestida em sua leve camisola de cambraia, para o salão. Ele ainda se lembrava de como os braços dela pareciam frágeis, um deles enganchado em seu pescoço, abraçando-o em busca de esteio, o outro segurando seu brinquedo favorito, um gatinho azul de pelúcia muito fofo chamado Nepomuk. Sob o olhar severo dos familiares reunidos, o médico auscultou o peito magro e ossudo da menina, administrou uma infusão intravenosa de eletrólitos e prescreveu um medicamento homeopático.

— Gastroenterite. Há um surto de casos, creio eu. Tudo vai se resolver, ela vai ficar boa logo, logo. No final da semana já vai estar de pé. — Depois de fazer esse diagnóstico, o médico se despediu. *Tudo vai se resolver.* Eles nunca deveriam ter acreditado nele.

•

Viktor parou em frente à porta do dr. Grohlke e tentou abri-la. Viu que a maçaneta de metal estava rígida, recusando-se a ceder à pressão que ele aplicava. A tensão das últimas horas o reduzira a isso? Ele se espantou com a própria fraqueza, mas então percebeu que a porta estava trancada. *Trancada por dentro.*

Por que alguém trancaria a porta?

Ele deu meia-volta bruscamente e enxergou a sala de espera como uma série de imagens congeladas que se apresentavam à sua consciência igual a páginas de um folioscópio, espasmódicas e atrasadas: fotografias de paisagens da Irlanda emolduradas nas paredes, uma seringueira definhando em um canto empoeirado junto à janela, a paciente com psoríase ainda aguardando ser atendida. Depois de dar uma última e furiosa sacudida na maçaneta, saiu da sala de espera cambaleando para o corredor e rumo ao saguão inacreditavelmente apinhado, como se o dr. Grohlke fosse o único médico disponível em Berlim.

Viktor avançou a duras penas em direção ao balcão da recepção. O primeiro da fila era um adolescente com o rosto salpicado de acne, provavelmente esperando uma receita, mas Viktor o ignorou e passou roçando pelo rapaz. Ele já conhecia a recepcionista de visitas anteriores e ficou aliviado ao vê-la. Meia hora antes, quando ele e Josy chegaram ao consultório, Maria não estava, um assistente desconhecido a substituía; mas agora ela voltara ao comando da recepção. Na casa dos vinte e poucos anos, Maria tinha a compleição corpulenta de uma goleira de futebol, mas, como também já tinha uma filha, Viktor sabia que poderia contar com a solidariedade da mulher.

•

— Eu preciso que você destranque a porta do consultório — exigiu ele com uma voz mais estridente do que pretendia.

— Bom dia, dr. Larenz. Que bom vê-lo de novo.

Maria rapidamente reconheceu o psiquiatra. Já fazia um bom tempo que ele não ia à clínica, mas ela estava acostumada a ver o rosto dele nas revistas e na TV. Por causa de sua boa aparência, aliada ao talento de explicar de maneira simples e compreensível para os leigos um sem-número de problemas psicológicos, Viktor era um convidado popular e recorrente no circuito de *talk shows*. Nessa ocasião, porém, as palavras do famoso e eloquente dr. Larenz pareciam um tanto obscuras, sem muito sentido.

— Eu exijo ver minha filha agora mesmo!

O adolescente olhou para aquele homem que abriu caminho às cotoveladas até o início da fila e, percebendo que havia algo de errado, deu um passo para trás. Maria parecia desconcertada, mas se esforçou para manter o habitual sorriso de recepcionista.

— Creio que, infelizmente, não estou entendendo, dr. Larenz — disse ela, mexendo na sobrancelha esquerda onde normalmente estaria seu piercing. Quando ficava nervosa, Maria sempre cutucava a pequena haste prateada, mas, a pedido do dr. Grohlke, retirava o acessório no horário do expediente. Ele era um homem conservador e se vangloriava da "boa aparência". — A Josephine tem consulta marcada para hoje?

Viktor abriu a boca pronto para disparar um discurso furioso, mas em seguida pensou melhor e ficou quieto. Claro que eles tinham consulta marcada. Isabell ligou para o consultório, e ele próprio levou Josy de carro até a clínica; a rotina habitual.

— Papai, o que é um alergista? — perguntara Josy a ele no carro. — Tem alguma coisa a ver com a previsão do tempo?

— Não, querida, você está pensando no meteorologista. — Ele a observou pelo espelho retrovisor e teve vontade de acariciar os cabelos loiros da menina. Ela parecia incrivelmente frágil, feito um anjo desenhado em papel de seda japonês.

— O alergista é quem cuida de pessoas que adoecem quando entram em contato com certas substâncias.

— É isso que eu tenho de errado?

— Talvez. — *Vamos torcer para que sim*, acrescentou Viktor para si mesmo.

Qualquer diagnóstico já seria um começo. A inexplicável doença de Josephine e seus misteriosos sintomas assumiram o controle da vida de toda a família. Já se haviam passado seis meses desde que Josy parara de frequentar a escola: os espasmos repentinos e bastante angustiantes da menina a impediam de assistir às aulas com os colegas. Para Isabell, isso significava trabalhar apenas meio período a fim de ter tempo para se incumbir da educação domiciliar de Josy.

Por sua vez, Viktor fechou seu consultório na Friedrichstrasse para se dedicar a cuidar da filha, ou, mais precisamente, dos médicos de sua filha. As últimas semanas tinham desaparecido numa interminável maratona de consultas e visitas a especialistas, mas sem que ninguém encontrasse respostas. Nenhum especialista conseguia entender as convulsões de Josy, sua suscetibilidade a constantes infecções ou seus sangramentos nasais noturnos. Vez por outra os sintomas diminuíam ou desapareciam por algum tempo, um intervalo suficiente para a família reunir esperança, mas depois a doença regressava — quase sempre com ataques mais vigorosos do que antes. Até agora, os médicos, hematologistas e neurologistas só tinham conseguido excluir câncer, AIDS, as hepatites e uma miríade de outras enfermidades. Um médico chegou a fazer testes para detectar malária. Os resultados deram negativo.

•

— Dr. Larenz?
A voz de Maria rompeu os pensamentos de Viktor, puxando-o de volta para a realidade e a clínica. Viktor se deu conta de que, o tempo todo, ele estava encarando a recepcionista, boquiaberto.
— O que vocês fizeram com ela? — A voz dele voltou de supetão, cada palavra mais alta que a anterior.
— Eu sinto muito, dr. Larenz, mas não sei do que o senhor está falando...
— O que vocês fizeram com *a Josy*?
Os pacientes tagarelas interromperam o bate-papo e ficaram em silêncio enquanto a pergunta em voz alta de Viktor ecoava pelo recinto. A julgar pela expressão no rosto de Maria, era óbvio que ela não sabia o que fazer para resolver a situação. Comportamentos erráticos eram algo de se esperar na clínica: as portas de Grohlke estavam abertas para qualquer um que quisesse marcar uma consulta, e o consultório ficava a poucos passos da multidão de prostitutas e viciados da rua

TERAPIA

Lietzenburger. Às vezes, parecia que o distrito da luz vermelha havia se mudado para o saguão da clínica, e volta e meia Maria se via lidando com michês subnutridos que não davam a mínima para o eczema, mas precisavam de algum remédio que aliviasse a dor.

A situação do dr. Viktor Larenz era totalmente diferente. Para começo de conversa, ele não estava vestindo calças de moletom sujas ou uma camiseta esburacada. Seu rosto estava livre de espinhas purulentas e pústulas estouradas, e seus pés eram elegantes demais para calçar tênis surrados. Na verdade, havia algo de inegavelmente distinto em sua constituição elegante, postura esguia e ereta, ombros largos, testa alta e queixo assertivo. Berlinense de nascimento e criação, amiúde era confundido com um patrício do norte, e era apenas a falta de têmporas grisalhas e de um nariz clássico que o impediam de parecer o perfeito cavalheiro hanseático. Mesmo assim, havia algo de suavemente atraente em seu cabelo castanho encaracolado — que nos últimos tempos ele vinha usando um pouco mais comprido — e no nariz torto, a dolorosa lembrança de um acidente de barco. Tinha 43 anos, mas não transparecia a idade, e sua aparência não deixava dúvidas de que se tratava de um homem cujos lenços tinham monograma bordado e que nunca carregava dinheiro trocado nos bolsos. Sua pele talvez estivesse um pouco pálida, mas essa era a marca registrada de um médico ambicioso com uma carreira das mais atarefadas. Tudo isso servia para agravar o dilema de Maria. Psiquiatras ilustres que gastavam uma pequena fortuna em ternos feitos sob medida tinham uma aversão natural a fazer escândalo, mas o dr. Viktor Larenz gritava histericamente e agitava os braços. Incapaz de entender a explosão, Maria não tinha ideia do que fazer.

•

— Larenz!

Viktor virou-se na direção da voz rascante.

Alarmado com a balbúrdia, dr. Grohlke, um velho magro com cabelos cor de areia e olhos fundos, pediu licença ao paciente em exame e saiu de seu consultório. Sua expressão denotava preocupação.

— O que está acontecendo aqui? Qual é o problema?

As indagações atiçaram a ira de Viktor.

— O que você fez com a Josy?

O dr. Grohlke recuou, sobressaltado. Ele conhecia a família Larenz havia quase dez anos, mas nunca tinha visto Viktor naquele estado.

— Escute, Larenz, meu velho, por que você não vem ao meu escritório, podemos...

Mas Viktor não estava mais ouvindo. Seus olhos estavam cravados na porta do consultório, que o alergista havia deixado entreaberta. Ele saiu correndo e, com um pontapé, escancarou a porta. Com a violência da pancada, a porta bateu em um carrinho contendo instrumentos e potes de medicamentos. A mulher com psoríase estava deitada numa maca, nua da cintura para cima, mas no susto do momento ela se esqueceu de cobrir os seios.

— O que deu em você, Larenz? O que há de errado? — perguntou dr. Grohlke, aos berros, mas Viktor não lhe deu ouvidos, saiu do consultório às pressas e correu desembestado pelo corredor.

— Josy!

Ele deu meia-volta, abrindo todas as portas.

— Josy! Cadê você? — Por causa do pânico, sua voz falhava.

— Dr. Larenz, por favor!

O médico idoso correu atrás dele da melhor maneira que pôde, mas Viktor, enlouquecido de aflição, estava surdo a seus apelos.

— E esta sala? — exigiu saber quando a última porta à esquerda se recusou a ceder.

— É um depósito de produtos de limpeza. Nada além de produtos de limpeza. A faxineira cuida da chave.

— Abra! — Viktor sacudiu a maçaneta como um homem possesso.

— Veja bem...

— ABRA!

O dr. Grohlke agarrou os braços de Viktor e os apertou com uma força surpreendente.

— Acalme-se, Larenz! Você tem que me ouvir. Sua filha não está nesse depósito. A faxineira trancou a porta hoje pela manhã e só voltará amanhã.

A respiração de Viktor ficou ofegante. Ele ouviu as palavras sem absorver seu significado.

— Vamos lidar de forma lógica com a situação. — Dr. Grohlke afrouxou o aperto e pousou uma das mãos no ombro de Viktor.

— Quando foi que você viu sua filha pela última vez?

— Há meia hora. — Viktor se ouviu dizer. — Eu a deixei na sala de espera, e ela entrou no seu consultório.

O velho balançou a cabeça, consternado, e olhou para Maria, que os havia seguido para fora do saguão.

— Eu não vi a Josephine — disse a recepcionista ao patrão. — Ela não tinha consulta agendada para hoje.

Que absurdo! Viktor teve vontade de gritar com ela. Levou as mãos às têmporas.

— Eu tenho certeza de que a Isabell ligou e marcou a consulta. Chegamos aqui hoje de manhã antes de a Maria começar a trabalhar. O homem no balcão da recepção nos disse para entrar e esperar. A Josy estava cansada e debilitada, então eu fui buscar um pouco de água para ela e, quando voltei, ela...

— Homem? — perguntou Grohlke. — A equipe de apoio é composta apenas de mulheres.

Viktor o fitou, incrédulo, ainda pelejando para tentar entender o que estava ouvindo.

— Eu não vi a Josy durante toda a manhã. Ela não tinha consulta.

As palavras do médico foram praticamente obliteradas por um ruído estridente e distante que chegou aos ouvidos de Viktor, tornando-se mais alto e mais opressivo à medida que se aproximava.

— Você não viu a menina? — perguntou Viktor, perturbado. — Claro que você a viu. Eu estava voltando do bebedouro quando o homem da recepção chamou o nome dela. Eu prometi à Josy que hoje eu a deixaria entrar sozinha na consulta. Ela já está com doze anos e gosta de ter um pouco de independência; agora ela até já tranca a porta do banheiro. De qualquer forma, quando eu voltei e ela não estava na sala de espera, presumi que estivesse com você dentro do seu consultório.

Viktor se deu conta de que não conseguiu dizer uma única palavra. Sua boca estava aberta e sua mente em polvorosa, mas os pensamentos acelerados estavam presos dentro de sua cabeça. Ele olhou em volta, impotente, com a sensação de que o mundo estava em câmera lenta. O barulho tornou-se mais penetrante, mais intolerável, abafando todos os outros sons, até que Viktor mal era capaz de ouvir o burburinho ao redor. Era como se todas as pessoas se dirigissem a ele ao mesmo tempo: a Maria, o dr. Grohlke e até alguns pacientes.

— Faz quase um ano que eu não vejo a Josy. — Essas foram as últimas palavras do dr. Grohlke que Viktor ouviu com alguma clareza. Por um momento fugaz, tudo ficou evidente. Como um sonhador prestes a despertar, por uma fração de segundo ele vislumbrou a terrível verdade, nua e crua: a doença de Josy e a dor que a atormentara nos últimos onze meses. De súbito ele soube com aguda lucidez o que tinha acontecido, soube o que tinha sido feito com a filha e, sentindo o estômago revirar, soube que logo viriam atrás dele também. Mais cedo ou mais tarde iriam pegá-lo; ele soube disso com uma convicção inabalável, mas o efêmero momento passou, e a horrível verdade lhe escapou, desaparecendo com o mesmo desamparo de uma única e solitária gota d'água numa enchente.

Viktor levou as mãos à cabeça. O ruído penetrante estava cada vez mais próximo, agonizante e avassalador, mais do que ele conseguia suportar. Parecia não um grito humano, mas o urro de um animal torturado, e cessou algum tempo depois, quando ele enfim fechou a boca.

1

ANOS DEPOIS

Ele nunca teria sido capaz de prever que um dia poderia trocar de lugar. Houve uma época em que o quarto que ele agora ocupa, numa espartana enfermaria privativa da Clínica de Tratamento de Distúrbios Psicossomáticos de Berlim-Wedding, era reservado aos pacientes mais difíceis sob seus cuidados; hoje, porém, é o próprio dr. Viktor Larenz, o eminente psiquiatra, que se vê amarrado à estreita cama hospitalar hidráulica, pernas e braços imobilizados com faixas de contenção elásticas cinza.

Desde que foi internado, não recebeu uma visita sequer — nenhum amigo, ex-colega ou familiar. Durante todo o tempo, sua única distração, além de fitar o papel de parede de fibra vegetal amarelado, as cortinas marrons sujas de gordura e o teto com manchas de infiltração, era a aparição, duas vezes por dia, do dr. Martin Roth, jovem psiquiatra consultor da clínica. A bem da verdade, ninguém chegou a solicitar permissão de visitante, nem mesmo Isabell. Dr. Roth explicou a situação, e Viktor não poderia culpar sua ex-esposa. Não depois do que aconteceu.

— Quanto tempo se passou desde que você parou de me dar os remédios?

O psiquiatra interrompe sua inspeção da bolsa de gotejamento de eletrólitos pendurada em um suporte de metal de três braços na cabeceira da cama de Viktor.

— Três semanas, dr. Larenz.

Na opinião de Viktor, era admirável o fato de Roth continuar a tratá-lo pelo título de doutor. Nos últimos dias, os dois entabularam uma série de conversas, e Roth sempre o tratou com o mais absoluto respeito.

— Há quanto tempo estou lúcido?

— Exatamente nove dias.

— Certo. — Viktor se cala por um momento. — Então, quando terei alta?

A piada faz o dr. Roth estampar um sorriso no rosto. Ambos sabiam que ele jamais receberia alta. Se algum dia deixasse a clínica, seria transferido para outro centro psiquiátrico com nível de segurança semelhante.

Viktor olha para as mãos e puxa de leve as faixas de contenção. A clínica obviamente aprendeu com a experiência. Assim que ele foi internado, seu cinto e os cadarços foram retirados. Não havia espelho no banheiro, e durante suas idas supervisionadas ao vaso sanitário, duas vezes por dia, o paciente não tinha como verificar se seu deplorável aspecto externo refletia a infelicidade que ele sentia por dentro. Em certa época da vida, Viktor sempre fora elogiado por sua aparência, chamando a atenção pelos ombros largos, cabelos fartos e grossos e corpo atlético e bem-tonificado, perfeito para um homem de sua idade. Hoje em dia, seu físico em declínio oferece pouca coisa a admirar.

— Responda-me com sinceridade, dr. Roth: o que você sente ao me ver deitado aqui assim?

Tomando cuidado para evitar contato visual, o psiquiatra se abaixa para pegar a prancheta ao pé da cama. Parece estar travando um debate interno acerca do que dizer. *Pena? Preocupação?* Ele decide dizer a verdade:

— Eu me sinto alarmado.

— Porque teme que a mesma coisa possa acontecer com você?

— Suponho que você considere que isso é egoísta da minha parte.

— Não, você está apenas sendo honesto. Agradeço sua franqueza. Além do mais, não estou surpreso que você se sinta assim. Afinal, temos muito em comum.

Roth se limita a menear a cabeça.

A despeito das circunstâncias atuais, a vida dos dois homens era semelhante em muitos aspectos. Ambos tiveram uma infância privilegiada no ambiente protegido dos elegantes bairros de Berlim: Viktor, descendente de uma longa linhagem de advogados da área do direito corporativo em Wannsee, e Roth, filho de pai e mãe cirurgiões em Westend. Depois de estudarem medicina na Universidade Livre de Berlim, ambos se especializaram em distúrbios mentais. Como únicos beneficiários do testamento de seus pais, ambos herdaram a mansão da família e uma considerável fortuna que lhes teria permitido viver com conforto e sem precisar trabalhar pelo resto de seus dias — porém, tenha sido obra da coincidência ou do destino, acabaram por se encontrar na clínica, um na condição de paciente, outro na de médico.

— Você não pode negar que há certa semelhança entre nós — diz Viktor. — Então, o que você teria feito na minha situação?

— Você quer dizer, se fosse a *minha* filha e se eu descobrisse quem a fez passar por tanta dor... — Roth termina de fazer suas anotações, recoloca a prancheta no lugar e se permite olhar Viktor diretamente nos olhos. — Para ser honesto, acho que eu não sobreviveria ao que você teve que suportar.

Viktor ri, hesitante.

— Eu não sobrevivi. Eu morri. A crueldade da morte pode ser inimaginável.

— Talvez você possa me contar a respeito. — Roth se empoleira na beira da cama de Viktor.

— A respeito do quê? — Ele não precisava ter perguntado. Viktor sabia exatamente o que o psiquiatra estava sugerindo. Eles já haviam discutido o assunto várias vezes.

— Tudo. Quero que você me conte a história toda: o que aconteceu com a Josephine, o que causou a doença dela... Por que você não me relata o que aconteceu, começando desde o início?

— Já contei quase tudo.

— Mas eu gostaria de ouvir os detalhes. Quero saber passo a passo o que aconteceu e por que terminou como terminou.

A catástrofe final.

Viktor permite que o ar escape de seus pulmões e encara o teto irregular.

— O mais horrível é que, durante todos aqueles anos após o desaparecimento da Josy, pensei que nada poderia ser pior do que não saber. Quatro anos inteiros sem nenhuma pista, nenhum relato de avistamento, nenhuma razão para acreditar que ela estava viva. Às vezes eu ansiava que o telefone tocasse e alguma voz me avisasse que o cadáver dela havia sido encontrado. Achei que nada poderia ser mais angustiante do que viver no limbo, sem nunca saber, apenas suspeitar. Mas eu estava errado. Existe algo pior.

Roth espera que ele continue a falar.

— A verdade é pior. — Sua voz é um fiapo, quase um sussurro. — A verdade. Eu quase tive um vislumbre dela no início. Ela me ocorreu num lampejo enquanto eu estava na clínica do dr. Grohlke, no dia em que a Josy desapareceu. Foi tão terrível, tão insuportável, que eu tive que a rechaçar. Muito mais tarde, a verdade veio até mim novamente, e dessa vez não pude ignorar. Ela me perseguiu e me confrontou; literalmente me confrontou. Ela me encarou.

— O que aconteceu?

— Eu fiquei cara a cara com a pessoa responsável, e foi demais para suportar, eu não aguentei. Bem, você sabe melhor do que ninguém o que aconteceu na ilha e o que aconteceu comigo depois disso.

— A ilha — repete Roth, em tom pensativo. — Parkum, não foi? O que levou você até lá?

— Você é o psiquiatra; diga-me você. — Viktor sorri. — Muito bem, eu vou lhe dar minha versão da resposta. Uma revista de notícias solicitou uma entrevista exclusiva. A imprensa me procurou mais vezes do que eu consigo me lembrar, e sempre recusei. A Isabell não gostava da ideia de falar com a mídia. Aí a revista *Bunte* me mandou algumas perguntas por e-mail, e comecei a imaginar que conceder uma entrevista por escrito talvez pudesse me ajudar a colocar em ordem meus pensamentos. Eu queria um encerramento, botar um ponto final na história.

— E você achou que Parkum seria o lugar para trabalhar em suas respostas?

— Sim.

— Alguém foi com você?

— Minha esposa era contra a ideia. Ela tinha uma importante reunião de negócios em Nova York e não quis ir comigo. Francamente, fiquei feliz com a solidão. Eu esperava que Parkum me desse o espaço de que eu precisava.

— O espaço para dizer adeus à sua filha.

Foi uma afirmação, não uma pergunta, mas Viktor assentiu mesmo assim.

— Sim, creio que seja possível descrever nesses termos. De qualquer forma, carreguei o carro, coloquei o cachorro no banco de trás e dirigi até o litoral. Pegamos a balsa de carros para Sylt e depois um barco de passageiros até Parkum. Se eu soubesse o que estava reservado para mim, não teria ido.

— Conte-me a respeito de Parkum. O que aconteceu na ilha? Quando você começou a notar as conexões entre os fatos?

A doença misteriosa de Josephine. O desaparecimento da menina. O artigo da revista.

Viktor abaixa o queixo até o peito e gira a cabeça. Ouve-se um rangido estridente quando as vértebras de seu pescoço se encaixam. Por causa dos braços e pernas amarrados à cama, qualquer outra forma de movimento é impossível. Ele inala lentamente o ar e fecha os olhos. Nunca demora mais do que alguns segundos para que seus pensamentos o levem de volta a Parkum; de volta à casa com telhado de palha na praia onde, quatro anos após a tragédia, ele tinha a esperança de recolocar a vida nos eixos. Procurou um novo começo e tentou encontrar um encerramento, mas, no processo, perdeu tudo o que tinha.

2

PARKUM, CINCO DIAS ANTES DA VERDADE

Bunte: Como você se sentiu após o desaparecimento da sua filha?
Larenz: Foi como morrer. Claro, eu ainda comia, bebia e respirava, e às vezes conseguia dormir algumas horas seguidas, mas já não estava mais vivo. Minha vida acabou no dia em que Josy desapareceu.

O cursor se demorou no final da linha, piscando continuamente para Viktor. Ele estava na ilha havia uma semana, acordando cedo e trabalhando noite adentro em sua antiga escrivaninha de mogno, na tentativa de encontrar uma resposta para a primeira pergunta da revista. Naquela manhã, enfim conseguiu digitar três frases completas encadeadas em seu laptop.

Foi como morrer. Não havia outra maneira de descrever como ele se sentiu nos dias e semanas imediatamente seguintes ao desaparecimento de Josy.

Ele fechou os olhos.

Viktor não conseguia se lembrar do que acontecera depois da cena na clínica do dr. Grohlke. Ele não lembrava aonde tinha ido, com quem havia falado ou de que maneira as coisas se desenrolaram no caos que destroçou sua família. Sua esposa suportou o maior peso do fardo. Foi Isabell quem vasculhou o guarda-roupa de Josy para informar à polícia as roupas que a menina estava usando. Ela deu a notícia à família e aos amigos; ela encontrou uma foto adequada ao trabalho de buscas, retirando-a do papel celofane do álbum de família para entregá-la aos policiais. Enquanto isso, seu marido, psiquiatra, perambulava a esmo pelas ruas. Era a primeira vez que o dr. Viktor Larenz enfrentava uma crise verdadeiramente séria em sua vida, e ele ficou de joelhos. Isabell mostrou-se muito mais forte e lidou muito melhor, desde o início. Depois de quatro meses, voltou a trabalhar como consultora administrativa em tempo integral, enquanto ele vendeu seu consultório particular e se aposentou.

Um bipe agudo soou no laptop, sinalizando que a bateria estava acabando. Naquela primeira manhã na casa, Viktor afastou a escrivaninha da lareira e a posicionou em frente à janela, o que lhe proporcionava uma vista panorâmica do mar, mas notou que não havia tomadas nas quais ligar o carregador. Para contemplar a beleza invernal do mar do Norte, que era de tirar o fôlego, a cada seis horas tinha de transferir o computador para uma mesinha de centro perto da lareira, onde era possível recarregar a bateria. Ele se apressou em salvar o arquivo Word, antes que os dados se perdessem para sempre.

Antes que se perdessem como a Josy.

Os olhos de Viktor esquadrinharam a superfície do mar, e ele se virou abruptamente da janela, com medo de que as águas encrespadas fossem um espelho de sua alma. Soprava um violento vendaval, que zunia sobre o telhado de palha e chicoteava as ondas a alturas altíssimas. A mensagem que a ventania transmitia era inequívoca. Novembro estava quase no fim, e o inverno, instigado por seus dois cúmplices, a neve e a geada, estava lá para reivindicar sua posse.

A morte, pensou Viktor enquanto se levantava e transferia o laptop para a mesinha de centro, na qual o carregador estava à espera.

A casa, pequena e de dois andares, era uma construção da década de 1920 que desde a morte dos pais de Viktor sobreviveu sem receber as atenções de um faz-tudo. Halberstaedt, o zelador da ilha, manteve em funcionamento o gerador e as instalações elétricas, decisão pela qual Viktor ficou especialmente grato em um clima inclemente como aquele. Já fazia muito tempo que ninguém da família se hospedava no chalé de madeira, que estava caindo aos pedaços. As paredes precisavam de uma demão de tinta, por dentro e por fora, e já passava da hora de fazer reparos no desgastado piso de parquete — exceto no corredor, onde os blocos imploravam para ser substituídos. O sol e a chuva deformaram as molduras das janelas de vidro duplo, o que tornava os quartos desnecessariamente úmidos e sujeitos à entrada de correntes de ar. Na década de 1980, a decoração parecia luxuosa, e a prosperidade da família se manifestava na escolha do mobiliário, mas as luminárias Tiffany, as macias poltronas de couro e as prateleiras de teca adquiriram uma permanente camada de pó. Ninguém limpava a casa havia anos.

Quatro anos, um mês e dois dias, para ser exato.

Viktor não precisou consultar o calendário destacável da cozinha para saber a data de sua última visita. Pouco mais de quatro anos se passaram desde a última vez que ele pôs os pés em Parkum. Mesmo naquela época o teto já precisava de uma demão de tinta, e a cornija acima da lareira já estava coberta de fuligem havia um bocado de tempo. Naquela época, porém, predominava uma sensação de ordem.

A vida de Viktor estava intacta.

No final de outubro daquele ano, a doença havia exaurido a maior parte das forças de Josy, mas ela ainda estava boa o suficiente para acompanhar o pai até o chalé.

•

Viktor se sentou no sofá de couro, conectou seu laptop e tentou não pensar no fim de semana anterior à fatídica visita à clínica. Em vão. As lembranças voltaram à tona num jorro.

Quatro anos.

Já se haviam passado 48 meses desde que Josy desaparecera feito fumaça. Apesar de várias campanhas da polícia, apelos da mídia nacional e um especial de TV em duas partes, ela sumira sem deixar rastros; no entanto, Isabell continuava afirmando que sua filha ainda estava viva. Foi por isso que tentou dissuadir Viktor da entrevista.

— Você não precisa de um encerramento — disse a Viktor enquanto ele se preparava para partir.

Eles estavam na vereda de cascalho em frente à casa, e Viktor já havia arrumado sua bagagem no Volvo preto: três malas, uma contendo roupas e as outras duas para a documentação relativa ao desaparecimento de Josy — recortes de jornal, transcrições e relatórios apresentados por Kai Strathmann, o detetive particular que ele havia contratado.

— Não há nada com que você precise se resignar. Você não precisa se despedir — insistiu ela. — A nossa filha ainda está viva.

Ela não tinha mais nada a dizer sobre o assunto, então deixou Viktor rumar para Parkum enquanto ela partia para Nova York em outra de suas viagens de negócios. Naquele momento ela provavelmente estava em uma reunião em algum arranha-céu da Park Avenue. O trabalho era sua maneira de se distrair.

Uma tora pegou fogo e estalou ao se desintegrar na lareira. Viktor teve um sobressalto, e Sindbad, que cochilava debaixo da escrivaninha, levantou-se de um salto e bocejou em reprovação para as chamas. Isabell encontrou o golden retriever dois anos atrás, no estacionamento do balneário do lago Wannsee.

— Mas que ideia de merda você tem na cabeça? Você não pode substituir nossa filha por um cachorro! — esbravejou Viktor no dia em que ela voltou para casa com Sindbad. A gritaria fez a governanta sair correndo, alarmada, para a lavanderia do primeiro andar. — Que nome você vai dar pro cachorro? Joey?

Como sempre, Isabell se recusou a aceitar a provocação. Não era à toa que ela descendia de uma das mais antigas e respeitadas dinastias bancárias da Alemanha, e a sua postura inabalável era digna do seu berço hanseático. Apenas seus olhos azul-claros revelavam o que ela realmente estava pensando naquele momento: se Viktor tivesse cuidado melhor de Josy, a menina ainda estaria com eles, dando pulos de alegria com a perspectiva de ter um cachorro. Viktor sabia que a esposa o culpava, embora ela nunca tivesse dito uma única palavra nesse sentido.

No fim das contas, Sindbad ficou e, por ironia do destino, foi a Viktor que ele mais se apegou.

Era hora de outra xícara de chá. Viktor levantou-se e caminhou até a cozinha, o cão perseguindo-o preguiçosamente na esperança de ganhar um petisco da tarde.

— Sem chance, meu velho! — Viktor se abaixou para dar um tapinha amigável no cachorro e percebeu que as orelhas dele estavam caídas. — Qual é o problema, Sindbad? — Ele se agachou ao lado do cão e também ouviu algo. Era um ruído metálico, uma espécie de arranhão ou rangido que trouxe de volta antigas memórias. *O que era?* O som estava enterrado no passado.

Viktor rastejou em direção à porta.

Ele ouviu de novo: um som semelhante a uma moeda sendo arrastada pelo chão. Depois de um instante de silêncio, o ruído voltou.

Viktor se deteve, prendendo a respiração enquanto a recordação tomava forma. Era um barulho que ele ouvia muitas vezes quando criança; uma chave de metal raspando na argila refratária; um barulho que seu pai fazia quando voltava para casa depois de suas viagens de barco e pegava a chave reserva debaixo do vaso de flores de cerâmica junto à porta.

Não poderia ser seu pai.

Viktor ficou paralisado. Alguém sabia onde seus pais guardavam a chave e estava determinado a entrar na casa. Estariam procurando por ele?

Com o coração martelando no peito, percorreu a passos largos o corredor e espiou pelo olho mágico da pesada porta de carvalho. Ninguém à vista. Ele estava prestes a levantar as persianas amareladas e olhar pela janela à direita da varanda, mas mudou de ideia e encostou o rosto na porta, espiando novamente através do olho mágico. Horrorizado, saltou para trás. Seu pulso estava acelerado. Certamente o que ele viu devia ter sido obra de sua imaginação...

O sangue trovejava em seus ouvidos, e os pelos de seus antebraços ficaram arrepiados. Ele *sabia*; ele sabia, sem sombra de dúvida, o que tinha visto. Por uma fração de segundo, um olho humano o encarou, espreitando a casa pelo olho mágico. O olho lhe parecia conhecido, embora não tivesse a menor ideia de quem fosse.

Viktor tinha que se recompor.

Respirando fundo, ele abriu a porta.

•

— Mas que merda é essa? Quem é...? — Viktor pretendia assustar o intruso desconhecido afrontando-o com berros a plenos pulmões, mas parou no meio da frase, surpreso ao constatar que estava sozinho. A varanda estava vazia, e não havia ninguém na senda do jardim que levava ao portão, a seis metros da porta. A estrada de cascalho que levava ao vilarejo estava deserta. Viktor saiu, desceu os cinco degraus até o jardim e espiou por debaixo da varanda, onde durante as brincadeiras de infância ele se escondia dos filhos dos vizinhos. Agora, mesmo sob a fraca luz do sol que definhava, era óbvio que nada de sinistro estava de tocaia na escuridão, apenas algumas folhas mortas e secas que o vento varreu para lá.

Um pouco trêmulo, Viktor esfregou as mãos enquanto, às pressas, subia novamente os degraus. A ventania quase conseguiu fechar a porta de carvalho, e foi necessário um esforço concentrado para abri-la contra as rajadas de vento. Ele estava prestes a entrar, mas no meio do caminho parou de chofre.

O ruído. De novo. Dessa vez soava menos metálico, em um tom um pouco mais alto, e vinha de uma direção diferente. O barulho não estava mais fora da casa: vinha da sala de estar.

O intruso estava anunciando sua presença. Havia alguém lá dentro.

3

Viktor avançou em direção à sala de estar, esquadrinhando o corredor em busca de possíveis armas, para o caso de o intruso estar armado.

Não adiantava contar com Sindbad para defendê-lo. O golden retriever amava as pessoas e teria preferido brincar com desconhecidos em vez de expulsá-los da casa. Além disso, o cachorro já se havia esquivado sorrateiramente para retomar a soneca da tarde, deixando para o dono a tarefa de verificar se estava tudo em ordem.

— Olá?

Silêncio.

Viktor sabia com certeza que a última invasão registrada de Parkum datava de 1964. De acordo com o relatório policial, o incidente fez parte de uma briga de bêbados, e nenhuma medida punitiva havia sido tomada. Nada disso ajudou a tranquilizá-lo.

— Tem alguém aí?

Ele prendeu a respiração e prosseguiu pé ante pé pelo corredor, com a maior cautela possível. Apesar de seus esforços para não fazer barulho, o parquete envelhecido gemia sob seu peso. As solas de couro de seus sapatos traíam sua presença a cada passo.

Viktor se perguntou por que estava preocupado em se esgueirar furtivamente quando, segundos antes, havia gritado a plenos pulmões. Ele estendeu a mão para a maçaneta e estava prestes a entrar na sala de estar quando a porta se abriu por dentro. O susto foi tão grande que ele se esqueceu de gritar.

A visão da pessoa desconhecida suscitou raiva e alívio. Por um lado, Viktor ficou aliviado ao ver que se tratava de uma mulher pequena e bonita, e não um bandido corpulento; por outro, ficou furioso com a descarada tentativa dela de invadir sua casa em plena luz do dia.

— Como foi que você entrou aqui? — perguntou em tom brusco. A mulher se manteve firme, sem demonstrar constrangimento nem medo.

— Eu bati e vi que a porta dos fundos estava aberta. Peço desculpas por incomodar o senhor.

— Me incomodar? — O medo de Viktor desapareceu, substituído por uma urgente necessidade de dar vazão à sua raiva. Ele vociferou para a mulher: — Incomodar porra nenhuma! Você quase me matou de susto!

— Por favor, aceite minhas desculpas...

— Você está mentindo — rebateu Viktor curto e grosso, passando abruptamente por ela. — Eu nunca uso essa porta. Estava trancada.

É lógico que a porta poderia muito bem estar aberta, já que em momento algum Viktor a verificou, mas ele não tinha intenção de poupar a mulher de uma áspera reprimenda. Em vez disso, posicionou-se ao lado da escrivaninha e escrutinou a mulher de cima a baixo. Algo naquela convidada indesejada parecia vagamente familiar, embora ele tivesse certeza de que nunca haviam se encontrado. Os cabelos loiros estavam presos em uma trança de comprimento médio e, com 1,63 metros, ela era magérrima; no entanto, apesar de toda a sua magreza, era sem dúvida feminina, com quadris largos e seios bem torneados. Se fosse um pouco mais alta, quase poderia ter sido modelo. Viktor olhou para sua pele de porcelana e seus dentes brancos e brilhantes, meio que esperando que ela dissesse que estava lá para filmar um comercial na praia.

— Eu não estou mentindo para o senhor, dr. Larenz. Não tenho o hábito de mentir, e não é que agora que vou começar.

Viktor passou a mão pelo cabelo e tentou organizar os pensamentos. A situação era absurda. A mulher invadiu a casa dele, quase o matou de susto e agora tinha a coragem de contradizê-lo: parecia um pesadelo.

— Não sei quem você é, mas ouça bem: ordeno que você saia da minha casa imediatamente. Nem me venha com... — Ele olhou atentamente para a desconhecida. — Espere aí um minuto. Quem é você?

De repente, ele ficou impressionado ao constatar como era difícil deduzir a idade da mulher. À primeira vista, ela parecia jovem, provavelmente com vinte e poucos anos, a julgar por sua pele impecável. Mas suas roupas eram de uma mulher mais velha.

A mulher vestia um terninho Chanel cor-de-rosa e um casaco de caxemira preto até os joelhos, e usava luvas de pelica pretas, uma bolsa de grife e um perfume do tipo que Isabell usaria. Falava com uma confiança e uma dignidade que pareceriam precoces em qualquer pessoa com menos de trinta anos.

Será que ela não escuta?, especulou Viktor para si. Aparentemente ela não ouviu a pergunta que ele fez e permaneceu parada na porta, calada, encarando-o à meia distância.

— Bem, não importa, tanto faz. Seja você quem for, não deveria estar na minha casa e já se demorou demais aqui. Tenha a gentileza de sair pela porta da frente e nunca mais botar os pés na minha propriedade. Não quero ser incomodado novamente.

A mulher deu dois passos rápidos na direção de Viktor, fazendo-o recuar.

— O senhor não quer saber quem eu sou, dr. Larenz? Certamente não vai me expulsar sem antes descobrir o motivo da minha visita.

— Na verdade, vou sim.

— O senhor não quer saber o que uma mulher como eu está fazendo numa ilha esquecida nos cafundós do mundo como esta?

— Não. — De súbito, Viktor sentiu-se vacilar. Ele havia esquecido quase por completo qual era a sensação de se interessar por outra pessoa.

— Então o senhor não tem curiosidade de saber como eu o localizei aqui?

— Não.

— Posso ver que o senhor está interessado. Seja honesto comigo.

— Honesto com você? Ora, essa é muito boa, vindo de alguém que invadiu minha casa.

— Se o senhor ao menos me der ouvidos, verá que minha condição é...

— Irrelevante. — Larenz a interrompeu. — Completamente irrelevante. E se você está ciente do que aconteceu comigo, e tenho certeza de que está, você saberá que é um abuso e um desrespeito imperdoável me perturbar desta maneira.

— O que aconteceu com o senhor? Infelizmente não estou entendendo, dr. Larenz.

— Como assim? — Por um momento, Viktor ficou na dúvida sobre o que seria mais espantoso: o fato de a mulher desconhecida continuar a discutir com ele ou a sinceridade na voz dela ao fazer afirmações tão estapafúrdias. — Então, suponho que você não lê um jornal há quatro anos.

— Pois é — disse ela, sem se dar ao trabalho de explicar.

A perplexidade de Viktor aumentava a cada minuto, acompanhada por um crescente desejo de saber mais.

— Sem dúvida você sabe que meu consultório está fechado. Há dois anos eu vendi a clínica para...

— O professor van Druisen. Exatamente. Eu era paciente dele, e ele me encaminhou para o senhor.

— Ele fez o quê? — Viktor mal conseguia acreditar no que ouvia. Nesse momento sua indesejada convidada conseguiu ganhar toda a sua atenção.

— Não se tratou de uma indicação oficial, mas o professor foi inflexível ao dizer que o senhor era o homem certo para o meu caso. Francamente, o senhor também é minha primeira opção.

Viktor balançou lentamente a cabeça. Por que van Druisen daria seu endereço particular a uma paciente? Sem dúvida, seu antigo mentor deveria ter mais discernimento. Além disso, era óbvio que Viktor não estava em condições de exercer a prática clínica, e a casa de praia não era o local mais apropriado. Mais tarde ele ligaria para o professor e esclareceria o assunto com ele. Por ora, sua prioridade era livrar-se da intrusa e restaurar alguma aparência de ordem.

— Acho melhor você ir embora. Você está perdendo seu tempo aqui.

A mulher não esboçou reação nem fez nenhuma menção de sair.

Aos poucos o pânico inicial de Viktor se transformou em cansaço. Com uma vaga sensação de certeza, ele percebeu que seus temores eram justificados: ele não conseguiria encontrar a distância e paz de espírito necessárias para forjar um novo começo. Espectros o seguiram até a ilha; fantasmas, tanto os dos vivos como os dos mortos.

— Eu entendo que o senhor não queira ser incomodado sob nenhuma circunstância. Hoje pela manhã um certo Patrick Halberstroem me trouxe na balsa até a ilha e não me deixou botar os pés em Parkum antes de me fazer um relato sobre a situação do senhor. Ele me alertou de que não o importunasse.

— Você quer dizer Halberstaedt. — Ele a corrigiu. — O zelador da ilha.

— A segunda pessoa mais importante da ilha, depois do senhor. Ele não hesitou em me informar isso também com todas as letras. Logicamente seguirei o conselho dele e "estacionarei meu delicioso traseiro em outro lugar o mais rápido possível", mas primeiro o senhor me dará uma chance de me explicar.

— "Delicioso traseiro"? Ele realmente disse isso?

— Sim. De qualquer forma, eu não pretendo ir a lugar nenhum enquanto o senhor não me ouvir. Estou pedindo apenas que o senhor me dê cinco minutos, e depois poderá dizer na minha cara.

— Dizer o quê?

— Se está ou não interessado no meu caso.

— Não tenho tempo para pacientes — declarou Viktor sem um pingo de convicção na voz. — Por favor, vá embora.

— Eu irei, prometo, mas quero que o senhor ouça minha história. Levará apenas cinco minutos, e o senhor não se arrependerá nem por um segundo.

Viktor hesitou. Sua curiosidade o estava dominando e, além disso, ele nunca conseguiria se concentrar no trabalho. Sentiu-se exausto demais para continuar o debate.

— Vamos lá, dr. Larenz, eu não mordo — disse ela com um sorriso.

Quando a mulher deu mais um passo em direção a Viktor, o piso de parquete rangeu, e agora ele pôde sentir o aroma do perfume dela. *Ópio*.

— Cinco minutos?

— Eu prometo.

Ele encolheu os ombros. Levando em conta a situação, cinco minutos não fariam a menor diferença. Se ele expulsasse a mulher agora, ela provavelmente ficaria esperando do lado de fora da casa, zanzando de um lado para o outro e distraindo-o de seus pensamentos.

— Tudo bem, então. — Viktor fez questão de consultar o relógio de pulso. — Cinco minutos e nada mais.

4

Viktor foi até a cornija da lareira, onde um antigo bule de porcelana Meissen estava apoiado em um tripé. Percebendo que a mulher o observava atentamente, ele se recompôs e fez um esforço para ser gentil.

— Posso te oferecer um chá? Eu estava prestes a botar a chaleira no fogo.

A mulher sorriu e balançou a cabeça.

— Obrigada, mas não. Meus cinco minutos terminariam antes que eu tivesse tempo de beber.

— Como quiser. Mas pelo menos sente-se e tire o casaco.

Ele tirou uma pilha de jornais velhos de uma das poltronas de couro. Décadas atrás, seu pai configurou a disposição do conjunto de sofá e duas poltronas de modo que que todos, sentados, pudessem ao mesmo tempo apreciar a vista para o mar e desfrutar da lareira. A sala de estar era o lugar perfeito para se aconchegar com um livro.

Viktor voltou para sua escrivaninha e se acomodou. Sua bela e jovem convidada sentou-se, mas não parecia propensa a tirar o casaco de caxemira.

No breve silêncio que se seguiu, uma onda enorme arrebentou na praia. A água se precipitou de volta para o mar, espumando e se encrespando.

Viktor deu outra olhada de relance no relógio de pulso.

— Muito bem, senhorita... Desculpe, não ouvi qual é seu nome.

— Anna. Meu nome é Anna Spiegel.[1] Sou romancista.

---

1 "Espelho", em alemão. (N.T.)

— Famosa?

— Não, a menos que o senhor esteja interessado em livros infantis. A maioria dos meus leitores tem entre seis e treze anos. O senhor tem filhos?

— Sim; quero dizer, não. Eu... — As palavras saíram como um abrupto e potente murro, impulsionadas por uma súbita torrente de dor. Viktor percebeu que a mulher estava verificando o console da lareira em busca de fotografias. *Certamente ela deve ter visto as manchetes, não?* A fim de evitar mais perguntas, ele mudou de assunto. — De que parte da Alemanha você é? Não consigo detectar seu sotaque.

— Nasci em Berlim. Sou berlinense. Mas meus livros vendem mais exemplares no exterior. O Japão era meu melhor mercado, só que esse sucesso ficou no passado.

— No passado?

— Faz anos que não escrevo um livro.

A conversa caiu no típico padrão de perguntas e respostas que caracteriza a dinâmica paciente-terapeuta. Viktor voltou a ser psiquiatra.

— Quando você publicou seu último livro?

— Cinco anos atrás. Depois disso, iniciei outro projeto; mais uma obra infantil, claro. Achei que seria a minha melhor obra. Quase me pareceu que o livro se escrevia sozinho, mas nunca consegui passar dos primeiros capítulos.

— Qual é o motivo disso?

— Problemas de saúde. Aconteceu muito repentinamente. Fui parar no hospital.

— Qual foi o problema?

— Para ser sincera, acho que até hoje ninguém sabe. Todos pareciam bastante perplexos na Park.

— Na Park? Você se refere à Clínica Park, em Dahlem?

Viktor não conseguiu esconder seu espanto. A informação deu um novo rumo à conversa. Por um lado, significava que Spiegel devia ser muito rica. Somente uma autora de best-sellers teria condições de um tratamento numa clínica particular caríssima como a Park.

Significava também que seus problemas de saúde eram de natureza grave. Ao contrário da maioria das clínicas famosas, a Park não atendia casos comuns de celebridades viciadas em drogas e álcool. Tratava exclusivamente de pacientes com distúrbios psicológicos agudos. Nos dias de glória da sua carreira, Viktor atuara como consultor da clínica em alguns dos casos mais problemáticos e tivera a oportunidade de testemunhar em primeira mão o profissionalismo da instituição. Graças à excelente reputação, e tendo à disposição alguns dos principais especialistas do país, a Park estava na vanguarda dos avanços terapêuticos e alcançava resultados espetaculares. Ainda assim, ele nunca viu uma recuperação tão completa de um paciente como a da jovem sentada à sua frente. Ela parecia absolutamente lúcida e alerta.

— Por quanto tempo você esteve internada lá?
— Quarenta e sete meses no total.

Viktor ficou sem palavras. Quarenta e sete meses? De duas uma: ou ela era uma mentirosa consumada, ou tinha distúrbios gravíssimos. *Provavelmente as duas coisas*, concluiu ele.

— Eles me trancaram dentro de um quarto e me entupiram de comprimidos por quase quatro anos. Fiquei dopada a tal ponto, que eu mal sabia quem eu era, muito menos o que estava acontecendo ao meu redor.
— E qual foi o diagnóstico?
— O senhor ainda não deduziu, dr. Larenz? Disseram que eu sou esquizofrênica. Por isso eu vim até o senhor.

Viktor recostou-se em pose pensativa e ponderou sobre as palavras dela. A esquizofrenia era sua especialidade. Ou, pelo menos, tinha sido.

— Quais foram as circunstâncias da sua internação?
— Liguei para o professor Malzius.
— Você ligou para o diretor da clínica e pediu para ser internada?
— Achei uma boa ideia. Todo mundo fala tão bem da Park, e eu não sabia a quem recorrer. Eu teria procurado o senhor se soubesse.
— Quem me recomendou a você?

— Um consultor da Park. Eu estava vivendo em uma situação tão precária, que não tinha ideia do que era melhor para mim. Esse médico interrompeu a minha medicação e me instruiu a procurar o senhor para lidar com meu caso.

— Quais medicamentos eles estavam ministrando a você?

— Praticamente tudo que existe. Clorprotixeno e fluspirileno, mas principalmente flupentixol.

Clorprotixeno, fluspirileno e flupentixol eram fármacos antipsicóticos padrão. Os médicos da Park sabiam o que estavam fazendo.

— E nenhum dos medicamentos ajudou?

— Não. Os sintomas foram de mal a pior. Mesmo depois que eles enfim interromperam a medicação, levei semanas para me recompor, me reestruturar. Na minha opinião, isso é prova suficiente de que um tratamento à base de medicamentos não é a solução para a minha condição específica.

— O que há de diferente no seu tipo específico de esquizofrenia?

— Sou romancista.

— Você já me disse.

— Talvez seja melhor eu explicar usando um exemplo. — Os olhos da mulher, que até então estavam cravados de maneira inabalável em Viktor, agora se fixaram em um objeto imaginário ao longe. Durante seus anos de prática clínica, Viktor optava por conversas cara a cara com os pacientes em vez do tradicional divã do analista. O comportamento da srta. Spiegel não era nem um pouco fora do comum. Os pacientes tendiam a evitar o olhar do terapeuta sempre que tentavam relatar com precisão um acontecimento importante e traumático. Ou quando mentiam.

— A primeira coisa que eu escrevi na vida foi um conto para um concurso escolar. Na época eu tinha treze anos. O concurso era aberto a alunos do ensino médio de Berlim, e o tema era "O sentido da vida". Minha história era sobre um grupo de jovens que montou um experimento científico. Enviei o manuscrito, e foi nesse momento que os problemas começaram.

— Que tipo de problemas?

— Eu estava em uma festa no hotel Four Seasons, em Grünewald. Minha melhor amiga tinha acabado de completar quatorze anos, e os pais dela alugaram o salão de baile. Dei uma escapada para ir ao banheiro e a vi no saguão. Ela estava esperando na recepção.

— Sua melhor amiga?

— Não. A Julia.

— Que Julia?

— A Julia. Uma personagem da minha história. Eu a apresentei no parágrafo inicial do conto.

— Vamos ver se eu entendi: no saguão do hotel você viu uma mulher parecida com uma personagem do seu conto?

— Não. — A srta. Spiegel balançou a cabeça com firmeza. — Ela não se parecia com a Julia; ela *era* a Julia.

— O que leva você a pensar isso?

— Ela repetiu com exatidão palavra por palavra o diálogo que eu escrevi na primeira cena do conto.

— Como é que é?

Ela abaixou a voz e encarou Viktor nos olhos.

— A Julia se inclinou sobre o balcão e disse ao homem da recepção: "Escute, gracinha, eu vou fazer algo bem especial. Que tal você arranjar um quarto pra mim?".

Viktor encontrou o olhar penetrante da mulher.

— Não ocorreu a você que poderia ter sido uma coincidência?

— Claro. Eu pensei um bocado a respeito disso. Mas seria uma coincidência inacreditável demais, levando-se em conta o que aconteceu a seguir.

— E o que aconteceu?

— A Julia fez exatamente o que eu descrevi na minha história. Ela enfiou uma pistola na boca e puxou o gatilho, estourando os miolos.

Viktor olhou para ela horrorizado.

— Você não está...

— Falando sério? Infelizmente, sim. A Julia foi o início de um pesadelo que me assombra há quase vinte anos. Algumas fases são mais intensas que outras. Mas eu sou escritora, dr. Larenz. É minha maldição.

Viktor sabia exatamente o que viria a seguir; ele teria sido capaz de antever cada palavra prestes a sair da boca da mulher.

— Minhas personagens ganham vida. Basta eu imaginar uma pessoa, e ela se torna real, eu posso vê-la, ouvi-la e às vezes até conversar com ela. Eu crio as personagens, e elas entram na minha vida. Chame isso de esquizofrenia, se quiser, mas essa é a natureza da minha doença, meu tique mental peculiar. — Ela se inclinou para a frente. — E é isso. Então decidi procurar o senhor.

Viktor olhou para ela e a princípio se absteve de dizer qualquer coisa. Eram muitos pensamentos conflitantes, emoções em demasia.

— E então, dr. Larenz?

— E então, o quê?

— Está interessado no meu caso? Vim até aqui para pedir ao senhor que aceite me tratar. Diga que concorda.

Viktor consultou o relógio. Os cinco minutos haviam acabado.

5

Relembrando os fatos, Viktor concluiu que os sinais estavam presentes desde o início. Se logo de cara ele tivesse ouvido com mais atenção, talvez conseguisse perceber mais cedo que havia algo de errado. Muito errado. Mas nenhuma quantidade de perspicácia teria sido capaz de evitar o desastre. Quando muito, teria apenas precipitado as coisas a um ponto crítico.

O fato era que Anna Spiegel tinha sido mais astuta e passado a perna nele. Ela forçou a entrada na casa e o pegou desprevenido. O caso dela era insólito; tão incomum, que durante despreocupados cinco minutos ele baixou a guarda e parou de pensar em seus próprios problemas. Ficou feliz com esse momento de trégua e descanso, mas sua decisão permanecia de pé: ele não desejava ser o terapeuta da mulher. Após uma discussão curta mas intensa, ele a convenceu a retornar ao continente na balsa que partiria pela manhã e marcar uma nova consulta com o professor van Druisen.

— Tenho minhas razões — disse Viktor secamente quando ela exigiu saber o motivo. — Para começar, não pratico a psiquiatria há mais de quatro anos.

— Tenho certeza de que o senhor ainda saberia como me tratar.

— Não é uma questão de conhecimento; eu acabei de...

— O senhor *não quer* me tratar.

Exatamente, pensou ele. Alguma coisa o alertou para não contar à visitante o ocorrido com Josy. Se era verdade que ninguém na clínica achou por bem inteirar essa mulher a respeito da tragédia, ele tampouco tinha a intenção de fornecer pessoalmente a ela a informação.

— Em um caso de tamanha complexidade como o seu, seria irresponsável e pouco profissional oferecer uma análise sem primeiro investigar seu transtorno. Ainda mais sem as facilidades que uma clínica adequada ofereceria.

— Investigar meu transtorno? Dr. Larenz, o senhor é um especialista! Qual seria a primeira pergunta que me faria se eu estivesse no seu consultório em Berlim?

Viktor sorriu diante da desajeitada tentativa da mulher de enganá-lo e fazê-lo cair numa emboscada.

— Eu teria perguntado quando suas alucinações começaram, mas eu...

— O episódio no hotel não foi o primeiro. — Ela se apressou em interrompê-lo. — Tudo começou muito antes disso. Mas nunca vivenciei nada assim tão... — Ela se calou por um momento, sopesando as palavras. — Tão *realista*. Tão convincente. Minhas alucinações anteriores tinham sido mais vagas e menos tangíveis, mas a Julia era real. Eu a vi, eu ouvi a arma disparar e, no momento seguinte, o cérebro dela estava espalhado por todo o saguão. Ela foi a primeira personagem de uma das minhas histórias a ganhar vida. É claro que, como a maioria dos esquizofrênicos, eu tenho um histórico familiar de doença mental.

— Por exemplo? — Viktor decidiu dar mais cinco minutos à mulher antes de acompanhá-la até a porta.

— Bem, é difícil saber por onde devo começar. Eu diria que os sintomas remontam à minha infância.

Viktor esperou que ela continuasse e tomou um gole de seu chá de Assam, que esfriava rapidamente. O chá preto tinha um gosto amargo.

— Meu pai era um militar do exército dos Estados Unidos. Ele lutou pelos Aliados e permaneceu em Berlim. Por algum tempo ele foi apresentador de rádio da American Forces Network, o serviço de mídia das forças armadas estadunidenses. As mulheres o amavam, e ele era uma espécie de celebridade local. O fato é que ele era um mulherengo de mão cheia e vivia seduzindo loiras nos fundos do cassino militar; por fim, uma dessas suas muitas namoradas engravidou. O nome dela era Laura, ela era berlinense, e o bebê sou eu.

— Entendi. Notei que você mencionou seu pai primeiro.

— Ele morreu quando eu tinha oito anos. O professor Malzius diz que o acidente foi o primeiro acontecimento traumático da minha infância.

— Que acidente?

— Meu pai morreu em um hospital militar. Ele foi submetido a uma operação de apendicite, um procedimento simples, mas desenvolveu um coágulo. Ninguém colocou meias de compressão nele. A trombose foi fatal.

— Que terrível, eu sinto muito — disse Viktor com genuíno pesar. Sempre ficava chocado com os danos causados por médicos incompetentes, cujo descuido e negligência eram responsáveis por terríveis sofrimentos aos pacientes e suas famílias.

— Como você lidou com a morte do seu pai?

— Pessimamente. Morávamos em uma casa com terraço perto da Academia Militar Andrew, no setor norte-americano. Adotamos um cachorro sem raça definida, um vira-lata que encontramos na rua; ele se chamava Terry e morava no quintal. Meu pai não o suportava e por isso o proibia de entrar na casa. Na maior parte do tempo, ele ficava amarrado a uma guia perto da porta. Eu me lembro de que foi a Mamãe quem me contou que a cirurgia tinha dado errado. Assim que ela saiu de casa, peguei um dos tacos de beisebol do Papai, um taco pesado feito de metal, e saí para o quintal. A guia de Terry era tão curta, que ele mal conseguiu se esquivar dos golpes, muito menos fugir. Assim que eu o acertei, suas pernas dobraram. Ele choramingou e rastejou no chão, mas mesmo assim continuei batendo, sem parar. Eu tinha apenas oito anos e estava louca de raiva e mágoa. Depois de uns dez golpes, devo ter quebrado a coluna dele. Ele ficou lá todo arrebentado, imóvel, uivando de agonia e tossindo sangue, e eu o espanquei até virar uma pasta inerte. Quando terminei, ele já nem sequer parecia um cachorro.

Viktor tentou não demonstrar sua repulsa.

— O que levou você a fazer isso? — perguntou com toda a calma do mundo.

— Meu pai era a pessoa que eu mais amava no planeta. Depois dele, o Terry era a coisa que eu mais amava na vida. Por alguma razão, enfiei na cabeça que não queria o Terry se não pudesse ter meu pai. Eu estava punindo o cachorro por ele estar vivo.

— Deve ter sido uma experiência terrível.

— Foi. Mas não pela razão que o senhor pensa.

— Como assim?

— A história não termina aí. Perdi meu pai e espanquei um cachorro inocente até a morte, mas não foi isso que realmente me afligiu.

— Não?

— O que me afligiu de verdade foi o fato de que o Terry não existia. Eu o inventei. Certa vez adotamos um gato, mas nunca tivemos um cachorro. Ainda sou assombrada por pesadelos por causa do que eu fiz com o Terry, mas sei com plena certeza que foi uma ilusão, um produto da minha fantasia doentia.

— Quando você descobriu que isso não era real?

— Demorou, foi bem mais tarde. Iniciei meu primeiro tratamento terapêutico quando eu tinha cerca de dezoito anos, e depois de um tempo a verdade veio à tona. Foi a primeira vez que criei coragem para mencionar o fato a alguém. Eu não queria que as pessoas soubessem que eu havia assassinado meu próprio cachorro. As pessoas pensariam que eu estava louca.

Pobre garota, pensou Viktor, dando um tapinha distraído e carinhoso em Sindbad. O golden retriever cochilava pacificamente a seus pés, sem se perturbar pelas angustiantes revelações. Anna padecia carregando um sofrimento terrível por causa de um ato de crueldade que ela nunca cometeu. Essa era a tirania da esquizofrenia. A maioria dos delírios tem o efeito de fazer com que o doente se sinta uma criatura inútil, perversa e indigna de existir. Não era incomum que os pacientes sucumbissem a seus algozes imaginários e acabassem por tirar a própria vida. Viktor deu outra olhada no relógio de pulso e ficou surpreso ao ver que já era tão tarde. Ele teria que deixar a entrevista da *Bunte* para outro dia.

— Muito bem, srta. Spiegel.

Viktor se levantou, resoluto, para indicar que a conversa finalmente havia terminado e era hora de ela ir embora. Deu um passo em direção a Anna e sentiu uma surpreendente tontura.

— Espero ter deixado suficientemente claro que não estou em posição de aceitá-la como paciente e tratar seu caso — disse ele com firmeza. Queria acompanhá-la até a porta, mas tinha medo de cambalear.

Anna olhou para ele com uma expressão impassível e também se pôs de pé.

— Eu entendo — disse ela, inesperadamente alegre. — Obrigada por me ouvir. Com certeza seguirei seu conselho.

Os passos dela em direção à porta despertaram em Viktor a lembrança de algo. Ele tentou definir com clareza a memória, mas ela lhe escapou num piscar de olhos.

Anna se virou.

— Está se sentindo bem, dr. Larenz?

— Estou bem, obrigado — respondeu, constrangido por ela ter notado sua tontura.

A verdade é que ele se sentia como alguém que voltava a pisar em terra firme após uma longa viagem no mar.

— Onde está hospedada? — perguntou, tentando levar a conversa adiante. Abriu a porta da frente, e Anna saiu para a varanda.

— Na Âncora.

Ele assentiu. *É claro*. A Âncora era a única pousada que permanecia aberta durante todos os meses de inverno. Era administrada por Trudi, cujo marido morreu afogado numa malograda expedição de pesca três anos antes. Ela nunca rejeitava ninguém.

— O senhor tem certeza de que está bem? — insistiu ela.

— Absoluta. É que às vezes eu fico um pouco tonto quando me levanto rapidamente. — Viktor esperava não estar sucumbindo à gripe.

Ela pareceu satisfeita com a resposta.

— É melhor eu ir embora. Preciso arrumar minhas coisas e dormir cedo. Não quero perder a primeira balsa amanhã cedo.

Viktor ficou satisfeito em ouvir isso. Quanto antes ela deixasse Parkum, melhor. Queria ficar sozinho e em paz.

Apertou a mão dela de novo, e eles se separaram em termos afáveis, quase amigáveis.

Mais tarde, Viktor desejou ter sido mais atento e percebido os sinais de alerta. Mas esse era o problema com a percepção retrospectiva dos fatos. Na ocasião, não lhe ocorreu verificar se ela realmente havia partido da ilha. E ela deve ter contado com a natureza ingênua de Viktor. Assim que a porta se fechou, ela não escondeu suas verdadeiras intenções e partiu rumo ao norte — na direção contrária à pousada Âncora.

6

Assim que se livrou de Anna, Viktor enfrentou nova perturbação. Ouviu outra batida na porta. Desta vez era Halberstaedt, o zelador da ilha.

— Você fez um ótimo trabalho com o gerador — falou Viktor, apertando a mão do velho. — A casa estava aquecida quando cheguei.

— Fico feliz, foi um prazer, dr. Larenz — disse Halberstaedt com rispidez, retirando rapidamente a mão.

— Então, o que o traz até aqui neste tempo tão tempestuoso? A entrega do correio vai demorar alguns dias, não é?

— Não estou aqui por causa da correspondência.

Halberstaedt segurava na mão esquerda um pedaço de madeira que ele usava para bater nas solas das botas pretas de borracha e raspar a areia das ranhuras.

— Certo. Você gostaria de entrar? Vem vindo chuva grossa por aí.

— Obrigado, mas não quero incomodar o senhor. Eu só estava pensando...

— Sim?

— A mulher que esteve aqui agora há pouco. Quem é ela?

Viktor ficou desconcertado com o tom direto do homem. Não era do feitio do reservado e gentil Halberstaedt se intrometer na vida alheia.

— Não é da minha conta, mas eu aconselho o senhor a ter cuidado. — O zelador continuou a falar, parando para cuspir o tabaco de mascar, que voou por cima da grade lateral da varanda e caiu na areia. — Muito cuidado!

Estreitando os olhos, Viktor olhou com desaprovação para o zelador. Ele não gostou nem do conselho, nem do tom com que foi dado.

— O que exatamente você está insinuando?

— Eu não faço rodeios, dr. Larenz. Há algo de muito estranho nessa mulher. Ela não bate bem da cabeça.

Era natural que as pessoas com problemas mentais despertassem suspeitas nos outros, mas Viktor ficou surpreso por Halberstaedt ter percebido tão rapidamente o frágil estado de Anna. Ele se pôs a imaginar o que o zelador da ilha pensava a respeito dele. *Deus sabe o quanto também estou frágil...*

— Não há necessidade de se preocupar com a srta...

— Não é com *ela* que eu estou preocupado. É com o senhor — interrompeu Halberstaedt em tom áspero.

O hiato havia acabado. A repentina aparição de Anna e sua horrível história distraíram Viktor por algum tempo, mas agora os pensamentos dele estavam de volta. Milhões de diferentes gatilhos eram capazes de evocar a imagem de Josy em sua mente. Um tom de voz mais elevado estava entre eles.

— O que você quer dizer com isso?

— O que eu acabei de dizer. O senhor precisa tomar cuidado. Eu moro nesta ilha há 42 anos, e já vi pessoas irem e virem. Algumas eram pessoas boas e decentes como o senhor, que nunca causaram problemas. Outras não foram tão bem-vindas. Reconheço uma laranja podre quando vejo uma; tenho um instinto pra isso. Assim que pus os olhos naquela mulher, eu soube que coisa boa não era, ela está com más intenções.

— Você tem alguma prova disso? Ela disse algo que o alarmou?

— Eu não falei com ela. Eu a vi descer da balsa e a segui até aqui.

Que estranho, pensou Viktor, lembrando-se da versão bem diferente que Anna lhe contou. Mas não havia razão para ela mentir.

— Ela passou na loja de ferragens há algumas horas. O Hinnerk disse que ela se comportou de forma muito estranha.

— Estranha como? Você poderia se explicar melhor?

— Ela pediu uma arma.

— Uma arma?

— Primeiro ela o obrigou a mostrar um arpão e um sinalizador, mas em vez disso comprou uma faca de trinchar e alguns metros de linha de pesca de náilon. Por que ela faria isso?

— Não faço ideia — respondeu Viktor, sem saber o que pensar acerca dessa história. Parkum era um lugarzinho modorrento de tão tranquilo. O que a srta. Spiegel iria querer com uma arma?

— Então está bem. — Halberstaedt cobriu a cabeça com o capuz de sua parca preta. — É melhor eu ir embora. Desculpe o incômodo.

— De jeito nenhum; foi muita gentileza da sua parte ter vindo.

Halberstaedt desceu os degraus até a vereda e caminhou rumo ao portão baixo. Ao chegar à cerca, ele se deteve e se virou.

— Uma última coisa, doutor. Todos nós lamentamos muito a notícia.

Viktor meneou a cabeça em silêncio. Não havia necessidade de Halberstaedt ser mais específico que isso. As pessoas vinham oferecendo condolências a Viktor havia quatro anos.

— Achei que poderíamos ajudá-lo — afirmou o zelador.

— Como assim?

— Assim que o senhor desceu da balsa, eu disse a mim mesmo que uma mudança de ares te faria um bem danado. Achei que o senhor fosse deixar o passado pra trás e colocar um pouco de cor nas bochechas. O problema é...

— O quê?

— O senhor está mais pálido do que nunca. Aconteceu algo?

Estou preso num pesadelo, pensou Viktor, *o pesadelo da minha vida. E você só está piorando as coisas para mim.* Em vez de dizer isso em voz alta, ele guardou para si seus pensamentos, balançou a cabeça com firmeza e quase perdeu o equilíbrio. Sentiu tontura de novo.

Halberstaedt fechou o portão e olhou para Viktor com severidade.

— Como quiser. Talvez não seja nada, talvez seja. De qualquer forma, insisto: não esqueça o que eu disse sobre aquela mulher.

Viktor apenas fez que sim com a cabeça.

— Cuide-se, doutor. Fique de olhos bem abertos nos próximos dias. Estou com um mau pressentimento.

— Eu vou tomar cuidado. Obrigado pela preocupação.

Viktor trancou a porta da frente e espiou Halberstaedt pelo olho mágico. O raio de visão era bastante limitado, e em poucos segundos o zelador desapareceu da vista.

O que foi isso?, perguntou Viktor com seus botões.

Mais cedo ou mais tarde ele descobriria a verdade — mas, a essa altura, já seria tarde demais.

7

PARKUM, QUATRO DIAS ANTES DA VERDADE

Bunte: Você ainda vive com esperança?

A segunda pergunta da entrevista era a pior. Depois de uma noite maldormida e de um café da manhã pouco inspirado, eram dez horas quando Viktor começou a trabalhar. Trinta minutos depois, ele ainda estava fitando a tela do laptop em branco. Pelo menos havia uma boa explicação para sua lentidão. Ele tinha quase certeza de que ele estava contraindo uma gripe. A tontura do dia anterior parecia ter se curado sozinha, mas ele acordou com dor de garganta e coriza. Mesmo assim, queria recuperar o tempo perdido e avançar na entrevista.

Esperança.

Era tentador responder com sua própria pergunta:

Esperança de quê? De que Josy ainda esteja viva ou de que alguém encontre o cadáver dela?

•

Uma forte rajada de vento sacudiu a janela de treliça. Viktor se lembrava vagamente de ter ouvido um alerta meteorológico no noticiário. Desde o dia anterior, a ilha se preparava para a chegada do furacão Anton, cuja cauda deveria atingir Parkum naquela tarde. Uma imensa massa de nuvens cinzentas avolumava-se sobre o mar, e as primeiras chuvas, empurradas para a terra pelo vento feroz, começavam a fustigar a costa. A temperatura caiu drasticamente durante a noite e, graças à fraca capacidade do gerador a diesel, estava tão frio, que o fogo que ardia na lareira era ao mesmo tempo bonito e necessário. Na verdade, estava tão sombrio e desolador lá fora, que até os barcos de pesca e as balsas acataram os conselhos da guarda costeira e se recolheram. De sua escrivaninha perto da janela, Viktor não conseguia distinguir uma única embarcação no mar revolto. Ele desviou o olhar para a tela do laptop.

Esperança.

Viktor cerrou os punhos e espalhou os dedos pelo teclado, mas sem tocar as teclas. Na primeira leitura, a pergunta explodiu em seu cérebro, rompendo uma represa invisível e inundando sua mente. Depois do vazio inicial, tomou forma um único pensamento, uma lembrança dos últimos dias do pai. Aos 74 anos, Gustav Larenz foi diagnosticado com linfoma. O câncer lhe causava uma dor constante e excruciante, para a qual ele recebia um fluxo constante de morfina, mas, nos estágios finais da doença, nenhum medicamento no mundo era forte o suficiente para acabar com seu sofrimento. Ele foi torturado por fortes enxaquecas, cuja potência era reduzida a um nível tolerável a cada duas horas por uma nova dose de comprimidos. Viktor lembrou-se das palavras com as quais o pai descreveu sua provação: "É como viver sob uma redoma de vidro rodeada de nevoeiro".

Agora, anos depois, ele entendeu. A esperança de Viktor estava soterrada sob uma redoma de vidro rodeada de nevoeiro. Ele pensou com seus botões se os sintomas do pai não teriam sido transmitidos ao filho, passados de uma geração para outra como uma doença hereditária. *Só que o câncer não está atacando minhas glândulas linfáticas; está invadindo minha mente, corroendo meu espírito.*

•

Viktor respirou fundo e começou a digitar.

Sim, ele vivia com esperança. Vivia com a esperança de que um dia a governanta anunciaria a chegada de um visitante que esperaria no corredor, de quepe na mão, e recusaria o convite para se sentar com ele no salão. Ele vivia com a esperança de que o homem uniformizado o olharia nos olhos e por um momento não diria nada. E nesse instante ele saberia. Ele saberia muito antes de o comissário de polícia abrir a boca para proferir a frase mais definitiva: "Meus pêsames".

Era essa a esperança de Viktor.

A esperança de Isabell era diametralmente oposta. Ele não tinha ideia de onde a esposa encontrava força, mas sabia que as orações dela eram o contrário das dele. No fundo, ela acreditava no futuro. Ela acreditava em um futuro no qual voltaria para casa de uma cavalgada matinal e veria a bicicleta de Josy caída na garagem da entrada. E antes que ela tivesse tempo para pegar a bicicleta e guardá-la no barracão, Josy viria descendo a trilha do lago, rindo e arrastando o pai pela mão.

De longe, a menina feliz, saudável e entusiasmada perguntaria, aos gritos:

— O que tem pro almoço, Mamãe?

E as coisas voltariam ao normal. Isabell aceitaria isso numa boa. Ela não ficaria surpresa e não faria perguntas. Passaria a mão pelos cabelos loiros de Josy, que estariam alguns centímetros mais longos que o normal, e assimilaria o fato de que a filha estava de volta e a família reunida. Ela receberia de bom grado o retorno da menina, com a mesma aceitação que vinha demonstrando dia após dia durante quase quatro anos. Essa era a esperança tácita de Isabell.

•

Bem, isso responde à sua pergunta?

Viktor percebeu que estava falando em voz alta. Dessa vez, Ida von Strachwitz, a jornalista da *Bunte*, era a sua ouvinte imaginária. Em dois dias ele deveria enviar a ela um e-mail com as respostas da entrevista.

O laptop de Viktor emitiu um barulho que o fez lembrar-se de uma antiga máquina de café cuspindo as últimas gotas de água no filtro. Ele decidiu deletar as últimas linhas. Para sua surpresa, descobriu que não havia nada para apagar. A soma de trinta minutos de trabalho foi uma única frase, que não tinha nenhuma relação óbvia com a pergunta.

"O abismo entre não saber e saber
é a diferença entre a vida e a morte."

Viktor não teve tempo de acrescentar mais detalhes à frase, porque um segundo depois o telefone fixo tocou pela primeira vez desde sua chegada. A campainha estridente e o eco rouco romperam a tranquilidade que reinava na casa de praia e causaram um sobressalto em Viktor. Ele deixou o toque soar quatro vezes antes de levantar o pesado auscultador do telefone preto. Como a maioria das coisas na casa, o antigo aparelho pertencera ao seu pai. Estava posicionado sobre uma mesa baixa ao lado da estante de livros.

— Espero não estar incomodando o senhor.

Viktor sufocou um gemido. Ele estava meio que esperando que ela ligasse. Ao ouvir o som da voz dela, a tontura voltou, junto com a dor de garganta e outros sintomas do resfriado.

— Achei que tivéssemos chegado a um acordo, srta. Spiegel.

— Desculpe — disse uma voz miúda em resposta.

— Você não deveria partir agora pela manhã? A que horas sai sua balsa?

— Foi por isso que liguei. Eu não posso ir embora.

— Não pode ir embora? — Irritado, Viktor olhou para o teto e notou algumas teias de aranha num dos cantos. — Escute, srta. Spiegel, já discutimos isso ontem. No momento você está em remissão e suficientemente bem para embarcar em uma balsa sem nenhum problema. Quero que você retorne a Berlim e marque uma consulta com o professor van Druisen. Eu creio que...

— Eu não posso — repetiu Anna calmamente. Viktor adivinhou o motivo antes que ela tivesse tempo de explicar. — É a balsa. As viagens de hoje foram canceladas por causa da tempestade. Estou presa aqui na ilha.

8

Ele detectou assim que desligou o telefone. Havia algo na voz dela. Algo que lhe deu a impressão de que ela havia planejado de antemão a tempestade com a expressa intenção de interromper seu trabalho e sabotar seus esforços para enterrar o passado. Anna parecia ter algo a lhe contar, algo tão importante, que ela se deu ao trabalho de vir de Berlim, e estava disposta a arcar com os custos dessa viagem — no entanto, ainda assim no dia anterior ela não mencionou do que se tratava, por razões que só ela conhecia. Anna não havia contado o que era, mas Viktor sabia com absoluta certeza que ela estava disposta a não arredar pé da ilha enquanto não desabafasse sua história. Temendo que ela chegasse a qualquer momento, Viktor decidiu tomar um banho de chuveiro e se vestir. No banheiro, dissolveu algumas aspirinas em um pouco de água e engoliu com o estômago vazio. Sentiu a pressão aumentando atrás dos olhos, claro sinal de que uma enxaqueca estava a caminho. Em circunstâncias normais, teria tomado alguns analgésicos ao primeiro sinal de problema, mas a flupirtina o deixava sonolento, e ele queria estar com a cabeça limpa e alerta, pronto para o que desse e viesse, quando sua visitante indesejada chegasse.

Como resultado, ele se sentiu confuso, mas não sonolento, quando o rosnado de Sindbad o alertou da chegada de Anna. Era início da tarde.

— Eu saí pra dar um passeio e vi a luz da sala acesa — disse ela alegremente quando ele abriu a porta.

Viktor franziu a testa. Saiu para dar um passeio? Somente os mais dedicados donos de cães se aventurariam a sair em um mau tempo como aquele. Não estava chovendo a cântaros, mas a garoa perpétua era um martírio. Além disso, o caro terninho de caxemira e os sapatos de salto alto de Anna não eram nem um pouco adequados para aquelas condições climáticas. A caminhada desde o vilarejo durava pelo menos quinze minutos, e a estrada esburacada já estava alagada. Mas os sapatos de Anna estavam imaculados e elegantes como sempre. E, apesar da ausência de um guarda-chuva nas mãos e de um lenço na cabeça, os cabelos dela estavam perfeitamente secos.

— Dr. Larenz? Este é um momento inoportuno?

Viktor percebeu que encarava a mulher com um olhar desconfiado.

— Sim. Quero dizer, não, eu... — Ele gaguejou. — Perdão. Eu não esperava visitas, e estou um pouco resfriado.

Ele se lembrou do que Halberstaedt lhe contara. Isso o deixou duplamente relutante a convidá-la a entrar.

— Ah. — O sorriso desapareceu do rosto de Anna. — Lamento ouvir isso.

No mar, um relâmpago riscou o céu de fora a fora, banhando o chalé e o entorno com uma luz repentina. Seguiu-se o grave estrondo de um trovão. A tempestade se aproximava. Irritado, Viktor percebeu que seria difícil conseguir fechar a porta para sua problemática visitante. As boas maneiras ditavam que ele tolerasse a companhia dela, pelo menos até que o tempo amainasse.

— Bem, já que você se deu ao trabalho de vir até aqui, é melhor entrar e tomar uma xícara de chá — disse com relutância.

Anna aceitou a oferta sem hesitar. Ela recuperou o sorriso, e Viktor pensou ter vislumbrado nas feições dela uma expressão de triunfo. Anna o fazia lembrar-se de uma criança pequena cuja birra é recompensada com um saco de guloseimas.

Ela o seguiu até a sala de estar, onde retomaram suas posições do dia anterior: Anna com as pernas cruzadas com elegância no sofá, e Viktor de costas para a janela junto à escrivaninha.

— Sirva-se de chá, por favor.

Ele ergueu a xícara e apontou a cabeça em direção ao bule de porcelana sobre um réchaud que estava no console da lareira.

— Obrigada; talvez mais tarde.

A dor de garganta de Viktor piorou significativamente. Ele tomou um generoso gole de chá de Assam. O sabor amargo foi mais pronunciado do que da última vez.

— Está se sentindo bem, dr. Larenz?

Ela lhe havia feito a mesma pergunta no dia anterior. Incomodava-o o fato de que parecia capaz de perceber o que se passava no íntimo dele. Afinal de contas, ele era o psiquiatra.

— Eu estou bem, obrigado.

— O senhor não sorriu nem uma vez desde que cheguei aqui. Espero não ter feito nada que possa ter ocasionado seu desagrado. Eu tinha toda a intenção de pegar a balsa hoje, acredite. Não sabia que o serviço seria suspenso.

— Eles disseram quando a balsa voltará a operar?

— A previsão é de 48 horas. Com muita sorte, em 24 horas.

Conhecendo a minha falta de sorte, ela ficará aqui por uma semana, pensou Viktor, lembrando-se das ocasiões em que já tinha ficado preso em Parkum com o pai por pelo menos dois dias.

— Talvez o senhor pudesse me atender em outra consulta, já que estou aqui — sugeriu ela com audácia, abrindo um meigo sorriso.

Ela quer tirar algo do peito.

— Outra consulta? Srta. Spiegel, não sou seu terapeuta. Você não é minha paciente. Ontem foi um bate-papo informal, nada mais. Dias de mau tempo não me farão mudar de ideia.

— Ótimo, então vamos continuar conversando. O bate-papo de ontem realmente ajudou.

Ela quer me contar alguma coisa e não vai parar de me importunar enquanto eu não ouvir seu relato.

Viktor sustentou o olhar de Anna por alguns segundos e cedeu ao perceber que ela estava determinada a não desviar o olhar.

— Tudo bem, acho que podemos conversar...

Vamos terminar o que você começou ontem, acrescentou ele para si mesmo.

•

Feliz da vida, Anna recostou-se no sofá e começou a contar a Viktor a história mais terrível que ele já tinha ouvido.

9

—Em que você está trabalhando no momento? — perguntou Viktor, dando o pontapé inicial.

Naquela manhã ele acordara com uma pergunta em mente. *Quem são as próximas personagens que ganharão vida na imaginação dela?*

— Eu não escrevo mais ficção. Ou pelo menos não o que a maioria das pessoas entenderia por ficção.

— Como você descreveria isso?

— Hoje em dia eu escrevo apenas sobre mim mesma, *autobiografia*, por assim dizer. Assim eu mato três coelhos com uma cajadada só: isso me permite satisfazer ao meu pendor literário, me propicia uma forma de fazer as pazes com o meu passado, e elimina a possibilidade de personagens de ficção ganharem vida e me enlouquecerem.

— Entendo. Então me conte sobre seu colapso mental mais recente, aquele que culminou na sua internação na Park.

Anna respirou fundo e cruzou as mãos como se estivesse rezando.

— Muito bem. A minha última personagem a ganhar vida foi a heroína de um livro infantil. Um conto de fadas moderno.

— Você pode me contar a trama?

— Gira em torno de uma garotinha chamada Charlotte. Uma menina delicada, de cabelos loiros angelicais, do tipo que se vê em comerciais de biscoitos e chocolate. O senhor conhece bem o tipo.

— No que diz respeito a alucinações, posso pensar em coisas muito piores.

— Verdade. A Charlotte era um encanto. Todas as pessoas a achavam adorável. O pai dela era o rei, e a família real vivia num palácio numa ilha.

— Como a história começava?

— Com uma missão de busca. Um dia, Charlotte adoeceu, ficou gravemente doente.

Viktor, que estava prestes a tomar outro gole de chá, pousou a xícara na escrivaninha. Agora Anna tinha toda a atenção dele.

— Ela perdeu peso, tornou-se frágil e debilitada, era atingida por ataques de todos os tipos de infecções misteriosas. Um a um, o rei consultou todos os médicos do reino, mas nenhum especialista sabia o que havia de errado com sua filhinha. Não demorou muito para que o casal real ficasse frenético de preocupação e desespero. Enquanto isso, cada vez mais mirrada, a pobre menina Charlotte definhava dia após dia.

De tão absorto no relato, Viktor se esqueceu de respirar.

— Um dia ela decidiu assumir as rédeas do próprio destino. Ela fugiu de casa.

Josy.

Apesar de todos os seus esforços, Viktor se pegou pensando na filha.

— Como disse? — perguntou Anna, intrigada.

Viktor passou a mão nervosamente pelo cabelo. Sem dúvida ele devia ter falado alguma coisa em voz alta.

— Nada. Não tive a intenção de interromper. Continue.

— Então, como eu dizia, a Charlotte empreendeu uma missão de busca a fim de descobrir a causa de sua doença. Creio que se poderia chamar essa história de uma parábola. Uma menina que não perde as esperanças, se recusa a desistir, decide agir por conta própria e parte mundo afora.

Não, pensou Viktor. *Isso não pode estar acontecendo.* Sua mente foi travando aos poucos. Era a mesma sensação de paralisia que o acometeu na clínica do dr. Grohlke; o mesmo entorpecimento catatônico que o acompanhara durante todos os dias de sua vida, até que decidiu encerrar em definitivo as buscas por sua filha.

— O senhor tem certeza de que está bem, dr. Larenz?

— Como? Ah, desculpe... — Ele olhou para os dedos de sua mão direita, que tamborilavam nervosamente na antiga escrivaninha de mogno. — Perdoe-me, eu não deveria beber tanto chá. Mas conte-me mais sobre a Charlotte. Como a história termina? O que aconteceu com ela?

Para onde Josy foi?

— Eu não sei.

— Ora, é claro que você deve saber como termina a sua própria história, não? — perguntou Viktor em tom áspero. A pergunta soou mais agressiva do que ele pretendia, mas Anna se manteve aparentemente imperturbável.

— Eu já disse, dr. Larenz, nunca consegui passar dos primeiros capítulos. E é por isso que a Charlotte veio atrás de mim. Foi assim que o pesadelo começou.

Pesadelo?

— Como assim?

— A Charlotte foi a última das minhas personagens a ganhar vida. Passamos juntas por algo tão horrível, que eu tive um colapso. Depois disso é que fui internada na Clínica Park.

— Vamos recuar um pouco. Conte-me exatamente o que aconteceu. — Viktor sabia que estava quebrando as regras. Era cedo demais para a paciente discutir o trauma, mas ele simplesmente precisava saber. Anna abaixou a cabeça e fitou o chão. Ele insistiu, dessa vez com mais delicadeza. — Quando você viu a Charlotte pela primeira vez?

— Há cerca de quatro anos, em Berlim. Era inverno.

26 de novembro, pensou Viktor.

— Eu estava indo fazer compras quando ouvi um barulho medonho: pneus guinchando, a colisão de metal contra metal, vidro estilhaçado. Os sons de um acidente de carro. Ainda me lembro de ter pensado: "Espero que ninguém tenha se machucado", então eu me virei e vi uma menina no meio da rua. Ela estava paralisada. Obviamente ela tinha sido a culpada pelo acidente.

Viktor enrijeceu em sua cadeira.

— De repente, como se pudesse sentir que eu estava ali, ela se virou e sorriu para mim. Eu a reconheci de imediato. Era a Charlotte, a garotinha do meu livro. Ela correu e me pegou pela mão.

Bracinhos tão frágeis e finos. Tão delicados.
— Tive a sensação de que a minha mente desligou. Por um lado, eu sabia que a Charlotte não era real, só podia ser uma ilusão. Por outro lado, ela estava bem ao meu lado. No final, fui obrigada a acreditar na evidência dos meus olhos. Então eu a segui.
— Você a seguiu? Para onde? Para onde ela foi?
— Por quê? Isso faz diferença? — perguntou Anna, pestanejando de surpresa e confusão. Ela parecia chateada e desnorteada.
— Nenhuma. Desculpe. Por favor, prossiga.
Anna limpou a garganta e se levantou.
— Se não se importa, dr. Larenz, eu gostaria de fazer uma pausa. Sei que pressionei o senhor para esta conversa; é que julguei que estava pronta, mas não estou. As alucinações foram extremamente traumáticas. Falar sobre elas é mais difícil do que eu pensava.
— Eu entendo — disse Viktor, conseguindo demonstrar empatia, embora estivesse desesperado para que ela continuasse. Ele também se pôs de pé.
— O senhor não terá mais que se preocupar comigo, não vou mais incomodá-lo. Com alguma sorte, a balsa funcionará amanhã.
Não!
Em seu íntimo, Viktor lutou febrilmente para pensar em um motivo que a fizesse ficar. Ele não podia permitir que ela deixasse a ilha, embora fosse exatamente isso que, antes, ele a fizera prometer.
Viktor pairou desajeitadamente no meio da sala.
— Uma última pergunta: qual era o título do livro?
— Eu ainda não tinha decidido. Eu tinha apenas um título provisório: *Nove*.
— *Nove?*
— A Charlotte tinha nove anos quando fugiu de casa.
— Ah.
Mais nova que Josy.
Viktor ficou surpreso consigo mesmo. Ele esteve muito perto de acreditar na história de Anna. Na verdade, quase tinha a esperança de que os delírios dela estivessem de alguma forma ligados à verdade.

TERAPIA

Ele deu alguns passos em direção a Anna e percebeu que seus sintomas estavam piorando. A aspirina não havia feito nada para aliviar a enxaqueca, suas têmporas ainda latejavam dolorosamente e seus olhos lacrimejavam. Anna estava parada bem na frente dele, mas seus contornos ficaram embaçados, como se ele a estivesse enxergando através de um copo cheio d'água. Ele piscou, a visão se desanuviou um pouco e, quando olhou de novo, viu no rosto dela uma expressão que não foi capaz de decifrar. Então se deu conta com súbita clareza: ele e Anna já haviam se encontrado antes. Ele a conhecia de há muito tempo, mas não conseguia identificar quando ou em que circunstância. Era como reconhecer uma atriz, mas não saber quais personagens ela interpretava ou qual era seu nome na vida real.

Com gestos desajeitados, ele a ajudou a vestir o casaco e a acompanhou até a porta. Anna deu um passo soleira afora e, de repente, se virou. Sua boca estava a milímetros de distância do rosto de Viktor.

— Ah, eu me lembrei. O senhor perguntou sobre o título do livro?

— Sim? — Viktor deu um passo para trás, sentindo uma onda de energia nervosa.

— Não creio que seja relevante, mas o livro tinha um subtítulo. Na verdade, por incrível que pareça, não tinha nada a ver com o enredo. A ideia me ocorreu no banho, e eu a aceitei porque achei meio engraçado.

— E qual era?

Por uma fração de segundo ele se perguntou se realmente queria saber. Mas já era tarde demais.

— *O gato azul* — disse Anna. — Não me pergunte por quê. Eu ia colocar na sobrecapa a foto de um gato azul.

10

—Tá legal, só pra ter certeza de que eu entendi direito...

Viktor quase podia ver que do outro lado da linha o detetive barrigudo estava balançando a cabeça, incrédulo. Assim que Anna saiu de sua casa, ele ligou para o detetive particular.

— Você está me dizendo que uma paciente com distúrbios mentais apareceu na sua porta em Parkum?

— Correto.

— E essa mulher está convencida de que vem sendo perseguida por personagens de livros que ela mesma escreveu?

— Sim.

— E você quer que eu investigue se as divagações delirantes da srta.... Qual é mesmo o nome dela?

— Desculpe, Kai, mas prefiro não dizer. Ela é uma paciente, não *minha* paciente; mas mesmo assim é uma paciente. Por causa do sigilo profissional, tudo o que ela me conta é confidencial.

Até certo ponto.

— E você acha que as alucinações dessa srta. Fulana de Tal estão ligadas ao desaparecimento da Josy?

— Correto.

— Você quer saber o que eu acho?

— Você acha que eu endoideci de vez.

— Pra dizer o mínimo.

— Eu não culpo você, Kai. Mas não posso descartar o que ela me disse. É coincidência demais.

— Você não pode... ou você não quer?

Viktor fingiu não ouvir.

— Uma garotinha sucumbe a uma doença misteriosa e desaparece de maneira inexplicável sem deixar vestígios. E isso não acontece em um lugar qualquer: é em *Berlim*.

— Tá legal — comenta Kai. — Mas talvez a mulher tenha mentido quando disse que não tinha lido os jornais. E se na verdade ela sabe o que aconteceu com a Josy?

— Eu também cogitei essa possibilidade, mas os problemas de saúde da Josy não eram de conhecimento público.

Viktor lembrou-se de como a polícia os aconselhou a ocultar as informações sobre a doença de Josy. A mídia teria tirado proveito dos sintomas misteriosos para transformar o caso em uma história sensacionalista.

Além do mais, havia outra vantagem em ocultar os detalhes, como explicou o jovem comissário encarregado da investigação: "Isso nos dá um meio de identificar o verdadeiro sequestrador. Nossa expectativa é receber todo tipo de telefonemas de pessoas oportunistas e interesseiras, ávidas para alegar terem levado Josy a algum cativeiro, na esperança de colocar as mãos no dinheiro do resgate".

A tática se mostrou eficaz. Os apelos públicos por informações sobre Josy geraram uma enxurrada de ligações de um sem-número de indivíduos, todos afirmando serem o sequestrador. Em resposta à pergunta "como está Josephine?", invariavelmente relatavam que ela estava "muito bem" ou "excelente, diante das circunstâncias". Ambas as respostas estavam redondamente erradas. Josephine desmaiava pelo menos uma vez por dia, e era pouco provável que o fato de ter sido raptada pudesse melhorar seu estado de saúde.

— Tá legal, doutor, então uma garotinha fica doente e foge de casa — continuou o detetive particular. — Até aí, tudo bem, mas e esse papo de um palácio real e uma ilha?

— Tecnicamente, Schwanenwerder é uma ilha. Só é acessível a partir de Berlim-Zehlendorf por uma ponte. E a nossa casa é praticamente um palácio, você mesmo já disse isso. Quanto à referência sobre a princesa, a Isabell chamava... ou melhor, a Isabell chama nossa filha de *princesinha*. Tudo se encaixa.

— Escute, Viktor, não me entenda mal. Eu e você já nos conhecemos há quatro anos, e eu gostaria de pensar que somos amigos; mas você não deveria levar essa mulher a sério. Ela não te contou nada que você já não saiba. A história dela é como um horóscopo: tudo é vago demais pra ser útil.

— Talvez você tenha razão, mas eu devo à Josy a obrigação de verificar todas as pistas possíveis, por mais improváveis que sejam.

— Tudo bem, você é quem manda. Mas vamos ter em mente os fatos. O último avistamento crível da Josephine veio de um casal de idosos que viu um homem sair da clínica do dr. Grohlke com uma menina. Eles não suspeitaram do sujeito porque presumiram que fosse o pai dela. A declaração deles foi corroborada pelo dono do quiosque da esquina. A sua filha foi sequestrada por um homem de meia-idade, não uma mulher. E ela tinha doze anos, não nove.

— Não esqueça do gato azul! O brinquedo favorito da Josy era um gato azul de pelúcia chamado Nepomuk.

— Aleluia! Supondo que essa mulher tenha raptado a sua filha, por que razão ela procuraria você? Ela se esconde com a Josy por quatro anos e então, um belo dia, do nada, pega uma balsa rumo a Parkum. Essa história não faz o menor sentido.

— Não estou dizendo que ela foi responsável pelo desaparecimento da Josy; estou dizendo que ela sabe alguma coisa, só isso. E farei o possível para arrancar isso dela durante as próximas sessões de terapia.

— Então você vai ver essa mulher de novo?

— Eu a convidei para outra conversa amanhã pela manhã. Espero que ela venha; no começo eu fui um pouco hostil.

— Por que você não vai direto ao ponto e pergunta o que ela sabe sobre a Josy?

— Como fazer isso?

— Mostre a ela uma foto da menina. Pergunte se ela a reconhece e, se a resposta for sim, chame a polícia.

— Eu não trouxe comigo nenhuma foto decente. Só tenho uma fotocópia de um artigo de jornal.

— Posso te enviar uma por fax.

— Não vale a pena. Eu não seria capaz de usá-la... ainda não.

— Por que não?

— Em um aspecto, não há dúvida de que a minha paciente disse a verdade: ela é esquizofrênica. Como terapeuta, tenho que conquistar a confiança dela. Ela já sinalizou que não quer falar sobre o que aconteceu. Se ela achar que a estou acusando de ter cometido um crime, nunca mais falará comigo. Ela vai se fechar completamente. Não posso correr esse risco enquanto eu julgar que existe a mais ínfima chance de Josy estar viva. Ela é minha última esperança.

Esperança.

— Quer saber de uma coisa, Viktor? A esperança é como pisar em um caco de vidro. Enquanto a lasca estiver presa na sua carne, você sentirá um estremecimento de dor a cada passo. A melhor medida é arrancar logo o estilhaço de uma vez. Claro, vai doer muito, e o ferimento vai demorar um pouco pra cicatrizar, mas depois disso você vai poder andar normalmente de novo. Existe uma coisa chamada luto, e você deveria tentar passar por esse processo. Já faz quatro anos que a menina desapareceu! Pelo amor de Deus, Viktor, o relato mirabolante de uma paciente mental não é exatamente uma pista promissora!

Sem que o investigador soubesse, as suas perorações sobre a natureza da esperança forneceram a Viktor a resposta à segunda pergunta da revista *Bunte*.

— Tudo bem, Kai, façamos um acordo. Prometo a você que darei por encerradas as buscas à Josy, se você me fizer um último favor.

— Qual?

— Descubra se existe algum registro de um acidente de carro ocorrido nas proximidades da clínica de Grohlke entre 15h30 e 16h15 do dia 26 de novembro. Você pode fazer isso por mim?

— Opa. Mas, nesse ínterim, quero que você não faça mais nada além de empregar toda a sua energia pra terminar a maldita entrevista. Entendido?

Viktor simplesmente agradeceu a ajuda. Parecia uma tolice fazer promessas que ele não tinha intenção de cumprir.

11

Parkum, três dias antes da verdade

Bunte: Decerto foi um momento extremamente angustiante para você. O que o ajudou a lidar com a situação?

Viktor riu. Em alguns minutos teria início sua outra sessão com Anna, contanto que ela aparecesse. Eles haviam combinado no dia anterior, mas Anna se recusou a se comprometer com cem por cento de certeza. Viktor tentou se distrair trabalhando na entrevista. Escolheu de caso pensado a pergunta mais fácil, a fim de tirar da mente os pensamentos sobre Charlotte. *E sobre Josy.*

O que ajudou você a lidar com a situação?

Ele não precisou pensar muito na resposta. Consistia numa única palavra: *álcool*.

Começou com um ou dois goles; porém, quanto mais tempo passava desde o desaparecimento de Josy, maior era a quantidade de álcool necessária para anestesiar a dor. No fim das contas, ele estava bebendo uma garrafa inteira por cada pensamento ruim. O álcool sufocava as lembranças — e também lhe dava algumas respostas. Em termos mais específicos, o álcool *era* a resposta.

Pergunta: Josy estaria viva se eu tivesse ficado de olho nela?
Resposta: Vodca.
Pergunta: Por que esperei meia hora na clínica do dr. Grohlke sem fazer nada em vez de soar o alarme?
Resposta: Absolut ou Smirnoff. Não importa, contanto que a quantidade seja abundante.

Viktor recostou-se e fitou o teto. Estava ansioso para retomar a conversa do dia anterior e ouvir o final da história de Anna. Ele ainda não havia recebido notícias de Kai sobre o acidente de carro, mas não tinha paciência para esperar. Precisava saber o que aconteceria a seguir. Ele queria mais detalhes, detalhes que pudessem revelar novas conexões, por mais remotas que fossem. E precisava de uma bebida.

Riu de novo. Seria fácil convencer-se de que havia sólidos motivos médicos para adicionar uma pitada de rum ao chá. Supunha-se que algumas variedades de álcool eram um santo remédio contra resfriados, mas Viktor deixara seus companheiros de confiança no continente e partira sozinho para Parkum. Nos últimos anos, a maioria de suas conversas tinha como interlocutores Jim Beam e Jack Daniel's. Verdade seja dita, Viktor passou a depender deles com tanta sofreguidão, que sua mente se ocupava por inteiro de um único pensamento obsessivo: quando poderia bater um papo com eles novamente?

Isabell tentou intervir. Ela conversou com o marido, cuidou dele, sentiu pena dele e implorou que parasse de beber.

Terminada a fase da raiva, fez o que qualquer um aconselharia a esposa de um alcoólatra a fazer: abandonou-o. Sem nem ao menos se despedir, arrumou as malas e se mudou para um hotel. Isabell nem sequer se deu ao trabalho de telefonar. Viktor só notou a ausência dela quando ficou sem mantimentos e se sentiu sem forças e infeliz demais para fazer o trajeto de casa até a loja de conveniência do posto de gasolina, passando pelo movimentado balneário do lago Wannsee.

Depois, veio a dor da sobriedade — e, com ela, as lembranças.

O primeiro dente de Josy.

Os aniversários da menina.

O início do ano letivo.

A filhinha desembrulhando a bicicleta que ganhou de presente de Natal.

Viagens de carro.

E Albert.

Albert.

Viktor olhou pela janela para o mar escuro. Ele estava tão alheio, que não ouviu passos leves no corredor.

Albert.

Se havia uma razão pela qual ele parou de beber, foi ele.

Antigamente, no tempo em que Viktor tinha uma vida e um emprego, ele saía do consultório às cinco horas e pegava a rodovia em direção a Spanische Allee. Pouco depois do cruzamento da Funkturm, passava pelas arquibancadas em ruínas que outrora ficavam abarrotadas de espectadores ávidos por desfrutar de uma noite de corridas no autódromo de Avus, agora convertido na rodovia A115. Ao se aproximar, avistava um velho com uma surrada bicicleta feminina parado perto de uma abertura na cerca. O velho esperava no mesmo lugar quase todas as noites, fitando fixamente os carros que passavam. Era o único trecho da autoestrada entre Wedding e Potsdam onde não tinham sido instaladas barreiras acústicas e telas altas que bloqueavam a visão do tráfego. E, sempre que por lá passava a cem quilômetros por hora, ficava curioso para saber por que uma pessoa teria interesse em observar as lanternas traseiras dos carros, um após o outro. Viktor nunca teve tempo de olhar direito para o homem. Passou por ele centenas de vezes, mas sempre dirigia rápido demais para distinguir a expressão no rosto dele. Apesar dos encontros quase diários, jamais o teria reconhecido se topasse com ele na rua.

Certa noite, depois de um passeio em família na Volksfest franco-alemã em Reinickendorf, Josy também notou o homem.

— O que ele está fazendo? — perguntou ela, inclinando-se para observar pela janela traseira.

— Ele está um pouco confuso. — Foi a resposta fleumática de Isabell.

Esse diagnóstico não pareceu satisfazer Josy.

— Acho que o nome dele é Albert — murmurou ela baixinho, mas alto o suficiente para Viktor ouvir.

— Por que Albert?

— Porque ele é solitário e velho.

— Entendi. E os velhos solitários se chamam Albert, não é?

— Sim — disse a menina com simplicidade, e assim ficou estabelecido. A partir de então, o velho parado na beira da estrada não era mais um desconhecido, e Viktor se pegava acenando para ele quando passava de carro a caminho de casa.

— Olá, Albert!

Vários anos depois, quando acordou de um estupor alcoólico no chão de mármore do banheiro, ele entendeu que Albert também estava procurando alguma coisa. O que quer que Albert tivesse perdido, obviamente estava tentando encontrar no fluxo de carros que passavam em alta velocidade. Ele e Albert eram muito parecidos. Viktor pulou em seu Volvo e acelerou até a abertura na cerca. Mesmo a distância, percebeu que o velho não estava lá. Também não estava lá no dia seguinte e tampouco no outro. Albert não estava em lugar algum.

Viktor sabia exatamente o que queria perguntar a ele. "Com licença, eu queria saber o que o senhor está procurando. O senhor também perdeu alguém?"

Mas Albert recusou-se terminantemente a aparecer. Ele se foi.

Tal qual Josy.

No décimo oitavo dia de viagem de carro ao antigo refúgio de Albert, Viktor desistiu, voltou para casa e abriu outra garrafa. Isabell estava esperando na porta. Ela entregou-lhe uma carta. Era do editor da *Bunte*, solicitando uma entrevista.

— Dr. Larenz?

A voz dispersou seus pensamentos. Viktor se levantou de repente, batendo o joelho direito contra a mesa, engoliu um bocado de chá e se engasgou freneticamente.

— Ah, meu Deus! — disse Anna logo atrás dele. — A culpa é minha, doutor, eu não deveria ter assustado o senhor de novo. — Ela permaneceu onde estava, observando passivamente enquanto ele pelejava para respirar. — A porta se abriu quando eu bati. Eu sinto muitíssimo, de verdade.

Viktor sabia muito bem que a porta estava trancada, mas aceitou as desculpas dela com um meneio da cabeça. Ele levou a mão à testa e constatou que estava suando em bicas.

— O senhor parece pior do que ontem, doutor. Acho melhor eu ir embora.

Viktor percebeu que ela o olhava, e de súbito lhe ocorreu que não havia dito uma única palavra.

— Não. Por favor, fique — disse com a voz um pouco mais alta do que pretendia.

Anna inclinou a cabeça para o lado como se não tivesse entendido.

— Fique — repetiu ele. — Eu vou ficar bem. Sente-se. Estou feliz que você tenha vindo. Há algumas coisas que gostaria de lhe perguntar.

12

Anna tirou o cachecol e o casaco e acomodou-se confortavelmente no sofá. Viktor voltou ao seu lugar habitual atrás da escrivaninha. Clicou com o mouse e fingiu estar revisando na tela do computador as anotações do caso dela, quando na realidade as informações estavam armazenadas em sua cabeça. Era apenas uma estratégia para ganhar tempo — ele precisava acalmar os nervos se quisesse fazer perguntas a Anna sobre o que ela sabia.

Enquanto esperava seu coração desacelerar até um ritmo aceitável, percebeu que seria necessário fazer um esforço supremo para se concentrar nas palavras de Anna. Estava sentindo o mesmo tipo de cansaço e letargia dolorosa que geralmente resultavam de farras e noitadas. Pior ainda, era como se a parte de trás do seu crânio estivesse sendo espremida por um torno de bancada. Ele agarrou a cabeça com ambas as mãos, a fim de deter a dor latejante, e fitou o mar.

As ondas quebrando eram de uma tonalidade azul-petróleo, a água escurecendo mais um pouco a cada minuto à medida que as nuvens se acumulavam no céu. A visibilidade já estava reduzida a duas milhas náuticas, e o horizonte parecia aproximar-se cada vez mais da praia.

Viktor examinou o reflexo de Anna na janela. Ela se serviu de uma xícara de chá e esperou que ele começasse. Ele inclinou a cadeira em direção a ela.

— Eu gostaria de continuar de onde paramos, se me permite.

— Claro.

Anna levou à boca a delicada xícara, e Viktor imaginou se o batom dela, um tom conservador de vermelho, deixaria uma mancha na porcelana Meissen.

— Você disse que Charlotte foi embora sem avisar os pais.

— Isso mesmo.

Minha filha não era uma fugitiva, pensou Viktor. Depois de refletir sobre o assunto a noite toda, ele chegou à conclusão de que o desaparecimento de Josy devia ter sido mais do que uma tentativa infantil de fugir de casa. *Ela simplesmente não era desse tipo.*

— Charlotte partiu sozinha em uma missão de busca pra descobrir a causa de sua doença — disse Anna. — Essa é a essência da história; ou pelo menos as 23 páginas iniciais. Uma menina adoece, não existe cura pra sua doença, e ela foge de casa. Cheguei apenas até aí.

— Você disse que não conseguiu terminar a história. A que motivo você atribui isso?

— Apenas o de sempre, infelizmente. Fiquei sem inspiração e abandonei o projeto. Salvei os capítulos iniciais em uma pasta no meu computador e não pensei mais neles.

— Até a Charlotte aparecer.

— Exatamente. A aparição dela marcou um ponto de inflexão. Eu não era nenhuma novata em surtos esquizofrênicos; já tinha visto cores, ouvido vozes, conhecido personagens de minhas histórias, mas com a Charlotte foi diferente. Dessa vez a alucinação foi incrivelmente real.

Terá sido porque não foi uma alucinação?

Viktor ergueu a xícara e ficou na dúvida se o gosto amargo vinha do chá ou do spray nasal que estava usando para eliminar o catarro. Até mesmo suas papilas gustativas foram afetadas pelo resfriado.

— Você disse que a Charlotte quase foi atropelada por um carro.

— Sim, foi a primeira vez que a vi.

— Para onde você a levou depois disso?

— Foi o contrário — respondeu Anna com firmeza. — *Ela* é quem me levou. Eu apenas a segui.

— Como você explicaria a motivação dela?

— Ela queria saber por que a história dela tinha só dois capítulos. Ela disse: "Eu não quero ficar doente pra sempre, eu quero ficar boa de novo. O que acontece depois?". Ela me pediu pra terminar o livro.

— Em outras palavras, uma personagem criada por você instruiu você a continuar escrevendo a história?

— Precisamente. De qualquer forma, fui honesta com ela e disse a verdade: eu não sabia como a história terminava, então não havia nada que eu pudesse fazer.

— E como ela reagiu a isso?

— Ela me pegou pela mão e prometeu que ia me mostrar onde a história começou. Ela disse: "Talvez você consiga pensar em um final pra história depois de ver onde tudo começou".

Onde começou o quê?

— Para onde ela levou você? — perguntou Viktor.

— Não sei o nome do lugar, mas o percurso de carro até lá demorou um bocado. A minha lembrança da viagem até lá é meio que um borrão.

— Conte-me com o máximo possível de detalhes.

— Voltamos pro meu carro e pegamos a rodovia em direção ao oeste. Deus sabe qual saída pegamos. A coisa de que eu mais me lembro é que a Charlotte afivelou o cinto de segurança. Uma loucura, não é? Minha personagem imaginária estava com medo de se machucar num acidente de carro. O absurdo disso me impressionou na ocasião.

Para Viktor, fazia todo o sentido. Josy foi ensinada pela mãe a usar cinto de segurança o tempo todo.

— Quanto tempo demorou para chegarem lá?

— Mais de uma hora. Passamos por um pequeno vilarejo. Eu me lembro de ter visto alguns edifícios antigos, de arquitetura russa, creio eu.

Viktor enrijeceu, esperando nervosamente pelas palavras que estava prestes a ouvir. Ele estava agarrado ao assento da cadeira como um paciente na cadeira do dentista.

— No alto de uma colina, no meio de um arvoredo, havia uma capela ortodoxa russa. Atravessamos uma ponte, avançamos por alguns quilômetros na estrada e depois pegamos uma trilha na floresta.

Viktor ouvia, incrédulo. *Não...*

— Dirigimos mais um quilômetro e paramos em uma pista estreita. Estacionei o carro.

Não, não pode ser, de jeito nenhum...

Viktor teve que se esforçar para não pular da cadeira e gritar o mais alto que podia. Ele conhecia o lugar que ela estava descrevendo. Ele ia de carro para lá quase todos os fins de semana.

— Para onde vocês foram depois disso?

— Percorremos uma trilha. Era tão estreita, que tivemos que avançar em fila única, mas vi que ela estava me levando para uma construção. Era uma casinha de madeira, semelhante a uma cabana, só que mais bonita. Não poderia estar localizada em um cenário mais lindo.

Uma cabana de madeira numa clareira. Os pensamentos de Viktor eram mais rápidos que as palavras de Anna.

— Era a única casa em quilômetros. A floresta se estendia a sumir de vista; com sempre-vivas, faias e bétulas. Algumas árvores tinham perdido as folhas, e o chão estava revestido por um elástico tapete de folhagens outonais de cores vivas. Fazia frio para novembro, mas o local era aconchegante. Na ocasião me pareceu real, mas tudo era tão luminoso e belo, que não posso deixar de me perguntar se isso fazia parte da ilusão, assim como a própria Charlotte.

Viktor estava se perguntando a mesma coisa. Era difícil saber qual das explicações seria preferível. Ele queria que as alucinações de Anna estivessem ligadas ao desaparecimento de sua filha? Ou seria melhor pensar que os paralelos eram pura coincidência? Ele precisava ser cuidadoso ao projetar suas lembranças de Josy na história de Anna. Afinal, a cabana que ela descrevia não era necessariamente a dele. Havia dezenas de habitações semelhantes por todo o distrito rural de Havelland.

Ele sabia exatamente como descobrir.

— Então você e a Charlotte ficaram na frente da cabana. O que você ouviu?

Anna olhou para ele, em dúvida.

— O senhor acha que isso vai ajudar na minha terapia?

Não, mas eu preciso saber.

— Sim — ele mentiu.

— Nada. Eu não consegui ouvir nada. Eu tenho a lembrança de ter achado o lugar muito silencioso. Era como estar no topo da montanha mais alta, sem nada por perto ao longo de quilômetros a fio.

Viktor assentiu num gesto enérgico e sincero, mal controlando o impulso de bater a cabeça desvairadamente, feito um fã de heavy metal. Era exatamente a resposta que ele esperava que ela desse. Sem sombra de dúvida, ele conhecia o lugar aonde Charlotte havia levado Anna. A Floresta de Sacrow, a meio caminho entre Spandau e Potsdam, era famosa por sua tranquilidade. A quietude era a primeira coisa que os moradores da cidade grande notavam no local.

Anna pareceu ler os pensamentos de Viktor e adivinhar sua pergunta seguinte.

— Eu perguntei a Charlotte onde estávamos, mas ela obviamente achava que eu deveria saber. "Você não reconhece a casa?", disse ela, irritada. "Nós vínhamos pra cá quase todos os fins de semana, principalmente no verão. Foi nesta cabana que eu passei meu último dia bom; antes de tudo dar errado."

— Antes de o que dar errado? — questionou Viktor.

— Presumi que ela falava sobre sua doença, mas não quis perguntar. O assunto parecia zangá-la. "Você é a romancista", disse ela, enraivecida, apontando para a cabana. "Alguma coisa aconteceu lá dentro, e é sua função escrever!"

— E você escreveu?

— Eu precisava descobrir o que havia acontecido. A Charlotte deixou claro que pretendia me atormentar enquanto eu não terminasse o livro, mas eu não conseguiria descrever a cabana sem entrar. Quebrei o vidro da porta dos fundos e entrei.

Josy a deixou invadir a cabana feito um ladrão? Por que ela não usou a chave reserva?

— Eu achei que seria capaz de descobrir a causa da doença de Charlotte.

— E você descobriu?

— Não. Eu não sabia o que procurar. Fiquei surpresa com o tamanho da cabana. Eu esperava encontrar três cômodos pequenos, mas havia uma cozinha espaçosa, dois banheiros, uma sala com lareira e pelo menos dois quartos.

Três, ele a corrigiu em silêncio.

— Vasculhei todos os armários e gavetas; procurei em todos os lugares, literalmente em todos os lugares, inclusive na cisterna do banheiro. Não demorou muito, porque o lugar estava bem desguarnecido. A mobília era cara, mas simples.

Escolhas de decoração de Isabell: Philippe Starck e móveis estilo Bauhaus de qualidade.

— A Charlotte entrou com você? — Viktor quis saber.

— Ela se recusou a cruzar a soleira. O que quer que tenha acontecido na cabana deve ter sido realmente traumático. Esquadrinhei o lugar de cima a baixo enquanto ela ficou na varanda, gritando instruções.

— Você pode me dar um exemplo?

— Era tudo um pouco enigmático. Ela dizia coisas cifradas como: "Não procure o que você pode ver; procure o que está faltando!".

— Ela explicou o que isso significava?

— Não. Eu queria perguntar a ela, mas não houve tempo para perguntas.

— O que aconteceu?

— Não gosto de falar sobre isso, dr. Larenz.

— É importante tentar.

A hesitação nos olhos de Anna fez Viktor se lembrar do momento em que, um dia antes, ela se calara completamente.

— Podemos conversar sobre isso amanhã? — pediu ela, em tom de súplica. — Eu quero ir embora.

— Não seria sensato. É melhor acabar logo com isso. — Viktor ficou perplexo consigo mesmo por enganar um paciente. Anna o procurou para fazer terapia, mas aquilo era uma inquisição.

Fez-se silêncio enquanto Anna refletia.

A princípio ele teve certeza de que ela se levantaria e iria embora, mas então ela colocou as mãos no colo e soltou um suspiro.

13

— Eu não tinha notado que a luz estava diminuindo. — Anna continuou seu relato —, mas de repente não consegui ver mais nada. Provavelmente eram apenas quatro e meia da tarde; o sol se punha bem cedo naquela época do ano. De qualquer forma, escureceu no interior da cabana, então voltei à sala de estar, peguei emprestado um isqueiro do console da lareira e usei o brilho da pequena chama pra iluminar o caminho pelo corredor. No final havia uma porta que eu não tinha notado antes. Parecia um armário de vassouras, um depósito ou algo assim.

O quarto da Josy.

— Eu queria dar uma olhada mais de perto, mas então ouvi vozes.

— Que tipo de vozes?

— Na verdade, era uma única voz, uma voz de homem. Ele não estava falando; estava chorando. A julgar pelo som, parecia que choramingava de si para si. O barulho vinha do cômodo no final do corredor.

— Como você soube disso?

— O volume dos gemidos aumentava à medida que eu me aproximava.

— Você não teve medo?

— Consegui manter a calma por algum tempo, mas aí a Charlotte começou a gritar.

— Por quê? — indagou Viktor com voz rouca, sentindo uma dor crua na garganta.

— Ela queria me avisar pra sair. Ela estava berrando com toda as forças: "Ele está vindo! Ele está vindo!".

— A quem ela se referia?

— Não sei. No mesmo momento em que a Charlotte começou a gritar, os choramingos cessaram. Eu estava bem na frente da porta e vi a maçaneta se mexendo. Senti uma corrente de ar, e a chama do isqueiro apagou. Então, um pensamento terrível me ocorreu.

— O quê?

— O perigo sobre o qual a Charlotte estava me alertando estava lá dentro, perto de mim, o tempo todo.

•

O telefone tocou. Viktor, que estava ansioso para fazer a pergunta seguinte, correu até a cozinha para atender à ligação. O telefone com discagem por tons foi instalado por insistência de Isabell. Ela se recusava a ficar em uma casa sem um telefone moderno.

— Oi. Eu não tenho certeza se isto é uma boa ou má notícia — anunciou Kai sem preâmbulos.

— Seja breve — sussurrou Viktor, pois não queria que Anna ouvisse.

— Tá legal. O acidente de trânsito: coloquei um dos meus melhores caras pra cuidar do caso, e eu mesmo fiz algumas averiguações. Sabemos de duas coisas com toda certeza. Primeiro: um carro bateu na traseira de outro na Uhlandstrasse, na tarde de 26 de novembro.

O coração de Viktor parou, apenas para acelerar de forma alarmante.

— Segundo: esse acidente não teve nada a ver com o sequestro da sua filha.

— Como você pode ter tanta certeza?

— Um cara tropeçou, caiu na pista e quase morreu atropelado. Segundo os depoimentos das testemunhas, ele estava bêbado. Não havia sinal de nenhuma criança.

— Você está me dizendo que...

— Estou dizendo que, esquizofrênica ou não, sua paciente não tem nenhuma relação com o nosso problema.

— A Josy não é um problema.

— Não, claro que não. Desculpe, Viktor. Não foi o que eu quis dizer.

— Está tudo bem, Kai, eu não deveria ter me ofendido. É que eu achei que finalmente estávamos chegando a algum lugar.

— Eu sei o quanto isso é angustiante pra você.

Não, você não sabe, pensou Viktor. Ele não desejaria esse destino a ninguém. Kai não fazia ideia de como era perder tudo, sentir-se tão miserável, que cada vislumbre de esperança parecia ter um brilho deslumbrante.

— E a polícia encontrou o tal cara?

— Qual cara?

— O cara bêbado. Ele foi interrogado?

— Não, mas isso não muda o fato de que ninguém viu uma mulher ou uma criança. Os mesmos fatos apareceram em todos os depoimentos das testemunhas: um homem bêbado atravessou a rua cambaleando e desapareceu dentro do estacionamento do shopping Kudamm-Karree. Ele sumiu antes que alguém pedisse seus dados. Você sabe como aquelas superlojas ficam lotadas. Quem sabe se ele não estava comprando um...

— Tudo bem, Kai, eu entendo. Agradeço sua ajuda, mas agora é melhor eu desligar.

— A sua paciente mental está aí?

— Sim. Ela está na outra sala.

— Você a interrogou de novo, não foi?

— Sim.

— Eu já devia saber. Bom, me deixe fora dessa. Daqui a pouco você vai me dizer que encontrou uma nova pista. Sem dúvida você já identificou mais alguns paralelos, certo?

— Talvez.

— Tá legal, doutor, olha só o que vai acontecer agora. Você vai expulsar essa mulher daí agora. Seja lá quem for, não está fazendo bem a você. Você me disse que sua intenção ao ir pra Parkum era ter um pouco de paz. Você deveria cuidar de si mesmo, não dela. Há um monte de outros psiquiatras que podem ajudá-la.

— Eu não posso despachá-la de volta ao continente enquanto o tempo não melhorar... E não posso simplesmente expulsá-la desse jeito!

— Então diga a ela pra não incomodar você nunca mais.

Viktor sabia que Kai tinha razão. Ele havia deixado Berlim rumo a Parkum na esperança de conseguir um encerramento, botar uma pedra no assunto, mas Josy ainda ocupava sua mente. E havia partes da história de Anna que não faziam sentido. Ele ouviu o que queria ouvir e desconsiderou o resto. Josy tinha doze anos, não nove. Ela não era do tipo que fugia de casa, e sabia onde encontrar a chave da cabana. Ela não deixaria um estranho vandalizar a porta da casa.

— E então?

Viktor foi trazido de volta à realidade pelo som da voz de Kai.

— E então o quê?

— Lembra do que você me prometeu? *Eu* cumpro a tarefa de verificar os detalhes do acidente de carro, *você* encerra as buscas. Precisa parar de procurá-la, Viktor. Você está apenas abrindo velhas feridas.

— Claro, mas...

— Tínhamos um acordo.

— Apenas me escute — disse Viktor com voz glacial.

— O quê?

— Não há feridas antigas; apenas feridas novas. Elas não cicatrizaram.

14

Com o máximo silêncio, Viktor pousou o receptor do telefone e caminhou a passos cambaleantes até a sala da lareira, balançando de leve como se estivesse no convés de um navio em alto-mar.

— Más notícias?

Anna havia se levantado e estava se preparando para sair.

— Não sei ao certo — respondeu ele com sinceridade. — Você vai embora?

— Sim, eu preciso descansar; vou me deitar por mais ou menos uma hora na pousada. Acho que subestimei o quanto estas sessões seriam desgastantes. Posso voltar amanhã?

— Sim. Quero dizer, *talvez*.

Viktor ainda estava tentando descobrir como reagir ao conselho de Kai.

— Talvez eu esteja ocupado amanhã. Por que você não me liga? Tecnicamente eu não posso atender pacientes como terapeuta, e estou atrasado com meus outros trabalhos.

— Claro.

Viktor tinha a convicção de que Anna estava estudando a expressão no rosto dele, tentando detectar o que havia provocado sua repentina mudança de humor. Mas ela era educada demais, ou astuta demais, para deixar transparecer.

Assim que Anna saiu da casa, Viktor pegou seu palmtop e procurou o número do hotel em que sua esposa estava hospedada em Nova York. Ele ainda estava percorrendo com os olhos a lista de contatos da agenda eletrônica quando o telefone tocou pela segunda vez naquele dia.

TERAPIA

•

— Mais uma coisa, Viktor.

Kai.

— Não se trata daquele nosso assunto. — Ele parou e se corrigiu. — Quero dizer, não tem nada a ver com a Josy. Só achei que você gostaria de consertar isso antes que o mau tempo piore ainda mais as coisas.

— Consertar o quê?

— Recebi uma ligação da empresa de alarmes. Eles não conseguiram encontrar ninguém em Schwanenwerder, então, em vez disso, me procuraram.

— Ah, meu Deus, ladrões entraram na minha casa.

— Não exatamente. Pelo que sabemos, nada foi furtado. E sua mansão está exatamente como você a deixou, não se preocupe.

— Então qual é o problema?

— Alguém invadiu sua cabana em Sacrow. Quebraram o vidro da porta dos fundos.

15

Viktor o observava. Em linha reta, havia 462 km entre eles, incluindo um trecho de água medindo cinquenta milhas náuticas; mas, a despeito da distância, Viktor acompanhava cada movimento de Kai Strathmann. Ele estava monitorando seu avanço cabana adentro. O ruído de fundo no telefone era tudo de que ele precisava para identificar a localização exata do detetive, que por ordens de Viktor rumou de carro para Sacrow a fim de inspecionar os danos causados à cabana — e verificar a veracidade da história de Anna.

— Tudo bem, estou na cozinha agora.

O som guinchante das solas dos tênis de Kai percorreu todo o caminho de Sacrow até Parkum como uma série de pulsos elétricos.

— E então? — perguntou Viktor, impaciente. — Mexeram em alguma coisa? — Ele encaixou o receptor entre o ombro e o queixo, pegou nas mãos o antigo aparelho e deu alguns passos para longe da escrivaninha. O fio era curto e acabou antes que ele chegasse ao sofá, por isso ele ficou de pé, pairando no meio da sala.

— Não estou vendo nada de mais. Parece que ninguém vem aqui há muito tempo. Eu daria uma bela limpeza nessas superfícies antes de convidar alguém pra uma festa.

— Faz quatro anos que não vamos à cabana — rebateu Viktor com veemência. Ele sabia que Kai se arrependeria de suas piadinhas.

— Isso é compreensível, doutor.

A curta caminhada pela floresta cobrou seu preço do detetive de 120 quilos. Ele teve o cuidado de manter o celular longe da boca, mas ainda assim Viktor notou que seu interlocutor estava bastante ofegante.

— Nada a relatar, exceto o vidro quebrado na porta dos fundos. A julgar pelas evidências, não teve nada a ver com a Josy, não importa o que sua paciente mental tenha dito.

— Por que você diz isso?

— O dano é muito recente. Estamos falando de dias, não de meses. E, com toda a certeza, muito menos de anos.

— Como você sabe? Você consegue deduzir pelos cacos de vidro? — Viktor ergueu a voz para abafar o som de portas batendo. Kai estava vasculhando os armários e a geladeira.

— Viktor, tem um buraco grande pra caralho na porta. O normal seria encontrar as tábuas do piso danificadas; pelo buraco entrariam neve, chuva, folhas, sem falar nas hordas de insetos. Não há nenhuma marca ou mancha à vista. Só uma espessa camada de poeira, igual a todo o resto da cas...

— Obrigado, Kai, já entendi.

Viktor, cujos braços começavam a doer, levou o telefone até a mesa de centro.

— Aparentemente a Charlotte pediu à minha paciente para "procurar o que está faltando". Eu gostaria que você verificasse se alguma coisa foi furtada.

— Alguma coisa específica? Tipo um Picasso? Um batedor de ovos? Como é que eu vou saber o que está faltando? Porra, eu precisaria de um inventário completo. A propósito, não sobrou nenhuma cerveja na geladeira, se é isso que você quer dizer.

— Começaremos pelo quarto da Josy — disse Viktor, ignorando o gracejo de Kai. — Fica no final do corredor, perto do banheiro.

— Estou a caminho.

Os tênis de Kai pararam de chiar quando ele saiu da cozinha e andou pelo corredor, cujo piso era de azulejos. Viktor fechou os olhos e contou mentalmente os quinze passos que o detetive daria para chegar à porta de Josy.

"Entre!", dizia a placa que Kai veria assim que procurasse a maçaneta. Em um momento ele estaria iluminando a sala com o facho de sua lanterna. O ranger das dobradiças da porta confirmou que ele estava lá.

— Tudo certo, entrei.

— E?

— Estou de costas para o corredor e olhando o interior do quarto. Tudo parece normal.

— Descreva o que você vê.

— Apenas o de sempre. Cama de dossel; as cortinas precisam tomar um banho urgentemente. Tapete fofo no chão, agora lar de uma colônia de ácaros. Provavelmente são eles os culpados pelo cheiro.

— Algo mais?

— Um grande pôster emoldurado de Ênio e Beto. Está na parede de frente pra cama.

— Ênio e Beto. Isso foi...

Viktor enxugou as lágrimas do olho direito e ficou em silêncio. Ele não queria que Kai ouvisse o tremor em sua voz.

Isso foi um presente meu.

— *Vila Sésamo*, eu sei. Olhando à esquerda, há uma prateleira... da Ikea, se não me engano. Você quer que eu faça uma lista dos brinquedos de pelúcia? Um elefante Steiff, algumas personagens da Disney...

— Espere! Espere um pouco — pediu Viktor.

— O quê?

— Eu acabei de me lembrar de uma coisa. Você pode se deitar na cama?

— Se isso te faz feliz, sim.

Três passos, um farfalhar e um pouco de tosse. Depois a voz de Kai voltou ao telefone.

— Espero que aguente o peso. O colchão já está protestando.

— Preste atenção, Kai. Eu gostaria que você me contasse o que está vendo.

— Tá legal. À minha esquerda há uma janela. Acho que a floresta está em algum lugar lá fora, mas já passou da hora de você limpar o vidro imundo. E, como eu disse, o pôster está olhando diretamente pra mim.

— Isso é tudo?

— Bem, deste ângulo, a prateleira está à direita e...

— Não. — Viktor o interrompeu. — Há mais alguma coisa *na sua frente*?

— Não. E, se você não se importa... — A linha telefônica estalou, engolindo as palavras seguintes. — Eu... que merda de cama, hein? Tudo bem?

— Tudo bem.

— Escute, Viktor, já estou farto dessa brincadeira. Por que você não me diz o que está procurando?

— Um momento.

Viktor fechou os olhos e se concentrou em evocar a cabana. Um momento depois, estava andando pela floresta em direção à porta. Ele subiu os degraus, tirou os sapatos e os guardou no armário indiano de madeira esculpida à mão no corredor. Olhou para a sala onde Isabell estava deitada no sofá branco Rolf Benz ao lado da lareira, lendo a edição mais recente da revista *Gala*. Respirou o aroma de pinho queimado e desfrutou da sensação de estar numa casa cujo calor derivava da alegria de seus ocupantes. Ouviu a música que vinha dos fundos da casa. Depois de tirar o casaco, foi procurar Josy. A música ia aumentando de volume conforme ele se aproximava. Empurrou a maçaneta e, quando abriu a porta, a luz que entrava pela janela o ofuscou. Nesse instante ele a viu. Ela estava sentada em sua penteadeira infantil, experimentando o esmalte alaranjado emprestado de uma de suas amiguinhas. Por causa da música alta, ela não notou a entrada do pai. A música vinha da televisão, que estava sintonizada no canal...

— Eu achei que você fosse me dizer o que procurar — disse Kai, interrompendo os pensamentos de Viktor, que abriu os olhos.

MTV.

— Uma televisão.

— Uma televisão?

— Sim, uma Sony.

— Não, nem sinal de televisão.
— E uma penteadeira com espelho redondo.
— Idem. A menos que seja em outro cômodo.
— É isso, então.
— Uma penteadeira e uma televisão? Sinto muito, Viktor, mas não parece um furto muito convencional.
— Porque não foi um furto convencional — retrucou Viktor, mais convencido do que nunca de que Anna e Josy estavam interligadas. *Não me pergunte como, mas vou descobrir.*
— De qualquer forma, sua casa foi furtada. Você não acha que devemos comunicar à polícia?
— Não, ainda não. Se você já terminou o quarto de Josy, eu peço que verifique o restante da casa.
— Beleza... — Viktor ouviu um farfalhar do outro lado da linha e deduziu que Kai estava coçando a cabeça, provavelmente na parte de trás, onde ainda tinha uma quantidade respeitável de cabelo.
— O quê?
— Provavelmente você vai achar uma bobagem, mas...
— Estou ouvindo, Kai.
— Tudo bem: se você quer saber o que eu acho, no quarto faltam mais coisas do que uma peça de mobília.
— Como é que é?
O detetive pigarreou nervosamente.
— A Josy tinha doze anos, certo?
— O que isso tem a ver?
— O ambiente não está certo. Estou neste jogo há tempo suficiente pra confiar nos meus instintos. E meus instintos me dizem que este não é o quarto de uma criança de doze anos.
— Você poderia explicar de maneira mais específica?
— Eu não tenho filhos, mas uma sobrinha minha, a Laura, está prestes a completar treze anos. A placa na porta dela não diz: "Entre!". Muito pelo contrário, na verdade. Da última vez que fui lá, ela nos proibiu de entrar do quarto dela.
— A Josy era uma criança boazinha. Não era do tipo rebelde.

— Não estou falando de ser rebelde; estou falando de um quarto de adolescente normal. Cartazes de *boy bands* nas paredes, ingressos autografados de shows de artistas pop colados no espelho, cartões postais dos meninos da escola... Você entende aonde quero chegar?

Alguma coisa está faltando.

— Sinceramente, não.

— O que eu estou querendo dizer é que nenhuma adolescente que se preze gostaria de viver em um quarto como este. Cadê os exemplares da revista *Bravo*? Por favor, Viktor, quem já ouviu falar de uma menina de doze anos que assiste a *Vila Sésamo*? A minha sobrinha gosta de Eminem, não de Ênio e Beto!

— Quem é Eminem?

— Viu só? Precisamente o que eu quero dizer. Ele é um rapper americano. Qualquer dia eu te conto sobre as letras das músicas dele.

— Ainda não entendo qual é o seu argumento.

— Você perguntou se estava faltando alguma coisa, e eu estou te dizendo que sim, falta alguma coisa aqui. Eu esperava ver uma caixa de cartas de amor trancada à chave. Esperava ver uma vela numa garrafa de vinho com cera escorrendo pela lateral. E você está absolutamente certo: eu esperava ver uma penteadeira.

— Mas ainda há pouco você disse que parecia um quarto de criança completamente normal.

— Claro, se estivermos falando do quarto de uma criança de oito anos. A Josy tinha doze anos.

— Você se esquece de que só íamos para a cabana nos fins de semana. A maior parte dos pertences dela estava em Berlim.

— Foi você quem perguntou — disse Kai, soltando um suspiro. — Eu só dei minha opinião.

Viktor o ouviu fechar a porta do quarto. Com isso, sua imagem mental da cabana em Sacrow desapareceu. Era como se um projetor tivesse queimado no meio do filme.

— Aonde você vai?

— Desculpe, doutor, preciso fazer xixi. Depois eu te ligo de novo.

Antes que Viktor pudesse protestar, a conexão de áudio também foi perdida. Kai havia desligado.

Enraizado no mesmo lugar, Viktor esperou ao lado do telefone e se esforçou para entender as relações entre todos os acontecimentos.

Ele voltou aos fatos. Nos últimos dias, alguém invadiu sua cabana. E o quarto de Josy não correspondia ao quarto de uma adolescente.

Viktor não pôde continuar sua reflexão, porque teve que atender ao telefone. Ele não esperava que Kai ligasse de volta tão cedo.

— Viktor?

A julgar pelos ruídos de fundo, o investigador havia saído da cabana e estava na floresta.

— Espere aí, você não pode sair ainda! Não passamos pelos outros cômodos. Eu queria pedir a você que...

— Viktor! — O detetive parecia agitado. Havia em sua voz uma inconfundível nota de pânico e urgência.

— Qual é o problema? — perguntou Viktor, alarmado.

— Vou ligar pra polícia.

— Por quê? O que aconteceu?

Josy.

— Eu encontrei evidências no banheiro. Alguém esteve aqui ainda esta tarde.

— Pelo amor de Deus, Kai, que evidências?

— Sangue nos azulejos, na pia, na privada. — Ele respirou fundo. — Viktor, o banheiro inteiro está coberto de sangue.

16

CLÍNICA DE TRATAMENTO DE DISTÚRBIOS
PSICOSSOMÁTICOS DE BERLIM-WEDDING, QUARTO 1.245

O pager do dr. Roth soou no momento em que Viktor fez uma pausa pela primeira vez em seu relato, que já durava uma hora.

— Não se esqueça do que você ia me contar, doutor — disse o psiquiatra enquanto destrancava a pesada porta. Ele desapareceu no corredor para usar o telefone da enfermaria.

Como se eu conseguisse esquecer, pensou Viktor. *Deus sabe que eu tentei me livrar das lembranças.* Esquecer era o que ele almejava; seria uma libertação.

Dois minutos depois, o dr. Roth estava de volta ao lado da cama. Sentou-se numa desconfortável engenhoca dobrável feita de plástico branco. Era a primeira vez que tal cadeira, presença bastante comum nas outras enfermarias, foi posicionada ao lado desta cama específica. Os pacientes que ocupavam o quarto 1.245 raramente recebiam qualquer tipo de visita.

— Boas e más notícias — anunciou o psiquiatra.

— Quero ouvir a má notícia primeiro.

— O professor Malzius quer saber em que pé estamos no que diz respeito ao tratamento. Ele está ficando impaciente.

— E a boa notícia?

— Você vai receber visitas; mas não vão chegar aqui antes das seis.

Viktor limitou-se a assentir. Ele fazia uma boa ideia de quem seriam seus visitantes, e a expressão de Roth parecia confirmar seu palpite.

— Isso nos dá quarenta minutos.

— Quarenta minutos para você me contar exatamente o que aconteceu.

Larenz esticou os braços e as pernas até onde as faixas de contenção permitiam.

— Preso à cama aos 47 anos — disse sorrindo, balançando as faixas em volta dos pulsos e tornozelos. O dr. Roth fingiu não ouvir. Ele sabia o que Viktor estava insinuando, mas não podia fazer a vontade do paciente.

— Então, alguém invadiu sua cabana. Por que você não chamou a polícia? — perguntou dr. Roth, retomando a narrativa de onde haviam parado.

— A polícia vinha trabalhando no caso havia quatro anos e não me serviu de nada. Eu sabia que estava chegando a algum lugar e não queria que eles bagunçassem as coisas.

O dr. Roth meneou a cabeça com simpatia.

— Enquanto isso, você estava preso em Parkum, e o detetive Kai era seu único ponto de contato com o mundo exterior.

— Sim.

— Por quanto tempo a situação continuou assim? Eu me refiro ao momento em que você percebeu quem era a Anna e o que aconteceu com a Josy.

— Dois dias. Eu deveria ter percebido antes. O problema era que, pra ver a verdade, eu precisava apertar o botão de retroceder. Rebobinar a fita, por assim dizer, e reassistir ao que havia acontecido, mas eu estava ocupado demais olhando para a frente. Se eu tivesse parado por um momento, teria percebido que a solução para o quebra-cabeça era óbvia.

— E Kai tinha acabado de lhe dizer que seu banheiro estava coberto de sangue.

— Sim.

— O que aconteceu depois disso?

— A essa altura já estava escuro, então não pude fazer muita coisa além de arrumar as malas. Minha intenção era deixar a ilha na próxima balsa disponível. Eu queria me encontrar com o Kai e me inteirar da situação. No final das contas, fui forçado a ficar. Durante a noite os vendavais recrudesceram, e meu resfriado tomou conta do meu corpo inteiro. Fiquei com a sensação de que estava com uma tremenda insolação. Você pode imaginar?

Dr. Roth fez que sim com a cabeça.

— Foi assim que eu me senti, com queimaduras de sol dos pés à cabeça. Nos comerciais da televisão, a descrição é "dores musculares e desconforto geral", mas sempre há uma parte do corpo que resiste e segue em frente.

— A mente, eu presumo.

— Isso. Eu precisava descansar um pouco, então tomei alguns comprimidos de Valium e rezei pra que o tempo melhorasse.

— Mas a balsa não podia zarpar?

— Não, o furacão Anton me encurralou. A guarda costeira emitiu um aviso especial aos residentes de Parkum, aconselhando-nos a permanecer dentro de casa, exceto nos casos de emergência. Mas, no meu caso, a emergência já estava em curso.

— Outro problema?

— Um desaparecimento. E na minha própria casa também.

— Quem foi desta vez?

Viktor levantou um pouco a cabeça e franziu a testa.

— Antes de prosseguirmos, eu gostaria de propor um acordo. Eu contarei a você o restante da história sob uma condição.

— Qual?

— Você me concede minha liberdade.

O dr. Roth deu um sorriso de lábios cerrados e bufou. Eles já haviam discutido o assunto antes.

— Você sabe que eu não posso fazer isso, não depois da sua confissão. Eu não só perderia o meu emprego e o meu registro no conselho de medicina, como também cometeria um crime passível de pena de prisão.

— Eu sei, você foi bem claro da primeira vez. Eu terei que correr o risco.

— Que risco?

— Vou te contar a história, toda a história; e, quando eu terminar, você poderá decidir o que fazer.

— Dr. Larenz, sem dúvida você sabe que isso está fora do meu controle. Estou aqui para ouvir você, falar com você, mas não estou em condições de ajudar, independentemente da frequência com que você me pede isso.

— Muito bem. Como eu disse, estou disposto a correr esse risco. Ouça o resto da história, e talvez você mude de ideia.

— Eu não apostaria nisso.

Viktor queria levantar as mãos para uma posição reconfortante, mas estava amarrado à cama.

— Veremos.

Ele fechou os olhos, e dr. Roth recostou-se na cadeira para ouvir o capítulo seguinte da história — o capítulo seguinte da tragédia de Viktor.

17

PARKUM, DOIS DIAS ANTES DA VERDADE

O efeito dos comprimidos se dissipou, e Viktor foi violentamente arrancado de seu sono sem sonhos. Teria preferido permanecer no vácuo indolor que o Valium criara para ele, mas a droga havia afrouxado o entorpecimento de sua consciência e já não bloqueava mais os pensamentos sombrios que permeavam seu cérebro.

Anna.
Charlotte.
Josy.
O sangue no chão do banheiro...

Viktor sentou-se lentamente na cama e quase caiu para trás nos travesseiros. O súbito peso de seu corpo suscitou a lembrança de uma viagem de mergulho nas Bahamas, anos antes, com Isabell. Ambos usavam coletes equilibradores cujo peso era quase imperceptível na água, mas, na volta, quando ele tentou subir de novo na escada do barco, de repente pareceu pesar mil toneladas. Nesse momento ele estava sentindo um peso semelhante no corpo, mas dessa vez o culpado era o Valium, ou talvez a gripe.

Você se meteu numa bela enrascada, pensou, reunindo forças para sair cambaleando da cama. *Agora você não sabe se acabou neste estado por causa dos efeitos dos comprimidos ou porque está muito doente.*

Sentindo calafrios em seu pijama encharcado de suor, pegou um roupão de seda pendurado num gancho atrás da porta e o jogou sobre os ombros. Depois se arrastou, a passos trêmulos, em direção ao banheiro, que — felizmente para ele — ficava a apenas alguns metros de distância. Não teve que enfrentar as escadas — pelo menos não ainda.

Ao ver seu reflexo no espelho, ficou estarrecido. Agora ele sabia com certeza que estava doente. Olhos vidrados e sem vida, feições cansadas, pele pálida e acinzentada, gotas de suor na testa. Mas isso era apenas parte do problema.

Posso sentir que algo está errado.

Viktor olhou para sua imagem e tentou trocar olhares fixos consigo mesmo. Não funcionou. Quanto mais ele se concentrava no espelho, mais turvo ficava seu reflexo.

— Malditos comprimidos — murmurou, entrando no cubículo para ligar o chuveiro. Deslocou a alavanca para a esquerda e a puxou para cima, deixando a água correr. Como sempre, o antigo gerador demorava muito para aquecer a água, mas pelo menos nesse dia ele não precisava ouvir Isabell reclamando do desperdício.

Viktor se inclinou sobre a pia de mármore e encarou o espelho mais uma vez. Sentiu um cansaço entorpecente tomar conta dele. O tamborilar constante da água do chuveiro parecia reforçar a tristeza de seus pensamentos.

Posso sentir que algo está errado, mas o quê? É tudo tão... nebuloso.

Ele se arrastou para longe de seu reflexo, pendurou uma toalha na porta do boxe e entrou no compartimento fumegante. O acentuado aroma de Acqua di Parma limpou suas narinas e lhe deu um impulso. Ele terminou a chuveirada sentindo-se consideravelmente melhor. O jato quente de água removeu a camada externa de dor e a levou embora ralo abaixo. Se ao menos ele fosse capaz de rechaçar seus pensamentos.

Eu sei que algo está errado, algo está diferente. Mas o quê?

Ele não conseguia decifrar.

Viktor vasculhou o armário e tirou um velho par de calças jeans Levi's e um suéter azul de gola alta. Sabia que Anna provavelmente lhe faria uma visita; na verdade, queria que ela viesse, porque assim poderia ouvir o próximo capítulo da história de Charlotte, ou talvez até o final. Mas vestir-se para a ocasião foi um tremendo esforço. Ela teria que se contentar em vê-lo com roupas informais — não que ela fosse se importar.

Viktor desceu as escadas, agarrando-se ao corrimão de madeira apenas por precaução. Foi até a cozinha, encheu a chaleira elétrica, pegou um saquinho de chá no armário e escolheu uma caneca grande na fileira de ganchos de madeira entre a pia e o fogão. Sentou-se de costas para a janela molhada de chuva, ignorando as nuvens escuras que se acumulavam, sinistras, sobre Parkum, e tentou se concentrar no café da manhã. Mas seus pensamentos recusavam-se a se submeter à rotina matinal.

Alguma coisa está faltando. O que é?

Ele se levantou para pegar o leite na geladeira e vislumbrou seu reflexo no fogão de vitrocerâmica. Estava ainda mais embaçado, indistinto, tão turvo, que seu rosto parecia distorcido. E então ele se deu conta do que estava errado.

Sumiu!

Seus olhos deslizaram fogão abaixo e percorreram a superfície dos ladrilhos de mármore colocados individualmente.

Ele foi invadido pela mesma sensação horrível do dia anterior, a sensação de apreensão que se apoderou dele enquanto, pelo telefone, orientava os passos de Kai na cabana em Sacrow.

Viktor largou a xícara e foi às pressas para o corredor. Abrindo a porta da sala de estar, correu em direção à sua escrivaninha.

Uma pilha de documentos, o e-mail impresso com as perguntas da entrevista da *Bunte*, o laptop aberto. Tudo estava lá.

Não, está faltando alguma coisa.

Viktor fechou os olhos na esperança de que tudo voltasse ao normal quando os abrisse novamente. Mas não estava enganado. Quando esquadrinhou de novo a sala, nada havia mudado.

Ele se abaixou e espiou debaixo da mesa. *Nada.*

Sindbad desapareceu.

Ele correu de volta para a cozinha e procurou em todos os cantos e lugares, palmo a palmo.

Nada.

Nem sinal de Sindbad. A tigela de comida do cachorro tinha sumido, assim como as latas de ração úmida, o pote de água e o cobertor embaixo da escrivaninha. Era quase como se o golden retriever nunca tivesse entrado na casa. Mas Viktor estava frenético demais para notar.

18

Ele ficou na praia, a chuva escorrendo pelo rosto, e tentou organizar seus pensamentos. Estranhamente, não estava de todo perturbado. Triste, sim, mas não fora de si de desolação. Desde que perdera Josy, ele vivia com medo de uma catástrofe como aquela. Primeiro a filha, depois o cachorro. Ambos desapareceram sem deixar vestígios.

O golpe duplo era precisamente o motivo pelo qual ele jamais havia aconselhado um paciente enlutado a cogitar a ideia de adquirir um animal de estimação. Com demasiada frequência, maridos e esposas de coração partido tentavam substituir seus entes queridos por um cão, mas aí acontecia de o precioso animal ser atropelado por um carro, por exemplo.

Desapareceu ou morreu.

Sindbad não estava em lugar nenhum. Viktor ficou mais uma vez maravilhado com sua compostura. Até o momento não havia sofrido um colapso nervoso, não saiu correndo aos berros pelo vilarejo, tampouco bateu com estardalhaço na porta de todos os vizinhos. Ele simplesmente deixou uma mensagem na secretária eletrônica de Halberstaedt e foi procurar Sindbad na praia. Agora, a cerca de 250 metros da cabana, ele estava fuçando em pedaços de madeira arrastados pela maré. Não havia nem sinal das pegadas do golden retriever; talvez nunca tenha havido.

— Sindbad!

Ele estava desperdiçando seu fôlego. Por um lado, o cachorro não conseguia ouvi-lo e, por outro lado, certamente não obedeceria a nenhum comando. Sindbad era tão medroso e se assustava com tanta facilidade, que ruídos inocentes, como o inesperado crepitar das chamas queimando na lareira, quase o matavam de medo. Fogos de artifício eram mil vezes piores: na véspera do Ano-Novo, Isabell tinha que dissolver comprimidos de tranquilizantes na comida do cão para acalmar os nervos dele. E certa vez Sindbad correu de Grünewald até Schwanenwerder depois de ouvir um único tiro disparado por um caçador na floresta. Viktor e Isabell gritaram e assobiaram, mas o cão os ignorou.

O rugido das ondas era suficiente para assustar um cão mais destemido que Sindbad, e Viktor se perguntou como ele havia reunido coragem para sair de casa. Não fazia sentido, sobretudo porque as portas estavam trancadas.

Viktor esquadrinhou minuciosamente a cabana, vasculhando os cômodos do porão ao sótão. Nada. O galpão do gerador estava trancado com cadeado do lado de fora, mas mesmo assim ele examinou cada centímetro. Ele sabia que golden retrievers não são capazes de arrombar fechaduras, mas então onde mais poderia estar Sindbad? *Ele deve estar em algum lugar da ilha.* A menos que...

Viktor se virou, e seu olhar fez uma varredura de toda a extensão da costa. Ele sentiu uma breve onda de euforia ao detectar pelo canto de olho um ligeiro movimento no lado da praia voltado para a terra. Algo estava se aproximando, e a silhueta era grande o suficiente para ser um cachorro. Mas um instante depois suas esperanças foram frustradas. A criatura era escura demais para ser um golden retriever. E era uma pessoa, não um cachorro. Uma mulher com um casaco escuro.

Anna.

— Que bom ver o senhor tomando um pouco de ar fresco! — gritou ela a uma distância de cerca de dez metros. O vento abriu buracos em sua fala, carregando algumas sílabas para o mar. Foi difícil ouvir direito o que ela estava dizendo. — Poucas pessoas se aventurariam a sair para um passeio em um tempo tão impiedoso.

— Eu estaria dentro de casa se pudesse escolher! — respondeu ele também aos gritos, subitamente consciente da inflamação na garganta. O desaparecimento de Sindbad o fizera esquecer das próprias enfermidades.

— Por quê? Algum problema? — Anna parou a alguns passos dele, e Viktor se surpreendeu ao ver que os sapatos de verniz da mulher estavam impecavelmente limpos. Ele ficou ruminando sobre como ela conseguira percorrer o longo caminho desde o vilarejo sem sujar os pés de lama.

— Estou procurando meu cachorro.

— Seu cachorro? — perguntou Anna, prendendo o lenço na cabeça com a mão direita. — Eu não sabia que o senhor tinha um.

— Claro que eu tenho, você deve ter visto, é um golden retriever dos grandes. Ele estava deitado debaixo da escrivaninha.

Anna balançou a cabeça.

— Não, acho que não notei a presença de um cachorro. — A estranha negação da mulher atingiu Viktor com mais força do que o furacão. Sua orelha direita foi golpeada por um zumbido, e de súbito o vazio dentro dele deu lugar a um medo paralisante.

Ele se lembrou do aviso de Halberstaedt. *Há algo de muito estranho nessa mulher.*

Gotas de chuva grudaram nas sobrancelhas de Viktor e salpicaram seus olhos. O rosto de Anna tornou-se um borrão. Fragmentos da primeira conversa entre eles surgiram em sua memória.

E eu o espanquei até virar uma pasta inerte. Quando terminei, ele já nem sequer parecia um cachorro.

Viktor estava absorto demais nas mentiras e alucinações violentas de Anna para ouvir o que ela estava dizendo. De repente, percebeu movimento nos lábios da mulher.

— Disse alguma coisa, srta. Spiegel?

— É melhor procurarmos abrigo — repetiu ela, agora mais alto, apontando para a casa. — Tenho certeza de que seu cachorro não vai ficar fora de casa com este tempo, daqui a pouco ele volta sozinho. — Ela tentou pegou a mão dele.

Com um movimento afoito, Viktor recuou um pouco e depois assentiu.

— Sim, talvez você esteja certa.

Ele tomou a dianteira e seguiu lentamente em direção à casa.

Como é possível que alguém não tenha notado um cachorro tão grande como Sindbad?, indagou Viktor a si mesmo, atormentando-se. *Por que Anna mentiu para mim? E se ela tiver algo a ver com o desaparecimento de Sindbad, assim como com o de Josy?*

•

Se Viktor estivesse menos preocupado com seus próprios pensamentos, talvez pudesse se lembrar do primeiro ensinamento de seu mentor e amigo, o professor van Druisen: "Sempre concentre-se no paciente. Ouça atentamente o que ele ou ela tem a dizer, e mantenha a mente aberta".

Em vez de colocar essas palavras em prática, Viktor estava exaurindo suas forças em uma fútil tentativa de reprimir as pistas que afloravam em seu inconsciente. A verdade já era visível. Manifestava-se diante dos olhos dele, indefesa e desesperada como um homem prestes a se afogar nas águas de um lago congelado. Mas Viktor Larenz se recusou a esmurrar até quebrar a fina camada de gelo.

Ele ainda não estava pronto.

19

— Nós saímos correndo.

A conversa demorou um pouco para engatar. Viktor, incapaz de pensar em qualquer coisa além de Sindbad, estava distraído durante os primeiros minutos e, quando finalmente começou a ouvir com atenção, ficou aliviado ao descobrir que ela não havia dito nada novo. Anna ainda estava recapitulando a história: ela e Charlotte foram a uma floresta, Charlotte esperou enquanto Anna quebrou o vidro para entrar em uma cabana, e ouviu um homem chorando em um dos quartos.

— Do que vocês estavam fugindo? — perguntou Viktor enfim.

— Não parei pra pensar. Simplesmente julguei que a coisa escondida na cabana, fosse lá o que fosse, veio atrás de nós. Agarrei a mão da Charlotte, e corremos através da neve até o carro. Nem eu nem ela ousamos olhar pra trás, primeiro porque estávamos morrendo de medo da coisa que estava no nosso encalço, mas também por cautela, já que o caminho era bastante escorregadio, então tínhamos que tomar cuidado ao pisar.

— Quem estava na cabana? Quem estava perseguindo vocês?

— Até hoje não posso afirmar com certeza. Minha prioridade mais urgente era colocar a Charlotte no carro, trancar as portas e voltar a Berlim. Assim que pegamos a estrada, tentei arrancar dela algumas respostas, mas a Charlotte falava em enigmas.

— Você consegue se lembrar do que ela disse?

— Coisas como: "Eu não estou aqui pra te dar respostas. Vou te mostrar as pistas, mas não consigo explicar o significado delas. Quem está escrevendo esta história é você, não eu".

Viktor foi forçado a admitir que a história de Anna estava se tornando cada vez mais surreal, o que não era tão surpreendente, levando-se em conta sua saúde mental. Ele apenas esperava que as fantasias dela tivessem alguma relação, por mais tênue que fosse, com a verdade. Ao mesmo tempo, Viktor não pôde deixar de perceber que sua própria atitude em relação aos delírios dela era ligeiramente patológica. Ele decidiu não dar a mínima.

— Para onde ela estava levando você?

— Para ver a pista seguinte. Ela disse: "Você viu onde tudo começou. Já é hora de eu te mostrar outra coisa".

— A primeira pista foi a cabana na floresta?

— Sim.

— Então o que aconteceu depois?

— A Charlotte disse algo realmente estranho, algo que eu nunca esquecerei. — Anna franziu os lábios e falou imitando a voz sussurrada de uma menina. — "Eu quero te mostrar onde a doença mora."

— Onde a doença *mora*?

— Foi o que ela disse.

Viktor estremeceu. Ele estava morrendo de frio porque ainda não tinha se aquecido desde que voltaram da praia, e a voz bizarramente infantil de Anna pareceu abaixar sua temperatura em alguns graus.

— Aonde vocês foram? — insistiu ele. — Vocês encontraram a doença?

— Voltamos de carro a Berlim pela Ponte Glienicke, Charlotte me dando instruções. Pra falar a verdade, não me lembro do resto do percurso. Por um lado, não conheço muito bem aquela parte da cidade e, além disso, não consegui me concentrar, porque a Charlotte piorou bastante.

Viktor sentiu um nó na barriga.

— O que houve com ela?

— Começou com uma hemorragia nasal. Estávamos perto do balneário do lago Wannsee. Estacionei em frente a uma cervejaria, e a Charlotte se deitou no banco de trás do carro. O nariz parou de sangrar, mas um momento depois...

Ela começou a tremer.

— ... ela começou a tremer dos pés à cabeça. Seu corpo se sacudia tanto, que eu tive vontade de levá-la às pressas ao hospital. — Ela deu uma risada forçada. — Mas aí me lembrei de que ela não existia. Uma visita ao pronto-socorro não ajudaria em nada.

— Então você não fez nada?

— Pra ser sincera, achei que era melhor. Parecia tolice ceder às minhas alucinações, mas o estado da Charlotte continuava piorando. Ela estava tremendo e me implorando que a levasse a uma farmácia.

Ela precisava de penicilina.

— Ela queria antibióticos, mas eu sabia que era impossível: precisávamos de uma receita. Tentei explicar isso a Charlotte, mas ela teve os primeiros ataques de raiva. Não consegui acalmá-la.

— Ela gritou com você?

— Era uma mistura de soluços de choro, gritos e berros a plenos pulmões. Foi horrível ouvir aquela vozinha rouca.

— Que tipo de coisas ela dizia?

— Ela me culpou por tê-la inventado. Eu me lembro da gritaria dela: "Você me deixou adoecer! Você precisa me curar!". Eu sabia perfeitamente que estava tendo alucinações e que a Charlotte não existia, mas não adiantou; eu não podia ignorá-la. No fim das contas, fui até a farmácia, comprei paracetamol pra dor de cabeça dela e convenci o cara atrás do balcão a me vender a penicilina. Ele me entregou os comprimidos e me disse pra voltar com a receita assim que possível. Pra ser sincera, eu fiz isso pro meu próprio bem, e não pra ajudar a Charlotte: eu sabia que não me livraria das minhas alucinações a menos que obedecesse às ordens delas.

— Funcionou?

— As coisas melhoraram pra mim, mas não pra Charlotte. — Viktor meneou a cabeça e esperou que ela explicasse. — A Charlotte tomou dois comprimidos, mas não surtiram efeito. Na verdade, ela piorou ao invés de melhorar. Seu semblante ficou pálido e abatido, mas pelo menos ela parou de gritar. Porém, acho que eu ainda estava em choque, porque não me lembro de como chegamos à mansão à beira do lago.

— Mas você se lembra da mansão?

— Era deslumbrante, simplesmente deslumbrante. Nunca vi um casarão tão maravilhoso em Berlim. Não parecia pertencer à cidade. Parecia mais uma propriedade rural. O terreno devia se estender por pelo menos alguns milhares de metros quadrados, e o gramado descia em declive até a beira da água. Havia uma praia privativa com seu próprio píer, e a residência em si era enorme. Até onde eu sabia, a arquitetura era neoclássica com alguns floreios extravagantes; sacadas envidraçadas, torreões e coisas do gênero. Não admira que a Charlotte chamasse o lugar de "palácio".

Schwanenwerder.

Mais uma vez a descrição de Anna foi de uma precisão extraordinária. Agora Viktor já ouvira uma abundância tão grande de pormenores, que teve certeza do envolvimento de Anna na sua história.

— A casa e os jardins eram bastante impressionantes, mas eu não contava com a aglomeração lá fora. O lugar estava fervilhando de pessoas e automóveis. Tivemos que deixar o carro e caminhar algumas centenas de metros por uma pequena ponte, porque a estrada estava lotada de vans.

— Vans?

— Isso mesmo. Os veículos estavam parados em fila. Todos pareciam estar indo...

... em direção à minha casa...

— ... na mesma direção que nós. A estrada era por demais estreita, então tivemos que abrir caminho na marra, aos empurrões. Uma grande multidão se reuniu na calçada no final da estrada. Ninguém percebeu nossa chegada. Na verdade, todos estavam muito ocupados observando atentamente a casa. Algumas pessoas usavam binóculos, outras tinham teleobjetivas. Não se passava um segundo sem que o flash de uma câmera disparasse ou um celular tocasse. Alguns homens subiram em uma árvore para ter uma visão melhor, mas não conseguiam competir com o helicóptero que sobrevoava a propriedade.

Viktor sabia a localização exata da casa. Além do mais, era praticamente capaz de identificar com precisão a data da visita de Anna e Charlotte. Nos dias que se seguiram ao desaparecimento de Josy, a imprensa sitiou sua mansão em Schwanenwerder, e o circo midiático impôs uma pressão intolerável sobre Isabell e ele próprio.

— De repente, um grito se ergueu da alvoroçada multidão. A porta da frente se abriu, e alguém saiu.

— Quem era?

— Eu não fazia ideia, não conseguia enxergar. Estávamos no topo da entrada em aclive, a setecentos ou oitocentos metros da porta da casa. Tentei perguntar a Charlotte quem morava lá, mas ela evitou a pergunta. "A casa é minha", ela me disse. "Eu cresci aqui." Então perguntei por que ela me levou até lá, e a resposta foi: "Você não sabe? Eu moro neste lugar; e a doença mora aqui também".

— A doença?

— Foi o que ela disse. Pelo que pude entender, algo na casa a estava deixando doente. Foi por isso que ela partiu do palácio: em primeiro lugar, pra tentar descobrir a causa da sua doença e, em segundo lugar, pra se libertar.

Então a doença de Josy foi causada por algo em Schwanenwerder.

— Eu ainda estava tentando compreender isso tudo quando ela puxou minha manga e me implorou pra irmos embora. A princípio eu a ignorei, porque queria dar uma boa olhada na pessoa que apareceu na porta da casa. Eu ainda não sabia se era homem ou mulher, mas, quem quer que fosse, parecia vagamente familiar, e por isso eu quis ficar. Só que então a Charlotte disse algo que me fez mudar de ideia.

— O quê?

— Ela disse: "A gente precisa ir. Lembra daquela coisa na cabana? Ela seguiu a gente... e está aqui".

20

—Eu posso usar seu banheiro?

Ficou evidente que Anna decidiu fazer uma pausa em sua história naquele ponto exato. Ela se levantou bruscamente.

Viktor assentiu.

— Claro.

Não foi a primeira vez que lhe ocorreu que Anna falava com extraordinária eloquência. Era quase como se, ao enunciar cuidadosamente cada palavra, ela estivesse compensando o horror de sua narrativa.

Viktor quis ficar de pé, mas um peso morto empurrava seus ombros, mantendo-o pregado no chão.

— O banheiro fica...

— Lá em cima, segunda porta à esquerda; eu sei.

Ele a encarou boquiaberto, incrédulo, mas ela já estava na porta e não se virou.

Ela sabia onde ficava o banheiro? Como?

O plano de Viktor de se sentar e esperar foi abandonado. Reunindo forças, ele se levantou, caminhou até a porta e se deteve. Uma poça d'água se havia formado no piso abaixo de onde o casaco de caxemira de Anna, encharcado por conta de sua caminhada na chuva, estava dobrado em uma cadeira ao lado do sofá. Ele pegou o casaco a fim de levá-lo para o corredor e ficou surpreso com o peso, que o tecido ensopado de água da chuva não explicava. Verificou o forro de seda: *totalmente seco*. Tinha que haver outra explicação.

Viktor ouviu uma porta se fechar no andar de cima e um ferrolho deslizar. Anna estava dentro do banheiro.

Ao dar uma leve sacudida no casaco, algo tilintou, e Viktor localizou um barulho no bolso direito. Sem pensar duas vezes, enfiou a mão dentro. O bolso parecia praticamente sem fundo, e Viktor estava a ponto de desistir quando seus dedos roçaram um lenço e, alguns centímetros depois, uma carteira grande. Ele a puxou com um movimento ágil e a sopesou na mão: uma carteira da marca Aigner da coleção masculina. Ele pensou no estilo de Anna, requintado e condizente com uma dama, com roupas elegantes que combinavam perfeitamente. O que ela iria querer com a carteira de um homem?

Quem é esta mulher?

No andar de cima, a descarga do vaso sanitário foi acionada. Como o banheiro ficava quase diretamente acima da sala de estar, Viktor ouviu o clique-clique dos sapatos de salto alto no chão de mármore e deduziu que Anna estava de pé diante da pia. Como se fosse uma deixa, ouviu o rangido de torneiras e o ruído da água escorrendo pelos antigos canos de cobre.

O tempo estava se esgotando. Ele abriu às pressas a carteira e verificou o bolso de plástico na frente. Nenhum documento de identificação; nada de carteira de motorista. Seus batimentos cardíacos desaceleraram ao perceber que sua descoberta, longe de resolver o enigma da identidade de Anna, apenas aumentava o mistério. Ela não carregava um único cartão de banco nem dinheiro vivo.

De súbito, Viktor sentiu medo, e suas mãos começaram a tremer. O tremor era leve, mas incontrolável. No passado, isso sempre foi uma resposta fisiológica a uma queda no nível de álcool no sangue, mas desta vez não era a necessidade de bebida alcoólica que o deixava irrequieto. O culpado era o silêncio. Anna havia fechado as torneiras da pia do banheiro.

Ele fechou a carteira rapidamente e pegou o casaco de Anna para colocá-la de volta no bolso. Nesse momento o telefone tocou, e Viktor cambaleou para trás, tamanho o sobressalto de culpa, deixando cair a carteira que ele nunca deveria ter tocado. A carteira atingiu o chão com um baque, aterrissando em pleno intervalo expectante entre dois toques do telefone. Para seu horror, Viktor descobriu qual era o segredo do peso da carteira:

diversas moedas se espalharam em todas as direções, rolando pelo piso de parquete como se tivessem sido impelidas por uma mão invisível.

Merda.

No andar de cima, a porta do banheiro se abriu. Viktor sabia que seria apenas uma questão de segundos até Anna voltar para a sala e encontrar o conteúdo de sua carteira esparramado pelo chão.

Ajoelhando-se, Viktor rastejou e tentou recolher as moedas, agarrando-as com mãos trêmulas. O telefone tocava ao fundo, e as unhas de Viktor eram muito curtas, suas mãos muito instáveis e o chão muito escorregadio para ele conseguir pegar as moedas.

Viktor ficou lá ajoelhado, suado, enrubescido e em pânico, e de repente se lembrou de uma tarde distante em que ele e o pai estavam sentados no chão da sala de estar, praticando pegar moedas com um ímã em formato de ferradura. Se pelo menos ele tivesse um desses ímãs agora. Qualquer coisa para poupá-lo da humilhação que quase certamente o aguardava.

•

— Fique à vontade pra atender, dr. Larenz! — disse Anna, aos gritos.

O toque infernal tornava difícil localizar a voz, mas Viktor imaginou que ela estava no patamar no topo da escada.

— Ahã — respondeu Viktor, incapaz de pensar em uma resposta mais apropriada. Ele ainda conseguia ver pelo menos dez moedas espalhadas pelo chão e embaixo do sofá. Uma delas rolou até a lareira, colidiu com o guarda-fogo e parou.

— Não me importo se o senhor atender. Fico feliz em esperar.

Dessa vez o som de sua voz parecia muito mais próximo. Viktor se perguntou por que ela estava demorando tanto. Ele olhou de relance para as moedas em sua mão e congelou, atordoado. Estava perseguindo um punhado de sucata sem valor. O conteúdo da carteira de Anna consistia exclusivamente em marcos alemães, que tinham sido retirados de circulação quando o euro foi introduzido. Algumas pessoas, inclusive Isabell, gostavam de usar moedas de um marco como pagamento para pegar os carrinhos de supermercado, mas a coleção de Anna chegava a quatro dúzias ou mais.

O que ela estava fazendo com uma carteira estufada de moedas obsoletas? Ademais, hoje em dia todo mundo carregava cartões de crédito e documento de identidade, não?

Quem é ela? Como sabe sobre Josy? Por que está demorando tanto?

Viktor fez a primeira coisa que lhe veio à cabeça. Atabalhoadamente, enfiou a carteira meio vazia no bolso da blusa de Anna e se abaixou para empurrar as moedas restantes para debaixo do sofá de couro. Não havia razão para achar que Anna olharia lá e, com alguma sorte, ela não notaria os marcos faltantes.

Ele esquadrinhou o chão e viu um pequeno pedaço de papel flutuando na poça de água da chuva onde Anna havia colocado o casaco. Devia ter caído da carteira junto com as moedas. Viktor se arqueou, pegou o papelucho e o guardou no bolso.

— Aconteceu alguma coisa?

Endireitando-se, Viktor ficou cara a cara com Anna. Ela devia ter entrado na ponta dos pés na sala sem que ele percebesse. O estranho é que ele tampouco ouviu a porta ranger, embora as dobradiças produzissem um ruído altíssimo e áspero.

— Ah, desculpe, eu estava, hã, quero dizer...

Num terrível momento de descortino, Viktor se deu conta de que, da perspectiva de Anna, as coisas pareceriam muito estranhas: ela se ausentou da sala por alguns minutos para ir ao banheiro e agora lá estava ele, suado e agitado, rastejando pelo chão. Não havia nenhuma explicação plausível que ele pudesse apresentar.

— Espero que não tenham sido más notícias.

— Como?

E então ele percebeu por que Anna demorou tanto para chegar.

De tão ocupado preocupando-se com as moedas, ele não atinou para o fato de que o telefone havia parado de tocar. Anna deve ter pensado que ele havia atendido, e por isso esperou educada e pacientemente no corredor.

— Ah, sim, você se refere ao telefonema — disse Viktor, sentindo-se um idiota.

— Sim.

— Número errado. — Ele se levantou, equilibrando-se sobre pernas trêmulas, e deu um pulo de susto quando o telefone tocou de novo.

— Isto sim é que é persistência. — Anna sorriu, sentando-se no sofá. — O senhor não vai atender?

— Atender? Hã, sim... Sim, claro — gaguejou Viktor, recompondo-se. — Vou atender à ligação na cozinha. Com licença, um momento.

Anna abriu um sorriso sereno, e Viktor saiu da sala.

•

Assim que levantou o receptor, Viktor se deu conta de que havia deixado na sala de estar algo que o denunciaria. Se Anna encontrasse, saberia o que ele tinha feito.

A moeda junto ao guarda-fogo da lareira.

Viktor segurou o fone junto ao ouvido e refletiu sobre como recuperar a confiança de Anna. Acontece que ele não tinha muito tempo para se preocupar com isso. Justamente quando julgou que a situação não poderia piorar, ouviu doze palavras que eclipsaram tudo o que havia acontecido antes.

21

— O sangue era de uma pessoa do sexo feminino, não há dúvida.

— Uma mulher... De que idade?

— Isso eu não sei dizer — respondeu Kai com uma voz que ecoou estranhamente.

— Por que não?

— Porque eu não sou geneticista.

Viktor apertou a nuca, mas massagem nenhuma seria capaz de amainar sua dor de cabeça.

— Onde você está agora? — perguntou Viktor ao detetive particular.

— Hospital Westend. Conheço um cara que trabalha num dos laboratórios. Tive que sair de fininho e me esconder no corredor pra ligar pra você, porque é proibido usar o celular. Eles acham que interfere no equipamento.

— Política hospitalar padrão. É melhor você ser rápido.

— O negócio é o seguinte: esse meu amigo é bioquímico. Eu o convenci a realizar alguns exames de sangue no intervalo do almoço dele. Entreguei a ele um frasco com um pouco do sangue que encontrei no seu banheiro, se bem que a sangueira era tanta, que eu bem poderia ter dado um barril pro cara.

— Apenas me diga quais foram os resultados.

— Como eu já te disse, é sangue de uma mulher, com mais de nove anos e menos de cinquenta, mas provavelmente bem menos de cinquenta.

— Josy tinha doze anos quando desapareceu.

— Não era o sangue dela.

— Como você sabe?

— Era sangue fresco, coisa de alguns dias atrás; três no máximo. A Josy está desaparecida há mais de quatro anos.

— Estou ciente disso, obrigado — vociferou Viktor, abrindo um pouco a porta da cozinha e espiando pela fresta. A porta da sala estava fechada, mas ele não podia correr riscos. Abaixando a voz, ele disse:

— Escute, se não é o sangue da Josy, onde a Anna se encaixa na história? Ela descreveu minha filha, descreveu a cabana em Sacrow e descreveu nossa mansão. Ela não está inventando nada. Ela estava lá, Kai. Ela sabia tudo sobre Schwanenwerder. Ela até viu os repórteres acampados na entrada da casa.

— Anna? Esse é o nome verdadeiro dela?

— Sim.

— E o sobrenome?

Viktor respirou fundo, engasgou-se sem querer e acabou tossindo.

— O nome completo dela é... — Ele tossiu de novo, segurando o fone com o braço esticado. — Maldita gripe. Desculpe, Kai. Ouça, acho melhor dizer quem ela é. O nome dela é Anna Spiegel, é autora de livros infantis e faz muito sucesso, especialmente no Japão. O pai trabalhava para o serviço de mídia das forças armadas estadunidenses e morreu de uma cirurgia de remoção de apêndice malsucedida quando ela era criança. Ela cresceu em Steglitz e foi internada na Park há quatro anos. É uma clínica psiquiátrica particular em Dahlem.

O detetive repetiu as informações e fez algumas anotações.

— Beleza, vou dar uma averiguada.

— Há mais uma coisa que eu gostaria que você fizesse por mim.

Viktor ouviu um longo suspiro do outro lado da linha.

— O quê?

— Você ainda tem as chaves da mansão?

— Um cartão digital, certo?

— Isso. Você passa o cartão e entra pelos portões.

— Opa.

— Certo. Eu quero que você vá ao meu escritório e abra o cofre. Você vai precisar digitar a senha: a data de nascimento da Josy ao contrário; ano, mês e dia. Dentro você encontrará uma pilha de CDs.

Não tem erro, é impossível não achar.

— E depois?

— Quando a Josy desapareceu, a polícia me pediu para salvar as imagens das câmeras de segurança.

— Claro, eles esperavam localizar o sequestrador em meio à multidão. A polícia monitorou a frente da casa durante um mês.

— Quero que você encontre os discos da primeira semana e examine as filmagens.

— Viktor, os peritos já analisaram e esquadrinharam as imagens inúmeras vezes. A polícia não encontrou nada.

— Eles estavam procurando por um homem.

— E você quer que eu procure uma mulher?

— Quero que você procure por Anna: uma loira pequenina e magra. Concentre suas atenções no grupo de repórteres no final da entrada para automóveis. Agora você sabe o nome e sobrenome dela e outros detalhes. Já consegue encontrar uma foto dela na internet.

Houve uma pausa, e quando Kai enfim respondeu, a qualidade da ligação havia melhorado substancialmente. Viktor deduziu que Kai saíra do corredor e estava de volta ao laboratório.

— Tudo bem — disse o detetive em tom relutante. — Se isso te deixa feliz, pode deixar comigo, que eu vou fazer o que você quer. Mas não se anime muito. As histórias dessa tal Anna, por mais fascinantes que sejam, estão cheias de lacunas. É verdade que houve uma invasão em Sacrow, e é verdade que havia repórteres do lado de fora da sua casa; mas pense na questão do período de tempo. Já se passaram quatro anos!

— Eu sei que você acha que ela está mentindo, mas de que outra forma você explica o sangue? Uma garotinha foi assassinada no meu banheiro! Se não foi a Josy, então quem foi, porra?

— Em primeiro lugar, não sabemos a idade da mulher em questão, e, em segundo lugar, ninguém foi assassinado coisa nenhuma.

— Você disse...

— Escute, Viktor: ninguém morreu. Na verdade, a mulher estava vivinha da silva.

— Viva? — Viktor praticamente berrou ao telefone. De tão exausto e agitado, desistiu de se importar se Anna estaria ouvindo ou não. — Ela não teria sangrado no banheiro inteiro se estivesse viva!

— Viktor, você precisa prestar atenção. Havia muco no sangue.

— Que diferença faz isso... — Ele se interrompeu e respondeu à sua própria pergunta. — Então ela estava...

— Sim, e é hora de você se acalmar. Os resultados do laboratório foram inequívocos. Era sangue menstrual.

22

CLÍNICA DE TRATAMENTO DE DISTÚRBIOS
PSICOSSOMÁTICOS DE BERLIM-WEDDING, QUARTO 1.245

Do lado de fora caíra a escuridão. Emitindo um zunido, a iluminação automática da clínica entrou em ação, e agora, sob o brilho frio das luzes do teto, dr. Roth tinha um aspecto mais pálido e anêmico do que nunca. Viktor Larenz notou pela primeira vez que o psiquiatra consultor estava ficando careca nas têmporas. O cabelo cortado com elegância geralmente mantinha bem escondidas as reveladoras entradas triangulares, mas ao longo dos últimos sessenta minutos ele vinha enterrando nervosamente os dedos entre os fios, o que arruinou os efeitos de seu esmerado penteado e denunciou a calvície incipiente.

— Você parece ansioso, dr. Roth.

— Não estou ansioso, apenas curioso sobre o que aconteceu logo depois.

Viktor pediu um copo de água. Seus pulsos ainda estavam amarrados à cama, então coube a Roth segurar o copo enquanto ele bebia com um canudinho.

— Eu gostaria de fazer algumas perguntas — anunciou o psiquiatra enquanto Viktor dava goles sedentos.

— Vá em frente.

— Por que você não se esforçou mais para encontrar Sindbad? Se fosse meu cachorro, eu o caçaria pelos quatro cantos do mundo.

— Você está absolutamente correto. Para ser sincero, fiquei surpreso com minha própria apatia. Olhando em retrospecto, eu diria que estava emocional e fisicamente exausto de procurar por Josy. Eu me sentia como um veterano de guerra que, de tanto ouvir estrondos de granadas, mal se assusta e se mantém impassível na trincheira a cada nova explosão. Era como se eu tivesse decidido ficar na minha trincheira e resistir ao próximo bombardeio. Você entende o que eu quero dizer?

— Sim, mas por que você não contou à sua esposa? Logicamente você deve ter pensado em ligar para ela quando o cachorro desapareceu, não?

— Eu fiz isso! Tentei me comunicar com ela praticamente todos os dias, mas não transferiam a ligação. Não posso dizer que estava morrendo de ansiedade para contar a ela sobre a existência de Anna. Já havíamos tido uma áspera discussão sobre a entrevista; desnecessariamente, no fim ficou claro, porque de qualquer forma eu estava perturbado demais para me concentrar em trabalhar nas respostas. Mas se ela soubesse que eu estava tratando de uma paciente... — Ele se calou e suspirou. — Ela teria embarcado no primeiro avião de volta para casa. Ao fim e ao cabo, não tive oportunidade de falar com ela porque a recepcionista não transferia a minha ligação para o quarto dela. Tive que me contentar em deixar mensagens na recepção do hotel.

— E ela nunca te ligou de volta?

— Ela ligou uma única vez.

— Vocês conseguiram esclarecer as coisas?

Em vez de responder, Viktor fez um gesto pedindo mais água. O dr. Roth levou o canudo à boca dele.

— Há quanto tempo eu... — Viktor parou no meio da frase, tomou um longo gole e começou de novo: — Como estamos de tempo?

— Provavelmente ainda temos mais vinte minutos. Seus advogados chegaram. Eles estão na sala do professor Malzius.

Meus advogados.

A última vez que Viktor precisou de aconselhamento jurídico remontava a 1997. O advogado — um sujeito meio trapalhão, mas especializado em infrações de trânsito — conseguiu impedir a cassação da carteira de habilitação de Viktor; agora, porém, somente um profissional tarimbado seria capaz de ajudá-lo. Desta vez não se tratava de um simples amassado na lataria do carro de alguém.

Seu futuro estava em jogo.

— Os advogados são bons de verdade?

— De primeira linha, segundo me disseram. Os melhores e mais excelentes criminalistas que o dinheiro é capaz de comprar.

— Suponho que eles vão querer saber o que aconteceu com a Anna, não?

— Eles farão um bocado de perguntas. De que outra forma teriam condições de elaborar uma estratégia de defesa? Em última análise, você está sendo julgado por assassinato, lembre-se.

Pronto. Ele finalmente disse com todas as letras: *assassinato*.

Nenhum dos dois havia mencionado as coisas de forma explícita, mas os fatos eram irrefutáveis: Viktor Larenz iria para a prisão, a menos que a conclusão de sua história conseguisse convencer o juiz a rejeitar a acusação de homicídio.

— Sei do que estou sendo acusado, mas não terei forças para repetir e reviver a história. Além disso, tenho a esperança de sair daqui em vinte minutos.

— Sem a menor chance — disse Roth, pousando o copo de água. Ele passou a mão pelo cabelo. — Podemos continuar com a história? Você estava descrevendo que Kai o informou sobre o sangue. Depois que você desligou o telefone, Anna tinha algo interessante para lhe contar?

— Não.

Dr. Roth olhou para ele com expressão interrogativa.

— Ela escapou em surdina enquanto eu estava conversando com Kai. Deixou um bilhete na minha escrivaninha: "Eu não quis interromper. O senhor está obviamente ocupado. Volto amanhã". Meus nervos ficaram em frangalhos, mas, uma vez que Anna foi embora, tive que me resignar a passar mais uma noite sem saber o que tinha acontecido.

Sem saber o que tinha acontecido com Charlotte. E com Josy.
— Então você foi para a cama?
— Não exatamente. Naquela noite, recebi outra visita inesperada.

23

Dez minutos depois de terminar a conversa com Kai, Viktor ouviu uma batida na porta. Por um segundo ele se permitiu ter a esperança de que Anna tinha retornado. A decepção foi ainda maior quando constatou que na soleira estava ninguém menos que Halberstaedt, com expressão sombria, em sua segunda visita sob ventania e aguaceiro. Mais uma vez o zelador da ilha recusou o convite de Viktor para entrar; em vez disso, entregou-lhe um pacote.

— O que é isto?

— Uma pistola.

Viktor recuou um pouco, como se Halberstaedt tivesse confessado ter algum tipo de doença infecciosa.

— Mas, pelo amor de Deus, o que eu iria querer com uma pistola?

— É pra que o senhor possa se defender.

— De quê?

— Dela. — Halberstaedt apontou com o polegar na direção da praia. — Eu vi a mulher sair daqui.

Viktor mal conseguia acreditar no que ouvia. Ele tirou um lenço de papel do bolso e o passou de leve no nariz sem de fato assoá-lo.

— Escute, Patrick, eu sempre respeitei suas opiniões, mas não posso permitir que você assedie meus pacientes. Na condição de terapeuta dela, é meu dever protegê-la.

— E, na condição de zelador, é meu dever proteger o senhor.

— Obrigado, Patrick, agradeço sua preocupação, mas não tenho intenção de ficar com a arma. — Ele tentou devolver a pistola, mas Halberstaedt manteve as mãos enfiadas dentro dos bolsos das puídas calças de veludo cotelê. — Além do mais, você não pode sair por aí fazendo alegações sérias sem qualquer tipo de prova.

— Quem disse que eu não tenho?

— Não tem o quê?

— Provas — respondeu Halberstaedt em tom severo. — Fique com a arma; talvez o senhor precise dela. Tenho observado aquela mulher e feito perguntas por aí.

— Ah, é mesmo? — Havia um gosto metálico na boca de Viktor. Ele pensou em Kai Strathmann; havia pelo menos duas pessoas no encalço de Anna.

— Ela deu um baita susto no Burg, o senhor sabia?

— O balseiro? Não achei que Michael Burg fosse do tipo que se assustasse com uma mulher.

— Ela tem assuntos inacabados com o senhor, foi o que ela disse.

— Assuntos inacabados?

— Ela disse algo sobre tirar um pouco de sangue.

— Isso é absurdo!

Um banheiro coberto de sangue.

Halberstaedt encolheu os ombros.

— Só estou contando o que o Burg me disse. Olha, tudo bem se o senhor não acredita em mim, mas me faça um favor e fique com a arma. Estou preocupado com aquela faca de trinchar.

Viktor não sabia o que dizer. De repente ele se lembrou de um problema completamente separado, mas urgente em igual medida.

Halberstaedt se virou para sair, mas Viktor deu um tapinhas nas costas dele.

— Eu queria te perguntar uma coisa. Por acaso você viu o meu cachorro?

— O Sindbad morreu?

Viktor ficou surpreso com a brutal franqueza. Foi como sobreviver a um terremoto apenas para ser atingido por um tremor secundário. E foi inevitável sentir que o golpe mais violento ainda estava por vir.

— Morreu? O que faz você pensar... Quero dizer, não, ou pelo menos espero que não. Ele está desaparecido. Eu deixei uma mensagem na sua secretária eletrônica.

— Ahã... — murmurou Halberstaedt, inclinando a cabeça. — Eu disse ao senhor que havia algo estranho naquela mulher.

Viktor deveria salientar que Anna não tinha nada a ver com o desaparecimento de Sindbad, mas decidiu não se dar ao trabalho.

— Eu aviso o senhor se encontrar o cachorro por aí. — Halberstaedt prometeu, mas não parecia muito preocupado.

— Obrigado.

— Tome cuidado, dr. Larenz. Essa mulher é perigosa.

O zelador da ilha foi embora sem dizer mais nada.

Por algum tempo Viktor o observou, depois se deu conta de que estava frio lá fora. Sentiu-se como um garotinho que ficou na piscina até as mãos azularem. Apressou-se em fechar a porta antes que o vento enchesse a casa com ar frio e úmido.

No meio do corredor, Viktor se deteve e pensou. Seria melhor jogar a pistola na lata de lixo do lado de fora de casa? Ele ficava nervoso perto de armas, e a própria ideia de ter uma arma em casa era um tanto alarmante. Por fim, resolveu que na manhã seguinte devolveria a pistola a Halberstaedt. Por ora, colocou o pacote fechado na gaveta de baixo da cômoda de mogno perto da porta.

•

Viktor passou os minutos seguintes fitando as brasas da lareira e tentando entender os acontecimentos do dia.

Sindbad havia desaparecido.

Uma mulher, ou talvez uma menina, invadiu sua cabana em Sacrow e deixou sangue menstrual no banheiro.

E o zelador de Parkum bateu à sua porta e lhe entregou uma arma.

Viktor descalçou os sapatos e se deitou no sofá. Remexendo no bolso, tirou o último comprimido restante de Valium. Optou por não o guardar para mais tarde, como era seu plano original, e esperou que o sedativo fizesse efeito. Acima de tudo, precisava de algo para aliviar os efeitos da gripe. Fechando os olhos, concentrou-se em erradicar a dor que lhe esmagava a cabeça em um torno de bancada. Isso funcionou por um curto período, e pela primeira vez em muito tempo ele conseguiu respirar por uma das narinas. O intenso aroma do perfume de Anna ainda estava forte no ar, trinta minutos depois de ela ter se levantado do sofá para ir embora.

A mente de Viktor estava agitada. Ele não tinha certeza acerca do que era mais preocupante: o comportamento errático de Anna ou as sinistras advertências do zelador da ilha.

Não chegou a uma conclusão satisfatória porque, um momento depois, teve início o pesadelo.

24

Desde o desaparecimento de Josy, o sonho o assombrava de tempos em tempos, a intervalos de até três vezes por semana ou, em outras ocasiões, uma vez por mês; não havia um padrão fixo de quando acontecia, mas a sequência dos eventos era sempre a mesma.

No começo do pesadelo, Viktor estava sempre ao volante do seu Volvo, Josy a seu lado no banco do passageiro. Era sempre no meio da noite, e eles estavam a caminho de uma consulta com um especialista que recentemente abrira um consultório à beira-mar na costa norte da Alemanha. A longa viagem já durava horas a fio, e Viktor dirigia rápido demais, mas o Volvo emperrava na quinta marcha. De quando em quando Josy implorava para que o pai desacelerasse um pouco, mas o carro ditava o ritmo. Levando-se em conta a velocidade vertiginosa, era uma sorte que a estrada fosse reta: sem curvas, sem saídas, sem retornos, sem semáforos, sem cruzamentos. Às vezes outro veículo se aproximava deles no sentido contrário, mas nunca corriam o risco de colidir, porque as pistas tinham uma largura generosa. Depois de um tempo, Viktor comentava sobre a duração da viagem. Josy encolhia os ombros, aparentemente tão perplexa quanto ele. O certo seria terem chegado à costa havia muito tempo, sobretudo porque estavam consumindo quilômetros a uma velocidade incrível. Quanto mais avançavam, a estrada ia se tornando estranhamente deserta e, o que era mais estranho ainda, cada vez mais escura. Na verdade, as luzes iam se tornando escassas e esparsas, ao passo que uma mata fechada se aproximava. Depois de um tempo, o carro percorria uma estrada cada vez mais estreita mergulhada no completo breu e ladeada por uma densa floresta.

Era nesse ponto do sonho que Viktor começava a se sentir desconfortável — não em pânico ou assustado, mas ligeiramente apreensivo. A sensação de indefinível pavor se intensificava no momento em que ele constatava que o carro não obedecia a seu comando de parar. Ele pisava com força no freio, mas nada acontecia. Um momento depois, o Volvo ganhava velocidade, acelerando ao longo da interminável extensão de asfalto linear. Acionando a luz interna, ele pedia a Josy que descobrisse onde estavam, mas o mapa em nada ajudava.

Por fim ela apontava para a frente e ria de alívio.

— Olha só, uma luz. Devemos estar quase lá.

Viktor vislumbrava um leve clarão ao longe. A luz ia se tornando mais nítida e brilhante à medida que se aproximavam.

— Continue em frente — dizia Josy. — Parece um vilarejo... ou talvez sejam as luzes da estrada costeira.

Viktor fazia que sim com a cabeça, seu coração se acalmando e desacelerando para algo próximo ao ritmo normal. Era reconfortante pensar que logo chegariam a seu destino. O carro voltava a ganhar velocidade, desta vez porque ele estava pisando fundo. Mal podia esperar para chegar à costa, deixar a floresta e a escuridão para trás o mais rápido possível.

Num instante a sensação de medo e horror retornava.

O estômago de Viktor começava a se retorcer em um nó.

De súbito, tudo adquiria uma terrível claridade. Sim, é verdade que havia um clarão à frente, mas Josy se enganara quanto à natureza dessa luz que os aguardava. E Viktor também reconhecia seu engano, o erro de pensar que a jornada deles através da escuridão poderia resultar em algo de bom. Ao compreender o que estava acontecendo, Josy olhava, aterrorizada, pela janela do passageiro.

O que ladeava a estrada na escuridão não eram árvores. Não havia absolutamente nada ali, apenas água. Nada além de água negra, fria, de uma profundidade insondável.

Essa constatação vinha tarde demais. Viktor sabia que não havia mais nada que pudesse fazer.

Eles estavam percorrendo um píer o tempo todo. Durante horas haviam procurado a costa, mas a praia ficara quilômetros atrás deles, e o carro corria em disparada para o mar, precipitando-se em direção ao farol, e não havia nada que ele pudesse fazer.

Viktor tentava girar o volante, mas em vão, porque estava emperrado. Ele não estava dirigindo o Volvo; era o Volvo que o guiava.

Percorriam os últimos metros a uma velocidade fabulosa, o cais acabava, o carro lançava-se no ar, pairando vários metros acima das sinistras ondas do gélido mar do Norte. O capô enfim tombava e começava a afundar. Viktor mantinha o olhar fixo no para-brisas, na esperança de vislumbrar algo no brilho pálido dos faróis. Mas conseguia ver apenas a água profunda e escura prestes a devorá-los: Josy, o Volvo e ele próprio.

•

Viktor sempre acordava uma fração de segundo antes de o carro atingir a superfície da água e ser engolido pelo oceano. Era sempre o clímax do pesadelo, não apenas porque Viktor sabia que ele e a filha estavam destinados a morrer afogados, mas porque ele cometia a estupidez de olhar de relance pelo retrovisor enquanto o carro acelerava em direção às ondas. E, enquanto fitava o espelho, ele gritava feito um louco, o mais alto que podia, arrancando-se do pesadelo e acordando Isabell, se ela estivesse no quarto. O que ele via no retrovisor era o apogeu do horror. Ele não via nada. O espelho estava vazio.

O píer que se estendia por quilômetros e se projetava mar adentro, o cais a cujo farol eles se arremessavam na velocidade da luz, tudo havia se dissolvido. Desaparecera feito fumaça.

25

Sobressaltado, Viktor sentou-se abruptamente na cama e percebeu que seu pijama estava encharcado de suor. O lençol também estava encharcado, e sua dor de garganta havia piorado sobremaneira durante o pesadelo.

O que há de errado comigo?, ele se perguntou, esperando que seu coração se acalmasse. Em algum momento antes de adormecer ele deve ter se levantado do sofá e ido para a cama, mas não conseguia se lembrar de ter subido as escadas, muito menos de ter se despido. E essa não era a única coisa que o intrigava. O quarto estava gelado. Ele estendeu a mão direita, tateando na escuridão para encontrar o despertador digital à pilha sobre a mesinha de cabeceira. Ao apertar um botão, o mostrador acendeu, indicando a hora e a temperatura: três e meia da manhã, e apenas oito graus, o que o levou a concluir que o gerador havia parado de funcionar. Para confirmar a teoria, ele apertou o interruptor da luminária da mesinha de cabeceira. Sem energia elétrica.

Ele amaldiçoou seu infortúnio. Primeiro a gripe, depois as estranhas histórias de Anna, o desaparecimento de Sindbad, o seu pesadelo, e agora isto. Ele se livrou das cobertas e, meio desengonçado, se pôs de pé, lembrando-se de pegar a lanterna que guardava ao lado da cama exatamente para casos assim. Trêmulo, desceu devagar as escadas rangentes, o facho de luz percorrendo as fotografias na parede da escada. Em circunstâncias normais, ele não era homem de se assustar facilmente, mas havia algo estranho no que viu: sua mãe, rindo, com os cachorros na praia; o pai fumando cachimbo junto à lareira; toda a família admirando o resultado da pescaria do pai.

As imagens irromperam em seu cérebro como as memórias de alguém nos primeiros estágios da anestesia, deslumbrando-o por um momento e depois desaparecendo de novo vazio.

•

Ao abrir a porta da frente, Viktor foi atingido por uma feroz lufada de vento que soprou para dentro da casa as últimas folhas de outono e uma rajada de gotas de chuva. *Porra, que maravilha. Nesse ritmo, vou pegar pneumonia.*

Ainda de pijama de seda, calçou os tênis e vestiu um anoraque azul. O galpão do gerador ficava a apenas uns vinte metros da porta. Com o capuz levantado, correu pelo caminho alagado. Sua lanterna não era potente o suficiente para iluminar as poças formadas pela chuva, e antes de ele ter percorrido metade da distância, seus pés e panturrilhas já estavam encharcados. A água fustigava seu rosto, mas, para não escorregar ou tropeçar, ele diminuiu a velocidade das passadas. Seu kit de primeiros socorros, já exaurido por causa do resfriado, não continha nada que pudesse ajudar no caso de tornozelos torcidos ou ossos fraturados. Estava escuro como breu, o vilarejo ficava a quilômetros de distância, e por causa da tempestade a ilha estava isolada da civilização: uma perna quebrada era provavelmente a última coisa de que ele precisava.

Por fim, Viktor estava quase chegando ao seu objetivo, um galpão de ferro corrugado na extremidade de sua propriedade, margeando a praia pública. O terreno era delimitado por uma cerca branca toda destruída.

Viktor tinha nítidas lembranças de ter impermeabilizado a cerca. Por insistência do pai, ele ajudara em todas as etapas do árduo ritual, que começava com o trabalho de lixar e envernizar a madeira e terminava com a aplicação de uma tinta excepcionalmente malcheirosa. Já nessa época a madeira estava ligeiramente podre, mas, depois de anos de abandono, a cerca e o gerador estavam em condições semelhantes de degradação. Com alguma sorte, ainda seria possível consertar o gerador.

Ele tirou as gotas de chuva da testa e dos olhos e parou de chofre. *Que saco*. Já no instante em que estendeu a mão para a alça de plástico rachada, ele soube que era em vão. A porta estava trancada, e a chave pendurada na caixa de fusíveis no porão. Ele teria que voltar. *Merda!*

Viktor deu um chute na porta e levou um baita susto. O ferro corrugado fez um barulho terrível.

— Ah, dane-se — murmurou. — Pelo menos eu não preciso me preocupar com os vizinhos, ninguém vai escutar nada. E com este mau tempo, não creio que alguém saia para passear.

Viktor estava falando em voz alta e suando em bicas, apesar do frio. Jogou o capuz para trás. E então aconteceu uma coisa estranha: o mundo a seu redor desacelerou. A sensação era a de que alguém tinha parado seu relógio interno. Ele se viu enredado numa fração de segundo que durou uma eternidade. Em sua mente, tudo se desenrolou incrivelmente devagar, em câmera lenta.

Em sua consciência surgiram três coisas. A primeira foi um barulho que chamou sua atenção assim que ele tirou o capuz. O gerador estava zumbindo. *Por que está zumbindo, se quebrou?*

A segunda foi uma luz. Viktor olhou para a casa e viu que uma luz havia acendido em seu quarto. O abajur na mesinha de cabeceira emitia um suave brilho amarelo.

A terceira foi a presença de uma pessoa. Havia alguém em seu quarto. Alguém estava olhando pela janela, olhando para ele.

Anna?

Viktor saiu em disparada, largando a lanterna. Percebeu seu erro no momento em que a luz do quarto se apagou antes de ele chegar à varanda. A casa e o jardim mergulharam mais uma vez na escuridão total, obrigando-o a refazer os passos e voltar para buscar a lanterna. Ele a pegou, correu para a varanda e entrou no corredor. Precipitando-se escada acima com o facho de luz cada vez mais fraco da lanterna, viu os rostos fantasmagóricos na escuridão. Entrou de supetão no quarto. Nada.

Ofegante pelo esforço, iluminou com a lanterna todos os quatro cantos do quarto: móveis de teca junto à janela, uma cômoda antiga e, ao lado dela, a penteadeira de Isabell, em cima da qual ele havia jogado uma pilha de CDs, depois a imponente visão da cama conjugal de seus pais. Não havia sinal de vivalma, nem mesmo quando Viktor acendeu as luzes. Ficou claro que o gerador estava funcionando novamente.

Estava funcionando o tempo todo?

Viktor sentou-se na beira da cama. Ele precisava recuperar o fôlego e organizar seus pensamentos. *Anna, Josy, Sindbad.* Ele se indagou se estaria sofrendo de estresse. O que deu nele para sair de casa às três e meia da manhã para consertar um gerador que obviamente estava funcionando? Ele deveria estar enfiado na cama, convalescendo, em vez de perseguir aparições fantasmas no vento e na chuva.

Viktor se pôs de pé, contornou a cama e verificou o despertador: 20,5º C. *Inacreditável.* A temperatura voltou ao normal.

Ele balançou a cabeça. *Neste caso, devo ser eu.*

Ele desceu as escadas para fechar a porta da frente.

Você teve um pesadelo horrível, Viktor reconfortou a si mesmo. *O que você espera? E você está sob tremendo estresse, com o desaparecimento de Sindbad e a piora da sua gripe.* Ele trancou a porta, apenas para destrancá-la um momento depois. Abaixando-se, tirou a chave reserva de debaixo do vaso de flores. *Precaução nunca é demais,* disse a si mesmo. Depois de verificar as janelas do térreo, começou a se sentir melhor.

Assim que se deitou, tomou um longo gole de xarope para a tosse e passou as horas seguintes dormitando num cochilo intermitente.

•

O vendaval daquela noite estava determinado a corresponder às previsões do boletim meteorológico e fustigou Parkum com chuva torrencial e violentas rajadas de vento, encrespando o mar do Norte em ondas gigantescas de mais de um metro de altura, que se lançavam contra a pequena ilha com força primitiva, depois corriam pela praia com fúria inabalável. O furacão quebrou galhos, sacudiu os caixilhos das janelas das casas e apagou da areia qualquer vestígio de atividade. Obliterou, também, o delicado rastro de pegadas que saíam da casa de Viktor Larenz.

26

PARKUM, UM DIA ANTES DA VERDADE

Pouco depois das oito horas, Viktor foi acordado pelo telefone. Cansado, arrastou-se escada abaixo e pegou o receptor, na esperança de ouvir a voz de sua esposa. Mas não era Isabell finalmente retornando suas ligações.

— O senhor encontrou o bilhete que eu deixei?

Anna.

— Sim. — Viktor tentou limpar a garganta e acabou tossindo. Anna teve que esperar alguns segundos para ele se recompor e retomar a conversa.

— Depois da nossa sessão de ontem eu não consegui parar de pensar na Charlotte. Pensei em voltar, mas não quis incomodar o senhor.

Ahã, então você esperou lá fora e invadiu meu quarto?

— Enfim eu estou pronta para contar o final da história.

O fim da história de Josy.

— É um excelente progresso — resmungou Viktor, perguntando-se por que Anna não fez comentário algum sobre a deterioração de seu estado de saúde. Provavelmente porque ela também parecia estar em condição precária, embora fosse difícil dizer por causa da barulheira da linha. Ela estava a apenas alguns quilômetros de distância, mas a qualidade da ligação era péssima. Isso fez Viktor se lembrar das frustrações das ligações internacionais antes do aprimoramento da tecnologia.

— Posso contar o restante por telefone? Não estou me sentindo muito bem hoje e prefiro não visitar o senhor, mas gostaria de tirar esse peso das minhas costas.

— Sem problemas.

Viktor lançou um olhar de relance para os pés descalços, irritado por não ter pensado em calçar os chinelos ou vestir o roupão.

•

— Se bem me lembro, eu estava explicando como a Charlotte e eu fugimos do palácio.

— Isso mesmo. Você disse que estavam sendo perseguidas.

Viktor usou um dos pés para puxar um pequeno tapete persa de debaixo da mesa. Assim pelo menos não teria mais que pisar com os pés nus no assoalho de madeira.

— Peguei Charlotte pela mão, corremos para o carro e partimos. Charlotte quis ir para Hamburgo, mas não me contou por que estávamos indo para lá. Por fim desisti de querer saber e deixei que ela ditasse o caminho.

— O que aconteceu quando vocês chegaram lá?

— Fizemos o check-in no hotel Hyatt, na Mönckebergstrasse. Como a Charlotte não dava a mínima pro lugar onde ficaríamos, ela me deixou escolher, então optei pelo Park Hyatt porque queria uma acomodação de luxo, que me fazia lembrar um pouco dos meus dias de escritora glamorosa. Eu costumava me reunir com meu agente no saguão pra nossas conversas de negócios, e sempre achei que esse hotel tinha uma aura sublime. Minha esperança era que o ambiente elegante me ajudasse a despertar lembranças de tempos mais felizes.

Viktor meneou a cabeça. Em certo período de sua vida ele se hospedava com frequência no Hyatt cinco-estrelas, de preferência no andar de suítes executivas.

— Infelizmente teve o efeito oposto. Eu me senti irritada e deprimida. Não conseguia pensar com clareza, e a Charlotte estava se tornando um fardo. A coitada estava sofrendo e colocou a culpa em mim. Dei a ela paracetamol e uma dose de penicilina e, felizmente, a menina adormeceu. Eu estava desesperada pra continuar trabalhando no livro.

— O seu livro sobre a Charlotte?

— Sim. Eu queria acabar com o pesadelo, e a única solução era terminar de escrever o livro; pelo menos foi esse o meu raciocínio. Depois de refletir por muito tempo, encontrei um fio condutor pra seguir adiante.

— De que maneira?

— As pistas da Charlotte eram a chave da história. Tive que descrever a causa de sua doença com base no que eu vi a partir das pistas que ela me deu. A primeira pista foi a cabana na floresta; esse foi o começo de tudo, segundo o relato dela. Resolvi escrever um capítulo no qual ela vai à cabana, e lá se manifestam os primeiros sintomas da doença.

Josy adoeceu em Schwanenwerder, não em Sacrow, pensou Viktor. *Tudo começou no dia seguinte ao Natal. Tivemos que ligar para o médico.*

— Mas aí percebi que a Charlotte estava se referindo a outra coisa. Eu me lembrei de que ela me disse pra "procurar o que está faltando".

A penteadeira dela? Uma televisão? Um pôster do Eminem?

— Finalmente entendi o que ela queria dizer: Charlotte estava me pedindo pra ver se havia ocorrido alguma *mudança*. Algo terrível aconteceu naquela cabana, algo tão atroz, que ela nunca mais ousou pôr os pés na casa. Percebi que tinha que ser algo relacionado à pessoa atrás da porta.

Houve uma longa pausa enquanto Viktor esperava que Anna continuasse.

— E então? — disse Viktor finalmente.

— E então o quê?

Por que ela tem que ser tão obtusa? Conta a favor de Viktor o fato de que ele conseguiu manter a calma e morder a língua. Estava cansado de arrancar informações dela à força, mas não queria aborrecê-la, o que a levaria a interromper a história no clímax.

— Como você terminou a história?

— O senhor ainda não deduziu? A meu ver, é mais do que óbvio, basta juntar as peças.

— Em que sentido?

— Ora, dr. Larenz, o senhor é o analista. Acho que é capaz de solucionar o mistério.

— É a sua história, não a minha.

— O senhor está começando a parecer a Charlotte — disse Anna em tom brincalhão.

Viktor não estava a fim de joguinhos. Ele queria respostas.

Ao longo de quatro anos aterrorizadores e dilacerantes, ele esperou uma resposta. Quatro anos temendo a resposta, temendo-a e procurando-a, concebendo mil variantes de cenários hipotéticos. E, se em sua mente a filha tinha morrido mil mortes imaginárias, ele morrera mil vezes ao lado dela. Como ele já estava morto, nada mais seria capaz de machucá-lo — ou ao menos era o que ele pensava. Mas quando Anna enfim falou, Viktor constatou que na verdade estava vulnerável:

— Ela foi envenenada — explicou Anna.

•

Nenhum aviso poderia ter preparado Viktor para essa declaração. Sua respiração ficou acelerada e superficial. De repente ele se sentiu grato pelo frio entorpecente na sala de estar, pois sem ele o choque teria sido sem dúvida pior. Sentiu vontade de vomitar, mas não teve forças para correr escada acima.

— Dr. Larenz?

Ele sabia que não podia continuar em silêncio, que Anna esperava uma resposta, e tentou pensar no que diria se fosse apenas o terapeuta dela, e não o pai esmagado pela angústia dos delírios dela. Oficialmente, Charlotte era uma alucinação, resultado de uma fiação defeituosa no cérebro de Anna.

Para ganhar algum tempo, Viktor utilizou a resposta padrão dos psiquiatras:

— Conte-me mais.

Foi outro erro fatal. A primeira revelação de Anna não foi nada comparada com o que veio a seguir.

27

— Envenenada? — gritou Kai com uma voz que, mesmo para seus padrões, era anormalmente alta. Ele tinha acabado de sair de Schwanenwerder e estava voltando de carro para o escritório no centro de Berlim. — Por que a tal Spiegel acha que a criança foi envenenada?

— Não faço ideia. Acho que ela inventou uma história que se ajustava aos fatos.

— Fatos? Quais fatos? São alucinações. Essa mulher é uma paciente psiquiátrica!

Viktor ouviu buzinadas frenéticas e deduziu que Kai, que jamais se deu ao trabalho de instalar em seu carro um dispositivo viva-voz, estava dirigindo pela estrada com apenas uma das mãos ao volante.

— A Anna acha que algo aconteceu em Sacrow. Segundo ela, a Josy...

— Você quer dizer Charlotte — corrigiu Kai.

— Foi o que eu disse, não foi? Mas vamos imaginar que ela estava falando sobre a Josy. Segundo a Anna, algo terrível aconteceu na cabana, algo que abalou os alicerces do mundo da Josy. Esse foi o gatilho.

— O gatilho pra quê? Pra alguém ir até lá e envenená-la.

— Precisamente.

— E quem diabos a envenenou?

— A Josy.

— Como é que é?

O rugido do tráfego desapareceu abruptamente. Kai deve ter parado no acostamento.

— A Josy envenenou a si mesma. Esse era o ponto crucial da história de Anna. De tão angustiada e traumatizada com o que aconteceu na cabana, a Josy decidiu tirar a própria vida. Ela fez isso gradualmente e em pequenas doses, ao longo de meses, para que os médicos não descobrissem.

— Calma aí, Viktor. O que você está tentando dizer?

— Não espero que você seja um especialista em psiquiatria, mas já ouviu falar da síndrome de Münchausen?

— Hum, Münchausen, esse não é um nome chique daquele transtorno psicológico em que o paciente é um mentiroso patológico?

— Mais ou menos. Pessoas que sofrem de Münchausen se prejudicam e adoecem intencionalmente porque querem ser notadas. Elas percebem que recebem mais atenção quando simulam estar doentes.

— Quer dizer que chegariam a ponto de se envenenarem pra receber algumas visitas no hospital?

— Elas querem que as pessoas sintam pena delas. É bom ganhar uvas, chocolates e outros presentes. Os pacientes da síndrome de Münchausen anseiam por simpatia, atenção e compaixão.

— Isso é loucura.

— É uma psicopatologia grave, e os pacientes de Münchausen são muitas vezes excelentes atores, o que dificulta o diagnóstico. Já vi casos em que pacientes simularam problemas de saúde de forma tão convincente, que enganaram até mesmo médicos e psicólogos experientes. O tratamento é dado para curar os sintomas fingidos, ao passo que a doença mental subjacente, a síndrome de Münchausen, acaba por ser ignorada. É claro que alguns pacientes são capazes de induzir sintomas físicos genuínos, por exemplo, ingerindo herbicidas para tornar mais críveis os sintomas de uma úlcera no estômago.

— Espera aí um minuto, você... Você não acha que sua própria filha... quer dizer, a Josy tinha apenas onze anos quando teve a primeira crise!

— E talvez tenha sido o veneno que induziu a doença, quem sabe? Para ser sincero, Kai, não sei o que pensar e estou cansado de não saber. Tenho a sensação de que parte da minha vida está envolta em trevas, e preciso de uma explicação que lance alguma luz para esclarecer o mistério. Eu sei que a Anna está delirando, mas ao mesmo tempo é inevitável eu especular se ela está certa. Pode ser improvável, mas certamente não é impossível. Eu preferiria uma explicação mais reconfortante, mas no momento as fantasias de uma pessoa com doença mental são a única explicação que temos.

— Tá legal, vamos fingir por um momento que você não está completamente doido. — A julgar pelo barulho ao fundo, Kai havia saído do acostamento e retornado ao fluxo do tráfego da rodovia. — Supondo que a Anna esteja certa, e a Josy tenha se envenenado, há uma pergunta extremamente óbvia: como? Não tente me convencer de que uma criança teria conhecimento suficiente sobre fármacos pra escolher um que a envenenasse tão lentamente a ponto de conseguir enganar os melhores médicos do país.

— Eu não disse que tinha a resposta, Kai. Veja, talvez partes da história de Anna não façam sentido, talvez nada disso se encaixe. A única coisa que me importa é se isso tem alguma relação com a Josy. Foi por isso que coloquei você no caso.

— Tudo bem, vou dar uma averiguada nisso. Eu ia ligar pra você de qualquer maneira. Acabei de fazer uma descoberta muito estranha.

— O quê? — O suor escorria pelas costas de Viktor. Ele não tinha certeza se deveria atribuir isso ao pânico ou à gripe.

— Eu segui suas instruções. Fui até sua casa pegar os CDs no cofre. Você está sentado?

— Não me diga que os discos não estavam lá.

— Não, mas as imagens da primeira semana foram apagadas.

— Apagadas? Isso é impossível. Os discos estavam protegidos contra gravação. A única forma de excluir os dados seria destruir os CDs.

— Bem, alguém conseguiu realizar a façanha de apagar os dados. Peguei os discos depois que nos falamos ao telefone e os examinei hoje pela manhã. Eles estão em branco.

— Todos eles?

— Não, e isto é fato mais bizarro: apenas os discos com as gravações da primeira semana foram deletados. Achei que talvez você tivesse confundido as caixas e colocado os discos em outro lugar, então voltei pra verificar. As filmagens da primeira semana desapareceram.

Viktor sentiu o corpo cambalear e agarrou-se à lareira em busca de esteio.

— O que você acha da minha teoria agora? — perguntou ao detetive particular. — Ainda considera que é uma coincidência, um produto do acaso, e que Anna inventou tudo?

— Não, mas...

— Ora, Kai, é nossa primeira pista concreta em quatro anos. De forma alguma permitirei que você descarte isso.

— Não estou descartando nada. Só estou preocupado com a tal Anna Spiegel.

— O que tem ela?

— Há algo de estranho nela.

— Ela é esquizofrênica.

— Além disso. Eu fiz uma investigação a respeito dela. Verificamos todos os fatos.

— O que você encontrou?

— Nada.

— Nada?

— Não encontramos nada.

— Isso é bom, não é?

— É alarmante pra cacete. Significa que ela não existe.

— Não estou entendendo.

— A Anna Spiegel não existe. Não conseguimos encontrar nenhuma escritora com esse nome, muito menos uma autora de best-sellers com fã-clubes no Japão. Ela não cresceu em Berlim, não teve um pai que trabalhasse no serviço de mídia das forças armadas dos EUA, e nunca viveu em Steglitz.

— Merda. Você já consultou a Clínica Park?

— Eles ainda estão protelando. É um lugar elegante, mas não tão elegante a ponto de eu não conseguir encontrar alguém disposto a me contar os detalhes em troca de algum dinheiro. Achei que o cara que substituiu você na clínica poderia ajudar... o professor van Druisen.

— Não.

— Qual é o problema?

— Prefiro cuidar disso sozinho. Neste caso específico, eu terei condições de obter informações mais rapidamente do que a sua equipe. Pode deixar que eu mesmo lido com a clínica e van Druisen. Veja o que mais você consegue encontrar e vasculhe mais uma vez o quarto da Josy. Nós o deixamos exatamente como estava no dia em que ela desapareceu. Talvez você consiga descobrir alguma pista nova.

Comprimidos? Produtos químicos?

Não havia necessidade de Viktor explicar isso com todas as letras.

— Tudo bem.

— E descubra se alguém se lembra de uma mulher loira e de uma menina doente que se hospedaram no hotel Park Hyatt, em Hamburgo, quatro anos atrás.

— Por quê?

— Apenas faça o que estou pedindo.

— Isso foi há quatro anos, Viktor! Duvido que alguém no Hyatt trabalhe lá há tanto tempo.

— Por favor, Kai.

— Tudo bem, mas você tem que me prometer uma coisa.

— O quê?

— Fique longe da tal Anna Spiegel. Não a deixe entrar na casa. Não quero que essa mulher chegue perto de você até sabermos quem ela é. Ela pode ser perigosa.

— Veremos.

— Estou falando sério, Viktor. Não vou cumprir a minha parte do acordo a menos que você corte todo contato com essa mulher. Você precisa ter cuidado.

— Farei o meu melhor.

Viktor desligou o telefone. A voz de Kai ainda ecoava em sua cabeça.

Tome cuidado. Essa mulher pode ser perigosa.

Viktor recebeu o mesmo conselho de duas pessoas diferentes em 24 horas. Ele estava começando a pensar que talvez tivessem razão.

28

— Clínica Park, Dahlem. Karin Vogt falando. Como posso ajudar?

— Olá, aqui é Viktor Larenz, dr. Viktor Larenz. Uma paciente minha passou vários anos sob os cuidados da clínica. Eu gostaria de falar com o médico consultor, se possível.

— Certamente, dr. Larenz — respondeu Karen animada. — Se o senhor puder me dizer o nome dele...

— Esse é o problema. Não sei o nome do médico, mas posso lhe dar o nome da paciente.

— Neste caso, não posso ajudar, sinto muito. Os registros dos dados dos pacientes são estritamente confidenciais, tenho certeza de que o senhor sabe disso. Eu estaria violando nosso código de conduta se divulgasse esse tipo de informação sigilosa. Se ela é sua paciente, a solução mais simples seria lhe perguntar o nome do médico e depois ligar de volta.

— Infelizmente isso não será possível. — *Em primeiro lugar, não sei onde ela está. Em segundo lugar, não quero que ela saiba das minhas suspeitas e que a estou investigando. E, em terceiro lugar, preciso descobrir o que ela fez com minha filha.* — Em decorrência da doença, ela não está em condições de me contar.

— O senhor não poderia verificar os documentos relacionados ao encaminhamento dela? — Karin estava prestes a perder o tom melodioso na voz.

— Não foi uma indicação oficial. Ela veio me ver por vontade própria. Veja, eu aplaudo você por respeitar a privacidade de seus pacientes. Obviamente a senhorita faz um ótimo trabalho, e não quero

TERAPIA

desperdiçar seu tempo, mas se puder me fazer um pequeno favor, prometo deixá-la em paz. Basta a senhorita procurar um nome no seu computador. Se encontrar, pode me transferir para o consultor responsável pela unidade apropriada. Dessa forma, ajudará a mim e à minha paciente sem violar seu código de sigilo profissional.

Viktor praticamente podia ver a recepcionista da clínica jogando de lado a lustrosa cabeleira, hesitante, enquanto tomava uma decisão.

— Por favor, srta. Vogt — disse Viktor, sorrindo. Seu tom gentil funcionou. Viktor ouviu a mulher digitar as teclas em seu computador.

— Qual é o nome dela?

— Spiegel — disse com pressa. — Anna Spiegel.

A digitação cessou abruptamente.

— Isso é alguma piada de mau gosto? — indagou ela em tom áspero. O ânimo de sua voz desapareceu de vez.

— Uma piada?

— Há algum outro nome de "paciente" que o senhor gostaria que eu verificasse agora? Elvis Presley, talvez?

— Creio que não estou entendendo...

— Ouça-me, dr. Larenz... — Karin Vogt suspirou com raiva. — Se isso for algum tipo de farsa, o senhor tem um senso de humor doentio. E nem pense em gravar esta conversa; eu conheço os meus direitos.

Desconcertado, Viktor não tinha ideia de como reagir à súbita mudança de opinião da recepcionista da clínica, mas não aceitaria isso sem partir para o contra-ataque:

— Não, sra. Vogt, ouça-me com muita atenção. Meu nome é dr. Viktor Larenz, e não atuo no ramo de passar trotes. Se a senhorita não me fornecer uma resposta sensata nos próximos trinta segundos, informarei ao professor Malzius que o comportamento da recepcionista dele é extremamente rude. Ele e eu somos colegas de golfe, tenha isso em mente.

Sua ameaça era uma dupla mentira: Viktor achava o professor Malzius quase tão abominável quanto jogar golfe. Mas funcionou.

— Lamento minha explosão, dr. Larenz. Mas é que achei sua pergunta perturbadora.

— Perturbadora? Achei que a senhorita tivesse concordado em verificar no computador o nome da minha paciente.

— Dr. Larenz, eu fui a pessoa que a encontrou. O senhor deve ter lido os relatórios, não?

A pessoa que a encontrou?

— A senhorita a encontrou onde?

— No chão. Foi horrível, realmente horrível... Agora, se não se importa, dr. Larenz, tenho que atender a outra ligação. Há três pessoas em espera.

— Desculpe, o que foi tão horrível? — perguntou Viktor, tentando entender o que tinha acabado de ouvir.

— Ela morreu sufocada em seu próprio sangue. Isso não é horrível o suficiente?

Anna está morta? Morta? Mas isso não faz...

— Não entendo. Eu a vi ainda ontem.

— Ontem? Deve haver algum engano. Eu encontrei o corpo de Anna no escritório da enfermaria um ano atrás. Não havia nada que eu pudesse fazer.

Um ano atrás?

— Como um paciente chegou ao escritório da enfermaria? — perguntou Viktor. Ele estava pensando em centenas de questões diferentes, mas esta surgiu primeiro.

— Dr. Larenz, é difícil acreditar que o senhor não saiba o que aconteceu, mas vou lhe contar mesmo assim. Anna Spiegel não era paciente; ela era uma estudante fazendo estágio na clínica. Agora ela está morta, eu ainda estou aqui e tenho que seguir em frente. Tudo bem?

— Sim.

Não, na verdade não, não está nada bem. De jeito nenhum.

— Uma última coisa. O que aconteceu? Como ela morreu?

— Ela foi envenenada. Anna Spiegel foi envenenada.

Viktor largou o fone e olhou pela janela. Nada além de escuridão, escuridão impenetrável.

Como a escuridão no céu.

29

Mais tarde, quando desenvolveu náuseas, diarreia e visão turva, Viktor não pôde mais ignorar a evidência de que havia contraído algo mais grave do que um simples resfriado. Nenhum de seus remédios habituais — aspirina, vitamina C e spray para garganta — parecia estar surtindo o efeito benéfico habitual. E até mesmo seu querido chá de Assam, longe de acalmar sua dor de garganta, na verdade estava piorando a situação. De fato, o gosto amargo ficava mais forte a cada xícara, levando-o a especular se havia esquecido de coar a bebida.

•

O início do fim coincidiu com a penúltima visita de Anna à casa de Viktor. Naquela tarde ela apareceu sem avisar e o acordou de um cochilo intermitente e febril. Ainda de pijama e roupão, ele se arrastou até a porta.

— O senhor ainda está se sentindo mal? — indagou ela de imediato.

Ele não sabia ao certo quanto tempo Anna ficara esperando. Em algum momento ele se deu conta de que os ruídos da britadeira em operação em seu sonho eram, na verdade, as insistentes batidas dela na porta da casa.

— Só estou um pouco indisposto. Achei que tínhamos combinado de conversar à noite, não?

— Combinamos, sim. Não se preocupe, não vou incomodar o senhor. Só passei pra te entregar isto.

Ao ver que ela segurava alguma coisa, Viktor abriu um pouco mais a porta e ficou chocado ao notar que Anna estava um caco. Não restava quase nada da aparência da jovem inteligente e deslumbrante que aparecera na sua sala de estar quatro dias antes. Os cabelos estavam desgrenhados, e sua blusa parecia amassada. Seus olhos dardejavam nervosamente de um lado para o outro enquanto seus dedos longos e finos tamborilavam um envelope de papel pardo que ela segurava com ambas as mãos.

— De que se trata?

— É o final do livro; os dez capítulos derradeiros, descrevendo tudo o que passei com Charlotte. Isso estava martelando na minha cabeça, então decidi escrever novamente a história, puxando pela memória.

Quando? Às três e meia da manhã, depois de invadir minha casa? Ou quatro horas depois, quando você me ligou em casa?

Ela passou a mão pelo envelope, alisando-o com carinho, como se fosse um presente.

Viktor hesitou. A voz do bom senso o aconselhou a não deixar Anna entrar na casa.

Ela é perigosa.

Até agora, todas as evidências contra ela eram contundentes: Anna Spiegel não era quem afirmava ser. Ele sabia com certeza que o nome dela pertencia a uma estudante que havia sido envenenada na Clínica Park. Mas essa mulher, quem quer que ela fosse, tinha a chave do desaparecimento de Josy. Se Viktor não aproveitasse a oportunidade, talvez nunca conseguisse respostas para as perguntas que o estavam levando à loucura.

E, como estava desesperado para saber quem era a mulher e por que ela achava que eles tinham "assuntos inacabados", Viktor decidiu perguntar o que bem quisesse. Já não importava mais se ela ficaria em silêncio ou sairia bufando de raiva, porque ela já havia dado a ele os capítulos finais da história de Charlotte.

— Espere — disse ele com pressa, abrindo totalmente a porta.

— Por que você não entra e se aquece um pouco? Você deve estar congelando aí fora.

— Obrigada. — Anna balançou a cabeça para se livrar das gotas de chuva que molhavam seus longos cabelos loiros e entrou nervosamente no calor da casa.

Com um gesto, Viktor pediu que ela passasse por ele e entrasse na sala de estar, enquanto ele permanecia no corredor. Assim que se viu sozinho, abriu a última gaveta da cômoda, tirou o pacote de Halberstaedt e passou os dedos pelo papel amassado. O barbante que fechava o pacote se soltou quando ele desatou o nó.

— O senhor poderia fazer a gentileza de preparar um chá?

Viktor levantou-se bruscamente e deixou cair o pacote entreaberto. Anna estava parada no corredor. Ela havia tirado o casaco e vestia calças pretas com uma blusa transparente cinza-ardósia abotoada de maneira toda errada.

— Claro — disse Viktor, tirando um lenço da gaveta e fechando-a rapidamente. Até onde ele sabia, Anna não tinha notado o que havia no pacote.

Depois de conduzi-la de volta à sala de estar, Viktor correu para a cozinha e reapareceu alguns minutos depois com o chá. Estava se sentindo tão esgotado, que carregar um bule cheio parecia impossível, por isso ele o encheu apenas até a metade.

— Obrigada.

Anna mal parecia notar a presença dele, e não se mostrou nem um pouco surpresa quando ele parou para enxugar o suor da testa antes de cambalear até a escrivaninha.

— Talvez seja melhor eu ir embora — disse ela assim que Viktor se sentou.

— Mas você nem sequer tocou no seu chá!

Ele tirou a primeira página do envelope e leu o título: *A travessia*. Para sua surpresa, era um manuscrito impresso a laser. Ela obviamente trouxera seu laptop e convencera Trudi, a proprietária da Âncora, a deixá-la usar a impressora no escritório da pousada.

— Por favor, dr. Larenz, eu realmente não posso ficar.

— Tudo bem, lerei o manuscrito mais tarde — falou ele, enfiando desajeitadamente a página no envelope. — Mas, enquanto você ainda está aqui, eu gostaria de perguntar algo sobre a noite passada. O que...

— Ele olhou para Anna e se calou de súbito no meio da frase.

Sem dúvida havia algo errado. Os olhos de Anna estavam nervosamente fixos no teto, e ela cerrou os punhos. O que quer que estivesse acontecendo dentro dela parecia determinado a irromper à força. Viktor sentiu uma desesperada urgência de perguntar se ela havia invadido sua casa e por que mentira sobre seu nome, mas sabia que seria irresponsável incomodá-la naquele estado. Por mais que ele desejasse algumas respostas, não poderia haver justificativa para precipitar um surto psicótico numa paciente que precisava de sua ajuda. Por fim, ele desistiu e decidiu abordar o motivo pelo qual ela o havia procurado: a esquizofrenia.

— Quanto tempo ainda falta? — perguntou ele em um tom suave.

— Até o próximo surto?

— Sim.

— Um dia? Doze horas? Não sei. Os sintomas já estão aqui — falou ela com a voz tensa.

— Cores?

— Sim, tudo ao meu redor está mais brilhante, mais intenso. É como se alguém tivesse envernizado as árvores e convertido o mar em um matiz escuro e lustroso de azul. Mal suporto desviar o olhar; tudo é incrivelmente radiante, apesar da chuva. E o cheiro também é fabuloso. Consigo sentir a fragrância do sal no ar. A ilha está impregnada do mais maravilhoso perfume, e aparentemente ninguém, exceto eu, é capaz de sentir esse cheiro.

Era mais ou menos o que Viktor esperava que ela dissesse, mas mesmo assim era preocupante. Ele não tinha certeza se Anna era perigosa, mas não restava dúvida de que estava muito doente. E lidar com uma paciente esquizofrênica dominada por um delírio não era brincadeira — sobretudo em uma ilha no meio do nada.

— Alguma voz?

Anna balançou a cabeça.

— Não, mas é só uma questão de tempo. Sou uma esquizofrênica clássica: cores intensas, vozes imaginárias e, por fim, alucinações visuais. Pelo menos, desta vez, não terei que me preocupar em ver a Charlotte.

— Por que não?

— Porque a Charlotte não vai voltar. Ela se foi pra sempre.

— Como você pode ter tanta certeza disso?

— O senhor saberá se ler o manuscrito. Eu...

Viktor não conseguiu ouvir o resto da frase, porque o telefone tocou e Anna se calou.

— O que aconteceu com a Charlotte? — ele insistiu.

— É melhor o senhor atender, dr. Larenz. Eu já me resignei a ouvir seu telefone tocar toda vez que estou aqui. Além disso, eu não pretendia ficar.

— Eu não posso deixar você ir embora. Você está à beira de outro surto; você precisa de ajuda.

E eu preciso de algumas respostas. O que aconteceu com a Charlotte?

— Fique aqui — instruiu ele. Anna encarou o chão, esfregando nervosamente o dedo indicador na unha do polegar. Viktor notou que a cutícula estava vermelha, em carne viva. Ela obviamente tinha um tique nervoso.

— Tudo bem, vou ficar um pouco — concordou ela. — Mas, por favor, atenda ao telefone e faça parar essa barulheira horrível.

30

Viktor atendeu ao telefone na cozinha.

— Finalmente! Eu estava começando a pensar que você tinha saído — disse Kai em tom impaciente. — Você nunca vai acreditar no que aconteceu.

— Espere um segundo — sussurrou Viktor, pousando o receptor na bancada ao lado da pia. Depois tirou os chinelos e se esgueirou, descalço, pelo corredor, conversando alto, como se estivesse ao telefone.

— Sim... Sério?... Tudo bem... Deixe comigo.

Espiando pela porta entreaberta da sala de estar, ficou aliviado ao ver que Anna estava sentada exatamente onde ele a havia deixado.

— Tudo bem, podemos conversar agora — disse ele ao telefone assim que voltou à cozinha.

— Ela não está aí com você, está?

— Sim.

— Achei que tínhamos feito um acordo.

— Ela apareceu sem avisar na minha porta, e eu não podia exatamente mandá-la embora. Não é seguro estar ao ar livre com este mau tempo na ilha. De qualquer forma, você queria me contar alguma coisa, não?

— Um fax chegou hoje ao escritório.

— Um fax de quem?

— Não sei. Gostaria que você desse uma olhada.

— O que diz?

— Nada.

— Você está me ligando pra dizer que recebeu um fax em branco?

— Eu não disse que estava em branco. Não há mensagem escrita; apenas uma imagem, um desenho.

— Um desenho? O que isso tem a ver comigo?

— Acho que é da sua filha. Acho que é um desenho da Josy.

Trêmulo, Viktor recostou-se na geladeira e fechou os olhos.

— Quando?

— Quando o quê?

— Quando você recebeu o fax?

— Cerca de uma hora atrás. Foi enviado diretamente pra mim. Pouquíssimas pessoas têm meu número privado.

Viktor respirou fundo e acabou tossindo novamente.

— Não sei o que pensar a respeito disso.

— Você tem um aparelho de fax aí?

— Sim, fica na mesa da sala de estar.

— Ótimo. Vou te enviar o fax daqui a dez minutos. Enquanto isso, livre-se dessa mulher. Eu te ligo de volta daqui a pouco pra saber o que você acha.

Viktor deu seu número de fax e desligou.

•

Assim que saiu da cozinha e chegou ao corredor, Viktor viu que a porta da sala estava fechada. Balbuciando imprecações em seu íntimo, imediatamente suspeitou que Anna tivesse cometido outro ato de desaparecimento. Abriu a porta com um violento puxão e soltou um suspiro de alívio. Anna ainda estava lá, de pé diante da escrivaninha, de costas para ele.

— Olá de novo — disse ele com uma voz tão rouca, que mal passava de um sussurro.

Seu alívio deu lugar ao horror. Anna não o ouviu entrar e não se virou: ainda de costas para a porta, misturava um pó branco no chá de Viktor.

31

—Saia imediatamente da minha casa!

Virando-se devagar, Anna olhou para Viktor com uma expressão impassível estampada no rosto.

— Meu Deus do céu, doutor, o senhor quase me causou um ataque cardíaco. Algum problema?

— Problema? Meu chá está com gosto amargo há dias, tenho me sentido péssimo desde que você chegou à ilha, e agora eu sei o motivo!

— Pelo amor de Deus, dr. Larenz, o senhor vai ficar doente. Acalme-se e sente-se.

— Eu já estou doente! Você está batizando meu chá com... Bem, diga-me você!

— Como assim?

— O que diabos você colocou no meu chá? — rosnou Viktor. As palavras pareciam roçar o interior de sua garganta, fazendo sua voz tremer histericamente.

— Controle-se... — Ela se apressou em dizer.

— O QUE HÁ NO MEU CHÁ?

— Paracetamol.

— Paracetamol?

— Sim, é ótimo pra resfriados. — Ela abriu sua bolsa cinza de grife. — Veja por si mesmo. Passei por uma situação tão difícil com a Charlotte, que nunca saio de casa sem ele. — Ela parou por um momento. — O senhor está com o aspecto tão horrível, que eu quis ajudar. Eu ia contar antes de o senhor beber, mas então... Ah, meu Deus, o senhor não achou que eu estava tentando envenená-lo, achou?

Viktor estava pensando todo tipo de coisa, mas não sabia mais em que acreditar.

Seu cachorro havia desaparecido, e ele estava sofrendo de diarreia, febre e mialgia — sintomas clássicos de uma infecção viral. *Ou de envenenamento.* Analgésicos e remédios para tosse não surtiam efeito.

E duas pessoas diferentes o haviam alertado sobre Anna.

Tome cuidado; ela é perigosa.

— Veja — disse Anna, mostrando-lhe sua xícara. — Eu dissolvi um pouco de paracetamol no meu chá também. Achei que poderia fazer bem a nós dois. Eu não ia querer me envenenar, não é mesmo? Já tomei alguns bons goles.

Viktor fitou a mulher, horrorizado. Ele ainda estava atordoado demais para encontrar as palavras certas.

— O que você quer que eu pense? — berrou ele. — Nada disso faz sentido! Por que diabos você invadiu minha casa no meio da noite? O que você pretendia fazer com uma arma? Por que alguém compraria linha de pesca de náilon e uma faca de trinchar em uma loja de ferragens? O que foi que eu fiz a você?

Ocorreu a Viktor que as acusações seriam ridículas se não fossem completamente verdadeiras.

— Você mentiu até mesmo sobre o seu nome!

— Infelizmente acho que não estou entendendo, dr. Larenz. O senhor acha que tenho algum tipo de rancor contra o senhor. É esse o problema?

— Diga-me você! De acordo com Michael Burg, temos "assuntos inacabados".

— O senhor está com febre?

Claro que eu estou com febre, caralho! Não é essa a sua intenção?

— Eu não troquei uma palavra com Burg desde que ele me transportou na balsa para a ilha. — Agora Anna também estava perdendo a paciência. — Não tenho ideia do que o senhor está falando!

Ela se levantou e alisou as calças.

Alguém estava mentindo. Ou Halberstaedt inventou tudo, ou Anna não estava dizendo a verdade.

— Tudo bem — disse ela, em tom furioso. — Se essa é a sua opinião a meu respeito, é melhor encerrarmos nossas sessões, porque não fazem sentido.

Pela primeira vez desde o início da terapia, Anna ficou transtornada de raiva.

Ela pegou seu casaco e bolsa e passou por Viktor. Depois se deteve no corredor e voltou. Antes que Viktor pudesse impedi-la, ela se vingou da pior maneira possível.

Agarrando o envelope pardo em cima da escrivaninha, ela o jogou abruptamente na lareira. Num átimo, o papel pegou fogo.

— Não!

Viktor quis se lançar pela sala, mas não conseguiu reunir forças para dar um único passo.

— Por que se dar ao trabalho de ler a minha história? O senhor não voltará a me ver!

— Pare! — gritou ele, mas Anna saiu marchando porta afora sem olhar para trás. A porta da frente bateu com força.

•

Anna Spiegel se foi para sempre — e com ela desapareceu qualquer chance de descobrir o que havia acontecido com Josy. A verdade ardia na lareira, escapando pela chaminé numa coluna de fumaça escura.

32

Gemendo, Viktor desabou no sofá.

O que estava acontecendo? O que estava acontecendo na ilha?

Ele encolheu os joelhos e abraçou as canelas.

Ah, Deus.

Ele suava em profusão, e seu velho amigo, o sr. Calafrio, havia retornado.

O que há de errado comigo? Nunca descobrirei a verdade sobre Josy.

Você estava sendo envenenado, disse uma voz dentro dele.

Era apenas paracetamol, respondeu sua consciência.

Demorou alguns momentos para ele parar de tremer e se levantar.

O chá já estava frio quando Viktor enfim reuniu forças para colocar a louça de porcelana numa bandeja. Ele foi até a cozinha, fitando com perplexidade as xícaras. Atormentado pelas evidências chocantes, esqueceu de olhar para onde estava indo, tropeçou na soleira e deixou cair a bandeja. Tudo se espatifou com estrépito no chão. O chá se espalhou por toda parte, roubando-lhe a prova, mas ele tinha absoluta convicção do que viu antes de o chá se derramar no parquete.

Ambas as xícaras estavam cheias até a borda.

Viktor seria capaz de apostar que Anna não havia tomado um único gole de chá.

Antes que pudesse pegar um pano de prato na cozinha, um zumbido alertou-o sobre a chegada de um fax em seu antiquado aparelho.

Deixando a bandeja e a porcelana despedaçada no chão, ele refez seus passos até a escrivaninha. Ao chegar lá, percebeu que havia um problema. O aparelho de fax havia regurgitado um único pedaço de papel, que ele pegou com um gesto lento e segurou sob a luminária. Ele poderia virar o papel para um lado e para o outro e estudá-lo pelo tempo que quisesse, mas isso de nada adiantaria. Nem mesmo um microscópio teria ajudado. O fax estava em branco. Não havia o menor indício de um desenho feito por Josy, apenas uma linha preta grossa.

33

Quando Halberstaedt chegou com a terrível notícia, Viktor estava tão exaurido, que mal conseguia lembrar seu próprio número de telefone, muito menos o de Kai Strathmann. O detetive particular não ligou de novo para falar sobre o fax. Depois de esperar em vão por vinte minutos, Viktor decidiu ligar para Kai. Infelizmente, ele ainda estava tão febril, que sua memória parecia estar derretendo. Nomes e números giravam em sua cabeça feito um ensopado de letras e símbolos, e era como se alguém os tivesse remexido dentro de um caldeirão. Ele não conseguia se lembrar do número de telefone de Kai, portanto não poderia ligar para ele a fim de avisar que o aparelho de fax estava com defeito.

No momento, porém, o fax em branco era o menor dos problemas de Viktor. A ideia de que talvez tivesse sido envenenado o estava enlouquecendo. A dor nas costas era excruciante, como se sua pele ardesse de queimaduras, e a enxaqueca se espalhara da base do crânio até a testa. Naturalmente, com exceção dele, ninguém em Parkum sabia nada de medicina, e as rajadas fustigavam a ilha com uma violência tão descomunal, que até mesmo um helicóptero militar decolaria do continente para resgatá-lo somente em caso de emergência. E Viktor nem sequer tinha certeza de que *se tratava* de uma emergência. Talvez Anna estivesse falando a verdade, e o pó fosse apenas paracetamol. Ou talvez ele tivesse sido envenenado em pequenas doses, dia após dia.

Tal qual Charlotte? Tal qual Josy?

Anna teve oportunidade suficiente de envenená-lo aos poucos? Viktor decidiu esperar mais algumas horas. O tempo estava horrível, e ele não queria que os paramédicos arriscassem a vida por sua causa. Seria imperdoável fazê-los voar através de um furacão se no fim ficasse claro que ele estava apenas gripado. Felizmente, Viktor trouxera consigo carvão ativado e outros agentes absorventes, que tomou junto com alguns antibióticos potentes, à guisa de precaução.

•

Relembrando os acontecimentos, ocorreu a Viktor que provavelmente era bom que ele estivesse em um estado de quase exaustão física quando Halberstaedt chegou com a chocante notícia. Seu cérebro, entorpecido pela dor e pelo coquetel de comprimidos, mostrava-se cansado e confuso demais para processar os terríveis detalhes que lhe foram comunicados na varanda.

— Eu sinto muito, doutor — disse o zelador da ilha. Ele segurava nas duas mãos um boné de pano preto, que girava com os dedos.

Viktor quase caiu ao tentar se agachar ao lado do corpo de seu cachorro.

— Encontrei o Sindbad perto das latas de lixo, logo atrás da pousada Âncora.

Viktor teve a sensação de que estava ouvindo o texto de uma peça teatral do outro lado de uma pesada cortina de palco. Ele se ajoelhou e acariciou o corpo sem vida do golden retriever. Era óbvio que o cachorro havia sido torturado. Suas patas traseiras, o maxilar e talvez a coluna estavam quebrados.

— O senhor sabe quem está hospedada lá, não sabe?

— Como disse? — Viktor enxugou as lágrimas e olhou para o zelador da ilha. Sindbad fora estrangulado com um pedaço de linha de pesca de náilon, enterrada na carne ao redor de sua garganta.

— Ela, é claro. Aquela mulher sobre a qual alertei o senhor. Ela está hospedada na Âncora. Pode apostar sua vida que foi ela quem matou o Sindbad.

O instinto de Viktor foi concordar. Ele pensou em pedir a Halberstaedt que esperasse enquanto ia buscar a arma para que pudessem atirar na mulher. Mas em seguida se recompôs.

— Escute, Patrick, não quero falar sobre isso. E não posso discutir a conduta dos meus pacientes.

Algo muito suspeito. Linha de pesca de náilon.

— O senhor acha que ela vai voltar? Pelo que vi, ela estava bastante irritada quando saiu daqui. Chorando histericamente.

— Isso não é da sua conta — rebateu Viktor com uma voz tensa e irritada.

Halberstaedt ergueu as mãos em sinal de rendição.

— Calma, doutor, eu só estava tentando ajudar. O senhor parece em péssimo estado.

— Isso não é nem um pouco surpreendente, não é mesmo?

— Mesmo descontando o fato de que seu cachorro foi assassinado, o senhor não está com a aparência nada boa. Há alguma coisa que eu possa fazer?

— Não. — Viktor olhou para o corpo devastado de seu cão. De repente, notou as marcas de facadas na barriga do animal. Cortes profundos no abdome.

Uma lâmina comprida, como uma faca de trinchar.

— Na verdade, há algo que você poderia fazer. — Viktor se pôs de pé. — Você poderia enterrar Sindbad para mim. Eu não tenho condições de fazer isso. — Faltava-lhe a resistência mental, para não falar da força física.

— Sem problemas. — Halberstaedt enfiou o boné na cabeça. — É melhor eu pegar uma pá. — Ele se virou em direção ao depósito de ferramentas e se deteve. — Há outra coisa que eu queria mostrar ao senhor. Espero que depois disto o senhor entenda a gravidade da situação e leve mais a sério meus avisos.

— Depois do quê?

Halberstaedt entregou a Viktor uma folha de papel verde manchada de sangue.

— Estava na boca de Sindbad quando eu o encontrei.

Viktor alisou o papel.

— Parece um...

— Exatamente. É um extrato bancário. E, a menos que eu esteja muito enganado, pertence ao senhor.

Viktor limpou o sangue no canto superior direito e conseguiu distinguir o nome do seu banco. Era a impressão do extrato de sua conta poupança, onde ele e Isabell guardavam a maior parte de suas economias.

— Leia com atenção — aconselhou Halberstaedt.

No canto superior esquerdo estavam a data e o número da transação.

— Mas a data é de hoje!

— Aparentemente, sim.

— Não é possível... — Ele sabia que não havia caixas eletrônicos em Parkum. Mas a data não era o item mais preocupante.

Dois dias antes o saldo da poupança era de 450.322 euros.

Mas no dia anterior alguém havia sacado todo o dinheiro.

34

CLÍNICA DE TRATAMENTO DE DISTÚRBIOS PSICOSSOMÁTICOS DE BERLIM-WEDDING, QUARTO 1.245

—E não lhe ocorreu que Isabell poderia estar envolvida?

Fumar era estritamente proibido na clínica; mas, contrariando as regras, dr. Roth levou um cigarro para o quarto de Viktor e agora o segurava junto da boca do paciente, que dava tragadas entre uma frase e outra.

— Não, e eu descartei imediatamente a ideia. Para dizer em termos simples, era angustiante demais.

— E Isabell era a única outra pessoa além de você que tinha acesso ao dinheiro?

— Sim, ela administrava a conta, que estava no nome de nós dois. Se alguém sacou nossas economias, ela deveria ter autorizado a transação. Ou ela retirou o dinheiro, ou o banco cometeu um erro.

O pager do dr. Roth soou novamente, mas dessa vez ele o silenciou.

— Você não vai atender?

— Não é urgente.

— Entendo. É apenas a sua esposa. — Viktor riu.

O dr. Roth não achou graça no comentário.

— Vamos nos concentrar na *sua* esposa, dr. Larenz. Você pensou em pedir ao detetive Kai para ficar de olho nela?

— Você se lembra do rebuliço acerca dos diários forjados de Hitler? — perguntou Viktor. — Lembra como os jornais caíram na fraude e consideraram autênticos documentos que não passavam de falsificações?

— Sim.

— Anos atrás conheci um jornalista que trabalhava para a revista *Stern*. Ele estava diretamente envolvido no escândalo.

— Não sei ao certo como isso responde à minha pergunta.

— Ele e eu estávamos na sala de espera do estúdio de uma emissora de TV, numa ocasião em que fui convidado para participar de um *talk show*. A princípio ele não estava muito disposto a se abrir sobre a questão dos diários; porém, mais tarde nos encontramos de novo na cantina da emissora e, depois de algumas cervejas, ele soltou a língua e quis conversar a respeito. Nunca esquecerei o que ele disse.

— O quê?

— Ele disse: "Nós apostamos nossa reputação naqueles diários. Arriscamos coisas demais, de tal forma que simplesmente eles tinham de ser autênticos. Tratava-se de um caso de ver o que desejávamos ver: nós nos convencemos de que eram genuínos porque a alternativa era terrível demais para ser contemplada. Não estávamos procurando sinais de que tínhamos sido enganados; estávamos procurando provas de que estávamos certos".

— Como isso se aplica a você e Isabell?

— Eu sentia por minha esposa o mesmo que ele sentia pelos diários: eu queria confiar nela, então confiei.

— Você não investigou a questão mais a fundo?

— Não de imediato. Eu tinha coisas mais importantes para fazer. — Deu outra tragada no cigarro que dr. Roth segurava para ele. — Eu tinha que voltar vivo ao continente.

35

— Ajude-me, Viktor!

Duas palavras. E o primeiro pensamento que passou pela cabeça dele foi que Anna havia abolido o "doutor" e agora o chamava pelo primeiro nome.

O horizonte havia se fechado e chegava, ameaçador, bem próximo da costa. Nuvens densas e cinza-escuras pairavam pesadamente sobre a ilha, tão baixas que Viktor quase conseguia tocá-las, e o céu parecia determinado a sufocar a casa. A tempestade estava prestes a atingir Parkum com força total. Quando Viktor saiu da cama para descobrir quem estava batendo em sua porta, a previsão meteorológica da marinha mercante informava velocidades de vento de dez a doze nós na escala de Beaufort. Mas Viktor estava alheio ao clima bizarro que assolava seu entorno. Antes de adormecer, tomou alguns potentes soníferos, na esperança de cochilar por algumas horas livre de dor ou estresse. No momento em que abriu a porta, as partes do seu sistema nervoso que não estavam sob a influência entorpecente dos barbitúricos se mobilizaram imediatamente para enfocar um novo enigma: Anna apareceu de forma inesperada, e Viktor jamais tinha visto tamanha e tão rápida deterioração no estado de saúde de um paciente. A mulher que noventa minutos antes havia saído furiosa de sua casa estava agora diante dele com os cabelos desgrenhados, o rosto cansado e com uma palidez cadavérica, as pupilas dilatadas de medo. Suas roupas, imundas e encharcadas, estavam grudadas no corpo, acentuando seu estado lamentável.

— Ajude-me, Viktor.

Essas foram as últimas duas palavras que Anna disse naquele dia. Antes que Viktor tivesse tempo de reagir, ela desmoronou no chão, agarrando-se, impotente, ao suéter de lã azul dele. A princípio ele pensou que ela estava tendo um ataque epiléptico. Afinal, havia uma conhecida associação entre epilepsia e psicose. No entanto, Viktor notou com impassível frieza, ela não estava sofrendo de tremores espásticos nem se debatendo. A mulher tampouco apresentava outros sintomas típicos, como espuma pela boca ou súbita incontinência urinária. E a bem da verdade ela não estava inconsciente, apenas extremamente atordoada e sem reação, como que sob o efeito de drogas.

No rompante, Viktor decidiu carregá-la casa adentro. Quando a ergueu do piso de madeira do terraço, ele se surpreendeu com seu peso. Para alguém de sua frágil compleição, a mulher era extraordinariamente pesada.

Eu realmente me deixei levar, pensou ele, ofegando enquanto a carregava para o quarto de hóspedes no andar de cima.

A cada passo escada acima, o latejar na cabeça de Viktor ficava ensurdecedor de tão alto. Era como se seu corpo estivesse absorvendo como uma esponja os barbitúricos e o cansaço fabricado artificialmente por eles. Viktor parecia estar ficando mais pesado a cada segundo.

O quarto de hóspedes ficava bem de frente para o quarto de Viktor, no final do corredor. Felizmente, antes de sua chegada ele havia tomado providências para que todos os cômodos da casa fossem preparados, de modo que a cama do quarto de hóspedes estava feita e pronta para uso.

Ele deitou Anna entre os lençóis de linho branco e a ajudou a tirar o casaco de caxemira sujo. Em seguida afrouxou o lenço de seda e tomou seu pulso.

Tudo bem nesse quesito.

Cedendo a um repentino impulso, ele abriu as pálpebras dela e examinou as pupilas à luz de uma pequena lanterna. Era evidente que Anna não estava bem. Ambas as pupilas demoraram muito a reagir ao estímulo luminoso. Isso por si só não era alarmante e poderia ser um efeito colateral da ingestão de certos medicamentos, mas servia como prova de que ela não estava fingindo sua condição. Anna estava doente ou exausta. Como o próprio Viktor.

O que havia de errado com eles dois?

Viktor decidiu não pensar nisso por ora e continuou tirando as roupas encharcadas dela. Ele era médico, um médico agindo em benefício de sua paciente, mas ainda assim se sentiu incomodado na hora de tirar as calças dela, desabotoar sua blusa e tirar a calcinha de seda. O corpo nu de Anna era perfeito. Ele se apressou em envolvê-lo em um roupão branco e felpudo que pegou no banheiro e a cobriu com um edredom leve. Ela estava tão exausta, que adormeceu antes mesmo que ele terminasse de acomodá-la na cama.

Por algum tempo Viktor permaneceu no quarto, observando a paciente e ouvindo atentamente sua respiração pesada e regular. Ele ficou aliviado ao chegar à conclusão de que ela não sofrera mais do que um colapso temporário e não causara danos graves a si mesma.

Mesmo assim, a situação o deixou nervoso.

Viktor estava doente e extenuado, e agora seu quarto de hóspedes abrigava uma paciente esquizofrênica que possivelmente queria matá-lo. Assim que ela acordasse, ele pretendia, o mais rápido possível, colocá-la contra a parede e questioná-la sobre o que havia acontecido com Josy, Sindbad e seu dinheiro.

Não fossem os soníferos e os antibióticos que minavam suas forças, Viktor teria sido prudente e sem demora levaria a mulher de volta para o vilarejo.

Depois de ponderar por um momento, tomou uma decisão. Ele foi ao telefone pedir ajuda.

•

Assim que tirou o fone do gancho, um raio brilhou no céu, iluminando toda a extensão da praia. Viktor desligou o telefone e começou a contar. Quando chegou a quatro, um estrondo ensurdecedor sacudiu a casa. Ele correu de cômodo em cômodo desligando os aparelhos elétricos das tomadas para que não fossem afetados por picos ou oscilação de energia. Depois de desligar a televisão no quarto de hóspedes, aguardou um momento, observando Anna se remexer, se revirar e suspirar durante o sono. Ela parecia estar se recuperando bem. Em algumas horas, estaria de pé de novo.

Ela provavelmente vai acordar enquanto eu estiver dormindo.

Viktor sabia que precisava agir. A última coisa que ele queria era que Anna o mantivesse como um refém em cativeiro em sua própria casa. Desceu até o telefone, parando no meio do caminho para se sentar por um instante e recuperar o equilíbrio.

Quando chegou à sala de estar e pegou o telefone, Viktor estava tão exausto, que levou alguns segundos para perceber que a linha estava muda. Ele colocou o fone de volta no gancho e tentou mais uma vez, mas o velho aparelho se recusou a dar sinal de vida.

— Maldito mau tempo, maldita ilha.

A tempestade devia ter derrubado as linhas.

Desesperado, Viktor sentou-se no sofá e tentou ter uma ideia. Uma paciente potencialmente perigosa e violenta ocupava seu quarto de hóspedes. Ele não tinha forças para caminhar até o vilarejo. O telefone não funcionava. E ele sentia o poder entorpecente dos barbitúricos se espalhando por seu organismo.

O que fazer?

•

No exato momento em que pensou numa solução, pegou no sono.

36

Dessa vez foi diferente. O pesadelo não seguiu o padrão habitual; algo havia mudado. Por um lado, Josy não estava no Volvo enquanto eles aceleravam pelo cais em direção ao mar revolto. A princípio, Viktor não conseguiu distinguir quem estava sentado no banco de trás do carro. Em seu sonho, ele estava determinado a identificar a jovem que tamborilava os dedos na porta. Por fim ele a reconheceu e teve vontade de gritar:

Anna!

Mas ninguém o ouviu gritar, porque uma mão cobriu sua boca, impedindo-o de emitir qualquer som.

O que diabos está acontecendo?

Petrificado de pânico, Viktor percebeu que o horrível pesadelo havia dado lugar a algo indescritivelmente pior. Ele estava deitado no sofá, mas não dormia mais. O sonho era real: ele acordou e se viu sufocado de verdade.

Não consigo respirar, pensou. Viktor atacou, tentando se livrar da agressora, mas os comprimidos para dormir combinados com os efeitos de sua doença conspiraram contra ele, roubando-lhe a força para revidar. Era como se uma força invisível o puxasse para baixo, prendendo seus braços ao lado do corpo.

É isso. Ela vai me matar.

Halberstaedt estava certo.

Grunhindo de esforço, Viktor se jogou para o lado e desferiu um violento pontapé. Sentiu que seu corpo estava sendo empurrado cada vez mais para dentro do sofá; em seguida seu pé bateu em algo macio, e ele ouviu um estalo anormal e um grito abafado. De repente a mão que o sufocava saiu de sua boca e seus pulmões se encheram de ar. A pressão sobre seu peito desapareceu.

— Anna? — gritou a plenos pulmões, agarrando o ar como se estivesse se afogando. Ele deslizou do sofá e rastejou pelo chão.

— Anna!

Nenhuma resposta.

Talvez eu ainda esteja sonhando. Talvez nada disto seja real.

Até agora, seus pensamentos estavam obstruídos pela gripe e pelo atordoamento dos barbitúricos, mas por fim ele começou a entrar em pânico.

Socorro! Luz! Eu preciso de luz!

— ANNA!

Ao ouvir a própria voz, ele se sentiu como um mergulhador voltando gradativamente à superfície.

Cadê a porra da luz?

Endireitando-se sobre pernas instáveis, ele estendeu a mão e passou os dedos freneticamente pela parede. Tateou até por fim encontrar o interruptor, e a sala de estar foi inundada pela ofuscante luz amarela dos quatro holofotes no teto. Ele esperou seus olhos se ajustarem à claridade e perscrutou o recinto.

Não há ninguém aqui. Eu estou sozinho.

Viktor caminhou a passos lentos até a janela. Estava fechada. Quando ele se aproximou de sua escrivaninha, a porta bateu com força. Ele se virou. Ouviu alguém correr descalço escada acima.

— Ajude-me, Viktor!

Duas palavras pronunciadas poucas horas antes por sua inesperada visitante. Agora ele mesmo repetiu a frase. Ele estava dominado pelo mesmo pânico cego que já o havia acossado diversas vezes antes. Com o corpo enrijecido de pavor, ele cambaleou até a porta.

O que está acontecendo comigo? Foi ela? Ou estou sonhando?

Ele parou perto da cômoda no corredor e procurou a pistola. *Sumiu!*

No andar de cima, passos pesados ecoaram no patamar.

Viktor continuou procurando freneticamente e encontrou o pacote meio aberto no fundo da gaveta, enterrado sob uma pilha de lenços. Com as mãos trêmulas, arrancou o papel, agarrou duas balas e carregou a pistola. Instigado por um jorro de adrenalina, correu escada acima.

Assim que Viktor chegou ao patamar, a porta do quarto de hóspedes se fechou. Ele correu até o final do corredor.

— Anna, o que você...

Viktor escancarou a porta e apontou a arma para a cama. Na hora de engatilhar a arma, tomou um susto de tirar o fôlego. O que ele viu foi tão chocante, tão inesperado, que era mais do que ele poderia suportar em seu estado atual.

Ele abaixou a arma.

Impossível, pensou ele, saindo do quarto e fechando a porta. Ele estava arfante e ofegante. *Impossível, completamente impossível.*

Não fazia sentido e, pior ainda, Viktor não era capaz de encontrar explicação. O quarto de hóspedes, o quarto onde ele vira Anna dormir tranquilamente, o quarto em cuja porta ela batera momentos antes, estava vazio. E Anna não estava em parte alguma, desaparecera como num passe de mágica.

•

Meia hora depois, quando Viktor iniciou sua segunda inspeção casa afora, verificando todas as portas e janelas, seu cansaço havia passado. Os calafrios e a febre incontroláveis anularam o efeito dos soníferos. Além disso, Anna fizera o máximo possível para mantê-lo acordado. Ela o atacara em sua própria sala de estar e depois, nua, fugira da casa no meio de uma tempestade. Todas as roupas dela, e até o roupão de Viktor, estavam caídos no carpete do quarto de hóspedes. Anna não havia levado consigo uma única peça de roupa.

Viktor preparou um bule de café forte. Quatro perguntas brincavam de pega-pega em sua cabeça:

O que Anna quer?
Ela realmente me atacou?
Por que ela fugiu?
Quem é ela?

•

Às quatro e meia da manhã, ele se revigorou com uma dose dupla de paracetamol e uma de ibuprofeno. O dia estava apenas começando.

37

DIA DO ACERTO DE CONTAS, PARKUM

Em certas situações, até mesmo as pessoas de mentalidade mais racional comportam-se de forma absurda e ilógica. Quase sempre, a pessoa que tiver nas mãos um controle remoto pressionará os botões com mais força quando a pilha estiver fraca. Mas uma célula de níquel-cádmio não é um limão, e espremer o controle com firmeza não produzirá mais suco.

Na opinião de Viktor, seria possível dizer o mesmo do cérebro humano. A exaustão, a doença e outros fatores podem esgotar a energia de uma pessoa, desacelerando assim seus pensamentos. Nessas circunstâncias, a concentração em demasia era inútil, porque empenho nenhum seria capaz de forçar uma sinapse a gerar um pensamento.

Essa foi a atitude adotada por Viktor em relação à noite anterior. Nada do que aconteceu parecia fazer sentido. E, por mais que tentasse, por mais que ponderasse e ruminasse, quebrando a cabeça para refletir sobre o assunto pelo tempo que quisesse, debruçar-se sobre os detalhes não lhe daria nenhuma resposta e certamente não ajudaria em sua paz de espírito.

Charlotte, Sindbad, Josy. Assassinato.

Tudo girava em torno da questão: *Quem era a Anna Spiegel?* Viktor precisava descobrir a verdade antes que fosse tarde demais. A princípio pensou em chamar a polícia, mas que provas ele tinha? Seu cachorro estava morto, ele se sentia doente, alguém tentou matá-lo, e suas economias haviam desaparecido da poupança. Mas ele não tinha elementos conclusivos para conseguir provar o envolvimento de Anna.

Na manhã de segunda-feira ele ligaria para o gerente do banco e bloquearia sua conta. Mas ainda era domingo, e ele não tinha tempo nem disposição para ficar sentado esperando de braços cruzados. Ele tinha que lidar com o problema, agir de imediato e sozinho. Apesar da quase sufocação, ele se sentia um pouco melhor. Mas isso também era perturbador. E se a melhora da sua saúde se devesse ao fato de ter parado de beber chá?

•

Ele estava no banheiro quando foi surpreendido por um barulho estranho, que vinha lá do andar térreo. Alguém estava na porta da frente. Dessa vez os passos não soavam como as botas de Halberstaedt ou os saltos altos de Anna. Tomado por um medo repentino e irracional, Viktor fechou os dedos em volta da pistola que trazia no bolso, esgueirou-se até a porta e espiou pelo olho mágico. Quem poderia estar zanzando por aí tão cedo em uma manhã de domingo?

Ninguém.

Viktor ficou na ponta dos pés, depois se agachou e espiou por debaixo da porta. Por mais que tentasse, não conseguia enxergar ninguém. Ele estendeu a mão para a pesada maçaneta de latão, com a intenção de abrir a porta um centímetro ou mais. Nesse momento, ouviu um farfalhar rente a seu pé direito. Ele olhou de relance para baixo e pegou um envelope que alguém do lado de fora enfiou pelo vão da porta.

Era um telegrama. Anos atrás, numa época em que ninguém ouvia falar de e-mail ou fax, Viktor não ficaria surpreso ao receber um telegrama. Mas qual era o sentido de um telegrama quando todas as pessoas poderiam ser contatadas 24 horas por dia por telefone celular? Os telegramas já eram um meio de comunicação obsoleto, não?

É verdade que ele não conseguia sinal em Parkum, mas geralmente também tinha um telefone fixo em funcionamento e um endereço de e-mail. Por que alguém lhe enviaria um telegrama?

Viktor enfiou a pistola no bolso do roupão e abriu a porta. O mensageiro que entregara o telegrama não estava mais à vista. A única criatura viva era um gato de rua, com o pelo preto encharcado e desgrenhado, que rumava sorrateiramente em direção ao vilarejo. Para uma pessoa desaparecer assim, seria necessária uma impressionante explosão de velocidade. O único esconderijo possível era proporcionado por uma floresta de pinheiros e abetos cujos galhos gotejantes de água da chuva pareciam bloquear a luz do dia.

Tremendo, Viktor fechou a porta. Sem ter certeza se estava com frio, assustado ou doente, ele se livrou do roupão empapado de suor e o deixou cair no chão. Depois de se embrulhar num grosso cardigã de lã que tirou do cabide do corredor, Viktor abriu o telegrama, rasgando o envelope branco para chegar à mensagem. Consistia em uma única frase. Ele teve que ler as palavras três vezes até que fizessem sentido, e ainda assim se engasgou de susto.

VOCÊ DEVERIA TER VERGONHA.

A mensagem era impressa em letras maiúsculas em fonte doze em papel postal padrão. Os detalhes do remetente estavam listados na parte inferior. Quando viu quem era, ele teve que se sentar lentamente. As palavras pareciam se embaralhar diante de seus olhos. *Isabell.*

Por que diabos Isabell lhe enviaria uma mensagem dessas? Ele virou a folha nas mãos e a examinou atentamente de todos os ângulos. Não fazia sentido. *Deveria ter vergonha por quê?* O que ele fez? Teria Isabell, que ainda estava em Manhattan, descoberto alguma coisa terrível sobre ele? Viktor fez algo tão indescritivelmente terrível, que a esposa não suportou a ideia de lhe contar por telefone? Por que a esposa estava se voltando contra ele, no momento em que Viktor precisava desesperadamente do apoio dela?

Viktor decidiu ligar para ela em Nova York. Foi até o telefone e levou o aparelho ao ouvido: ainda não havia tom de discagem. A linha, seu único meio de entrar em contato com a esposa, estava fora de serviço.

Os funcionários da companhia telefônica estão de brincadeira? Eles já tiveram muito tempo para consertar o problema. Viktor presumiu que a tempestade havia danificado ou derrubado os postes telefônicos. Ou era isso, ou o mar tempestuoso estava afetando os cabos submarinos. Em seguida, para seu alívio, encontrou uma explicação muito mais simples. Seu instinto era remediar o problema e seguir em frente, mas então ele sucumbiu a um pensamento aterrorizante. O telefone não tocava desde que Kai ligara, dois dias antes. E o motivo era óbvio: alguém o desconectou na parede.

38

Isabell não estava atendendo ao telefone, então Viktor decidiu agir. Ele não podia ficar sentado em casa o dia todo esperando que ela, Kai ou Anna ligassem. Era hora de assumir o controle.

•

Demorou alguns minutos para esvaziar a primeira gaveta da cômoda do corredor. Ele estava procurando uma velha e surrada caderneta vermelha na qual seu pai havia compilado uma lista de números de telefone úteis. Ele leu os nomes da letra A e depois passou para a letra P de "pousada". Deixou tocar 23 vezes antes de desistir.

Abriu um sorriso irônico. *O que o hotel Marriott Marquis na Times Square e a pousada Âncora em Parkum têm em comum?*

Viktor tentou novamente, na esperança de ter discado o número errado nas vezes anteriores. Depois de um tempo, o sinal de chamada foi interrompido por conta própria. Nenhuma resposta.

Ele olhou pela janela. A chuva era tão torrencial, que ele mal conseguia ver a longa linha de ondas escuras rolando do mar aberto para quebrar na praia.

Folheando com dedos nervosos a caderneta, ele leu os nomes registrados na letra H.

Desta vez ele estava com sorte. Halberstaedt, ao contrário de Trudi e Isabell, rapidamente atendeu à sua ligação.

— Bom dia, Patrick. Sinto muito por incomodar você em casa em seu tempo livre. Estive pensando no conselho que você me deu e, se a oferta continuar válida, eu agradeceria sua ajuda.

— O conselho que eu dei ao senhor... — repetiu Halberstaedt, intrigado. — Acho que não entendi.

— Em circunstâncias normais, eu não pensaria duas vezes antes de caminhar até lá, mas com essa chuvarada e tudo mais, pensei que você poderia dar uma olhada aí na pousada ao lado da sua casa e...

— E o quê?

— Avisar a Anna de que eu preciso falar com ela. É urgente.

— Falar com quem?

— Anna — disse Viktor. — Anna Spiegel.

— Eu nunca ouvi falar dela.

Viktor detectou um assobio baixo no ouvido direito. O zumbido parecia estar ficando mais alto.

— Ora, Patrick, deixe disso. Você me disse que sabia que ela era perigosa assim que ela desceu do barco. Você a acusou de ter matado meu cachorro.

— O senhor deve estar enganado, dr. Larenz.

— Enganado? Eu já perdi a conta de quantas vezes você me alertou sobre ela. Você insistiu em ficar de olho nela. Lembra o que ela fez com o Sindbad?

— Mas não vi o senhor durante a semana inteira... nem o Sindbad, aliás. O senhor tem certeza de que está bem?

De tão alto, o barulho poderia muito bem ser tinitus. O zumbido havia se espalhado para sua orelha esquerda.

— Escute, Patrick, não sei o que diabos você está...

Viktor se calou abruptamente e ouviu atentamente a voz ao fundo.

— É ela?

— Quem?

— A Anna. Ela está aí?

— Dr. Larenz, não sei do que o senhor está falando. Eu estou sozinho aqui, como sempre.

Viktor agarrou o fone com o desespero de um homem prestes a se afogar agarrado a uma boia salva-vidas.

— Mas isso é... quero dizer, não é... — Ele não sabia o que dizer. Então teve um pensamento repentino: — Espere um momento.

Correu de volta para o corredor e pegou seu roupão. Para seu alívio, encontrou o que procurava: a arma carregada. Estava no bolso onde ele a havia deixado, prova de que não estava enlouquecendo.

Correu de volta para o telefone.

— Escute, Patrick, já estou farto dessas bobagens. Estou aqui com sua pistola.

— Ah.

— Isso é tudo que você tem a dizer? Você não vai me contar o que está acontecendo? — Viktor exigiu saber, elevando o tom de voz para um rugido.

— Bem, eu... A questão é que eu... — gaguejou Halberstaedt.

Viktor detectou a mudança na voz do zelador da ilha e soube no mesmo instante que alguém estava com ele, instruindo-o sobre o que dizer.

— Tudo bem, Patrick, não sei o que você está tramando, mas meu tempo está se esgotando. Preciso falar com a Anna imediatamente. Diga a ela para me encontrar no quarto dela na pousada Âncora daqui a uma hora. Pensando bem, é melhor você ir também. Pode ser uma oportunidade de colocarmos as coisas em pratos limpos.

Ele ouviu um suspiro. Então a voz mudou novamente. Desapareceu o tom nervoso e quase rastejante do zelador.

— Não seja ridículo, dr. Larenz — retrucou ele, com uma arrogância insuportável. — Como eu disse, não conheço nenhuma Anna. E mesmo que conhecesse, o senhor estaria perdendo tempo na Âncora.

— Como assim?

— A pousada está fechada há semanas. Não tem ninguém lá, nem mesmo a Trudi.

•

A linha ficou em silêncio.

39

Buscar a verdade é como montar um quebra-cabeça sem saber quantas peças há na caixa.

Viktor começou engendrando uma estrutura de perguntas. Agora ele trabalhava de fora para dentro, o que significava encontrar respostas para perguntas impossíveis, como:

Por que ele estava se sentindo doente?
Quem matou o Sindbad?
Qual era a conexão entre o Halberstaedt e a Anna?
E:
Quem era a Anna Spiegel?

•

Um único telefonema poderia ter fornecido a resposta a esta última pergunta, mas Viktor não teve tempo de fazer a ligação. O telefone tocou no exato momento em que ele pegou o aparelho.

— Quem é ela?

Até que enfim! Ele ficou tão aliviado, que não sabia o que dizer.

— Quem é ela, Viktor?

— Isabell! — exclamou ele, finalmente encontrando sua voz. Não entendeu a razão do tom de voz agressivo dela. — Estou tão feliz que você tenha telefonado. Você recebeu minhas mensagens? Eles não transferiam minhas ligações pra você.

— Ahã, aposto que você estava mesmo desesperado pra conversar comigo!

— Sim, eu falei com o pessoal da recepção do hotel. Aconteceu alguma coisa? Não consegui entender seu telegrama. Você parece zangada comigo.

— Ah! — Seguiu-se um silêncio furioso, pontuado apenas pelo estalar da linha telefônica transatlântica.

— Querida — disse Viktor em tom nervoso —, por que você não me conta o que há de errado?

— Não me chame de querida! Não depois do que aconteceu ontem!

Viktor estava começando a perder a paciência. Ele moveu o fone para o outro ouvido.

— Talvez você possa parar de gritar comigo e me contar o que foi que eu fiz.

— Tudo bem, se você quer jogar o seu joguinho, vou ter que dizer com todas as letras. Vamos começar com uma pergunta simples: qual é o nome dessa vagabunda?

Viktor riu alto, aliviado. Ele literalmente sentiu um peso de dez toneladas ser tirado de seus ombros. Então era por isso que Isabell estava com raiva: ela pensava que ele estava tendo um caso amoroso.

— Não ria feito uma criança. E não me trate como uma idiota.

— Mas isso não é... Isabell, por favor! Você sabe que eu nunca te trairia. Como você consegue ter uma ideia dessas?

— Eu te pedi especificamente pra não me tratar como uma idiota. Agora me diga o nome da piranha!

— Não sei do que você está falando — disse Viktor, novamente irritado.

— Estou falando *dela*, a mulher que atendeu ao telefone quando eu liguei pra você na casa ontem.

Viktor piscou de surpresa e confusão, ainda tentando processar o que ela estava dizendo.

— Ontem?

— Sim, ontem! Duas e meia da tarde, se você quer saber.

Anna. Ela esteve aqui à tarde. Mas ela não poderia ter...

A mente de Viktor estava a mil por hora. Por um momento ele teve uma sensação de vertigem, como se estivesse desembarcando de um voo de longa duração.

— Há quanto tempo você está saindo com ela? Toda aquela sua conversa sobre a necessidade de espaço, de tempo pra refletir. Você é desprezível; fingindo trabalhar numa entrevista quando na verdade estava usando a memória da nossa filha pra encobrir seu caso sórdido com outra mulher!

Eu estava de olho em Anna o tempo todo. Eu a observei o tempo todo, exceto...
O telefone tocou na cozinha. Ela estava mexendo no meu chá.

A lembrança de Anna na sala de estar voltou para Viktor como um bumerangue, pegando-o de surpresa. Ele se sentou abruptamente.

Mas eu só a deixei sozinha por um segundo...

— Anna.

— Ah, sim, Anna, sei. E o sobrenome dela?

Viktor não se deu conta de que havia falado em voz alta.

— Escute, Isabell, é um mal-entendido. Não é o que você pensa. Ela não é minha amante.

Ah, Deus, eu pareço um marido infiel que trai a esposa com a secretária. "Não se preocupe, não é o que parece."

— Anna é uma paciente.

— Você está dormindo com uma paciente? — gritou Isabell, histérica.

— Céus! Não! Nossa relação é estritamente profissional.

— "Estritamente profissional"? — Mais risadas estridentes e zombeteiras. — Claro que é! Nesse caso, talvez você queira me explicar o que ela está fazendo na nossa casa! Você não está mais atendendo pacientes, lembra? E o que uma paciente estaria fazendo em Parkum? Pelo amor de Deus, Viktor, isso é tão humilhante. Vou desligar.

— Por favor, Isabell, eu entendo que você esteja com raiva, mas me dê uma chance de explicar. Eu te imploro.

Silêncio. A sirene ensurdecedora de uma ambulância de Nova York ecoou através do oceano Atlântico.

— Se eu soubesse o que está acontecendo aqui, eu te contaria. Mas você precisa acreditar em mim: não estou dormindo com a mulher que falou com você ao telefone. Tudo o que eu posso dizer com certeza é que eu nunca trairia você, jamais. Você terá que confiar em mim, porque eu não consigo te explicar o resto. Há cinco dias, alguém bateu à porta, e uma mulher que disse se chamar Anna Spiegel solicitou uma consulta. Ela afirmou ser uma escritora de livros infantis que sofre de delírios esquizofrênicos. Não sei como ela me localizou aqui, e não sei onde ela está agora, mas o transtorno dela me pareceu tão incomum, tão intrigante, que concordei em abrir uma exceção e lhe ministrar terapia. Ela deveria ter partido de Parkum quatro dias atrás, mas está presa na ilha por causa da tempestade.

— Que história interessante. Você tem muita imaginação — retrucou Isabell.

— Não é uma história, é a verdade! Ela não tinha o direito de atender ao telefone. Eu fui para a cozinha, e acho que ela deve ter aproveitado a oportunidade e atendido sem eu saber.

— O telefone não tocou.

— Como é que é?

— Ela atendeu ao telefone antes mesmo que tocasse. Devia estar esperando alguém ligar.

Viktor teve a sensação de que alguém estava puxando um tapete de debaixo de seus pés. Havia algo estranho em Anna Spiegel; algo que ele não conseguia entender.

— Isabell, eu também não entendo. As coisas mais estranhas vêm ocorrendo desde que ela chegou. Eu fiquei doente, alguém me atacou, e acho que a tal Anna sabe o que aconteceu com a Josy.

— O quê?

— Ela sabe alguma coisa sobre a Josy. Tentei entrar em contato com você inúmeras vezes, durante dias a fio. Eu queria te contar que talvez tenhamos encontrado uma pista. O Kai está no caso novamente. E alguém esvaziou nossa conta bancária. Achei que você poderia me ajudar, mas não consegui falar com você, e hoje pela manhã recebi seu telegrama.

— *Eu* é que estou tentando entrar em contato com *você*. E, como não consegui me comunicar com você, enviei um telegrama.

O telefone foi desconectado.

— Eu sei. Alguém desconectou o telefone.

— Por favor, Viktor, não insulte a minha inteligência. Uma mulher aparece do nada, conta uma história sobre a nossa filha, espera ao lado do nosso telefone, diz algo que não deveria e por fim desconecta a linha telefônica. Sinceramente, isso é o melhor que você pode fazer? Uma história sobre uma noite de bebedeira e farra com uma prostituta teria sido bem mais convincente!

Viktor não ouviu a última frase. No meio do discurso de Isabell, uma campainha de alarme soou na cabeça dele. *Diz algo que não deveria?*

— O que ela disse a você?

— Pelo menos ela teve a decência de não mentir. Ela disse que você estava no banho.

— Mas eu não estava! Eu estava na cozinha, conversando com o Kai. Logo depois eu a mandei ir embora! — protestou Viktor. Ele estava à beira da histeria e berrou a frase seguinte com toda a força: — Eu mal conheço a mulher: ela é uma paciente!

— Ela parece conhecer você muito bem.

— Como assim?

— Ela se referiu a você pelo seu apelido. O apelido carinhoso que sua mãe te deu, o apelido que você supostamente odeia tanto, que nunca contou a ninguém além de mim!

— Diddy?

— Isso mesmo! E quer saber, Diddy? Vá pro inferno!

Em seguida, ela desligou o telefone. Um único e monótono tom soou no aparelho.

40

Viktor nunca se sentiu tão preso numa armadilha, tão acossado quanto agora. Anna invadira todos os aspectos de sua vida. Ela não fora a primeira a cruzar os limites e assediá-lo em casa, mas geralmente havia uma explicação clara — ainda que de forma alguma racional — de por que um paciente se interessava pela vida privada do terapeuta. No caso de Anna, a ameaça era velada e inescrutável. Ele não conseguia entender o que ela queria dele ou por que estava usando um nome falso — o nome de uma estudante que havia sido envenenada. Por que ela mentiu para ele e para Isabell? E, mais importante, o que ela sabia a respeito de Josy?

Viktor tinha a sensação de que faltava alguma coisa. Todos os acontecimentos dos últimos cinco dias estavam indubitavelmente interligados. Tudo o que havia acontecido fazia parte de uma estratégia invisível cujo objetivo só se tornaria evidente quando ele conseguisse descobrir a ordem correta de cada episódio na cadeia de eventos. Até então não obtivera sucesso nessa empreitada.

Misericordiosamente, ele parecia estar se recuperando da doença, talvez porque já haviam se passado 24 horas desde sua última xícara de chá.

Ele tomou um demorado banho de chuveiro e trocou de roupa.

Acho que é melhor eu lavar algumas roupas, pensou Viktor enquanto fuçava nas calças jeans que usara no dia anterior. Ele revirou os bolsos e jogou fora a montanha de lenços usados. Um pedaço de papel caiu no chão. Ao se abaixar para pegá-lo, Viktor já sabia exatamente o que era: o bilhete que caíra da carteira de Anna, vários dias antes. Naquele momento, em pânico, Viktor recolheu o papel do chão, enfiou-o no bolso e o esqueceu. O minúsculo retângulo de papel dobrado evocou um bilhetinho de amor como aqueles que os adolescentes trocam em segredo na escola. Viktor não sabia o que esperar do conteúdo, mas o que viu rabiscado no papel foi profundamente decepcionante: uma série de números. Até onde sabia, poderiam significar qualquer coisa: o código de um cofre, o número de uma conta bancária, uma senha da internet ou, mais obviamente, um número de telefone.

Um número de telefone!

Viktor desceu correndo as escadas o mais rápido que pôde e pegou o telefone na cozinha. Devagar, discou o número e se preparou para desligar imediatamente assim que alguém atendesse. Queria apenas descobrir o nome da pessoa.

41

—**D**r. Larenz, que alívio!

Viktor ficou tão surpreso ao ser saudado pelo nome, que não desligou. Ele não contava com a possibilidade de a pessoa do outro lado da linha saber quem ele era. Além do mais, seu antigo telefone analógico não era compatível com identificador de chamadas. De quem era o número para o qual ele ligou? Como a pessoa do outro lado da linha sabia que se tratava dele? E por que alguém estaria esperando que ele ligasse?

— Sim? — disse Viktor, tentando revelar o mínimo possível. Ainda não queria confirmar sua identidade, por isso respondeu com um monossílabo.

— Sinto muito por incomodá-lo, depois de tudo por que você passou, mas creio que situação seja bastante urgente.

A voz parecia estranhamente familiar.

— Achei melhor contar a você antes que a situação saísse de vez do controle.

Professor van Druisen! Viktor finalmente reconheceu a voz de seu amigo e mentor. Mas o que o número dele estava fazendo na carteira de Anna?

— Van Druisen! Aconteceu alguma coisa?

— Você não recebeu meu e-mail?

E-mail? Viktor não fazia login havia dias. Sua caixa de entrada devia estar lotada agora. Certamente haveria várias mensagens da *Bunte*: ele havia perdido o prazo combinado para a entrega da entrevista.

— Não, eu não tive tempo de verificar minhas mensagens. Há algum problema?

— Alguém arrombou meu consultório há cerca de uma semana.

— Um roubo? Lamento saber disso, professor, mas o que isso tem a ver comigo?

— Não foi um roubo comum. Levaram pouquíssima coisa, o que torna tudo mais perturbador. O criminoso quebrou a fechadura de apenas um arquivo. Dei pela falta de uma única ficha.

— Anotações sobre algum paciente?

— Sim, mas a questão é: de quem? Foi o arquivo em que eu guardo as fichas dos casos que herdei do seu consultório. Parece-me que alguém pode estar interessado em um de seus antigos pacientes.

— Mas se você não sabe de quem é a ficha que está faltando, como pode ter certeza de que está faltando?

— Porque encontrei uma pasta no corredor. Quem a pegou foi astuto o suficiente para arrancar as etiquetas de identificação. Todos os documentos desapareceram, e não há como saber sobre quem eram as anotações que estavam lá dentro.

Viktor fechou os olhos como se quisesse desligar seus outros sentidos e focar sua atenção no que tinha acabado de ouvir. Por que alguém iria querer roubar um conjunto de anotações sobre antigos pacientes? Quem invadiria o consultório de um psiquiatra para colocar as mãos em uma ficha arquivada? Pareceu a Viktor que só havia uma pessoa que se enquadrava no perfil. Ele abriu os olhos.

— Ouça-me com atenção, professor. Vou perguntar uma coisa importante. O nome Anna Spiegel significa alguma coisa para você?

— Ah, meu Deus, então você sabe.

— Sei o quê?

— Sobre Anna... quero dizer, pensei que você...

Viktor nunca tinha ouvido o ilustre professor se atrapalhar com as palavras a ponto de gaguejar.

— Você pensou *o quê*?

— Eu pensei... Espere aí, foi você quem a mencionou primeiro.

— Anna. Anna Spiegel. Você a instruiu a ir me ver? Você deu a ela meu endereço?

— Ela não foi falar com você, foi? Ah, meu Deus...

— Ela apareceu aqui em Parkum. Talvez você possa me contar o que está havendo.

— Eu sabia que as coisas chegariam a esse ponto, sempre soube que tinha sido um erro. Eu nunca deveria ter concordado com isso. — Havia um tom desesperado na voz de van Druisen. Quase parecia que ele estava choramingando.

— Com todo o respeito, professor, o que está acontecendo?

— Meu caro Larenz, você está em perigo.

Viktor agarrou o receptor com a mesma força com que um tenista na linha de fundo se prepara para devolver o saque do adversário.

— Como assim em perigo?

— Anna Spiegel era uma paciente minha. A princípio eu me recusei a aceitar o caso dela, e jamais a teria aceitado se não tivesse sido recomendada por um amigo.

— Ela é esquizofrênica, não é?

— Foi isso que ela lhe contou?

— Sim.

— É um estratagema dela.

— Então, ela não está doente?

— Pelo contrário, ela é extremamente perturbada. Ela afirma ser esquizofrênica, mas não é. Essa é a patologia dela, por assim dizer.

— Não entendi.

— Ela lhe contou sobre o episódio em que matou um cachorro?

— Sim, o Terry. Anne alega que foi o primeiro episódio esquizofrênico dela.

— Não exatamente. A srta. Spiegel não estava tendo alucinações: ela de fato matou seu próprio cachorro. Ela apenas finge que é esquizofrênica, porque isso é mais fácil do que enfrentar a verdade.

— Então quer dizer que as coisas que ela me contou são...

— São cem por cento verdade. A forma como ela convive com o passado é se escondendo atrás de uma doença imaginária. Assim ela não tem de enfrentar as coisas terríveis que fez. Você entende com o que estamos lidando?

— Sim.

A história de Charlotte, sua aparição noturna na casa dele, a viagem de carro a Hamburgo, o envenenamento — era tudo verdade...

— Você deu meu endereço a ela?

— Você me conhece e sabe melhor do que ninguém que eu jamais faria isso. A srta. Spiegel não era bem-vinda em meu consultório, e eu nem sequer sonharia em indicá-la a um amigo. Além disso, você deixou perfeitamente claro que já não atua como psiquiatra! Não, o fato é que Anna Spiegel faltou à última consulta. Estranhamente, o sumiço dela coincidiu com o dia em que invadiram meu consultório... e, se quer saber minha opinião, ela estava envolvida no arrombamento.

— O que leva você a fazer essa dedução?

— Ela mencionou seu nome em diversas ocasiões. Ela dizia que vocês tinham "assuntos inacabados", essas eram as palavras exatas dela. Durante nossas últimas sessões ela até falou sobre envenenar você.

Viktor engoliu em seco e percebeu que pela primeira vez em dias sua garganta doía menos e parecia normal.

— Me envenenar? Mas por quê? Eu nem sei quem ela é.

— Mas, ao que parece, ela conhece você muito bem.

Viktor se lembrou do que Isabell lhe dissera alguns minutos antes. Todos pareciam pensar que ele tinha uma ligação com Anna Spiegel.

— Ela falava de você o tempo todo. Eu me culpo por não ter levado a sério o que ela dizia. Acho que ela pode ser perigosa; na verdade, tenho certeza disso. Ela me contou as coisas mais terríveis. Ela já machucou pessoas antes, sabe? Não suporto pensar no que aconteceu com aquela garotinha inocente.

— Charlotte?

— Acho que era assim que ela a chamava. Sinto-me péssimo, dr. Larenz, realmente péssimo. Eu deveria ter seguido meus instintos e encaminhado a srta. Spiegel a um hospital psiquiátrico. Ela precisa de supervisão 24 horas por dia.

— Você teria conseguido encontrar uma instituição adequada?

— Meu caro Larenz, você sabe perfeitamente que eu...

O professor se calou, subitamente envergonhado.

— O quê?

— Eu não podia simplesmente interromper a terapia e me livrar dela.
— Por que não?
— Por causa do que prometi à sua esposa. Eu dei a minha palavra.
— Minha esposa? — Viktor sentiu-se cambalear e teve de se firmar na geladeira.
— Sim, foi Isabell quem me pediu para tratar a srta. Spiegel. Eu não podia decepcioná-la. Afinal, ela e Anna são muito próximas.

42

Isabell. Anna. Josy. As peças do quebra-cabeça estavam se encaixando. Aos poucos ele finalmente começava a entender como Isabell conseguira manter a calma quando Josy desapareceu. Ela lidou com a notícia muito melhor do que ele, inclusive voltou ao trabalho sem pensar duas vezes. Viktor, que havia vendido seu consultório e nunca se recuperou do abalo, costumava admirá-la por sua força, mas agora via que ela era simplesmente fria e insensível.

Os pensamentos de Viktor vagavam em turbilhão. Revendo o comportamento de Isabell, ele constatou que ela nunca havia sofrido por sua única filha — não da mesma forma como ele havia sofrido. E seria mesmo verdade que ela encontrou Sindbad por acaso, como alegara, ou o buscou em um abrigo de animais para substituir a filhinha? Que tipo de pessoa era Isabell? E por que ela não lhe deu apoio durante o período mais tenebroso de sua vida?

Isabell enviou Anna ao consultório do professor van Druisen.

E alguém limpou o dinheiro da sua conta.

Viktor sentou-se à escrivaninha e ligou o laptop. Precisava verificar seu saldo online. Seria possível que Isabell tivesse esvaziado a conta conjunta? Ela e Anna estavam mancomunadas? Juntas, as duas pareciam determinadas a atormentá-lo.

Depois de procurar em vão em sua área de trabalho o ícone do navegador Internet Explorer, ele arrastou o mouse até a parte inferior da tela. Aturdido, encarou o computador.

A barra de tarefas estava vazia e os ícones haviam desaparecido.

Em vez disso, ele decidiu tentar o menu Iniciar, mas também não havia nada. Os atalhos foram excluídos. Pior ainda, não havia nem sinal dos programas. Não sobrou um único arquivo no disco rígido.

Alguém se deu ao trabalho de vasculhar sistematicamente seu laptop e excluir seus documentos pessoais, pastas com anotações sobre casos, documentos e registros de pacientes, incluindo a entrevista ainda incompleta. Até mesmo a lixeira, em que normalmente eram armazenados os arquivos recém-excluídos, estava vazia.

•

Viktor levantou-se tão abruptamente, que a cadeira de couro voou para trás, tombou e parou ao lado da estante de livros. Isso já era demais! O tempo dos telefonemas chegara ao fim. Até mesmo a questão do dinheiro desaparecido da conta bancária poderia esperar.

Ele pegou a pistola que Halberstaedt lhe dera, soltou a trava de segurança e a enfiou no bolso interno da jaqueta Gore-tex. Foi bom que ele tivesse trazido seus impermeáveis.

Sem demora.

Preparou-se para abrir caminho através da tempestade rumo ao vilarejo em busca de duas coisas:

Anna Spiegel e a verdade.

43

As pessoas sentem o frio de diferentes maneiras. Há as que têm os pés gelados e não conseguem pegar no sono quando os artelhos se recusam a se aquecer, mesmo depois de vigorosas esfregadas sob as cobertas. Já outras são amaldiçoadas com narizes friorentos.

O ponto fraco de Viktor eram as orelhas sensíveis. No inverno, elas pareciam doer desde o momento em que ele saía de casa. Mas o desconforto das orelhas congeladas não era nada comparado à agonia de deixá-las descongelar. Assim que ele retornava ao calor, a dor de ouvido migrava para a parte posterior do crânio, começando na base e espalhando-se para cima, numa onda de dor penetrante feito uma broca, que nenhuma quantidade de aspirina ou ibuprofeno era capaz de mitigar. Quando criança, ele aprendeu a duras penas a cuidar das orelhas, e agora, enquanto se arrastava em direção ao vilarejo, cuidava para que os cordões do capuz ficassem o mais apertados possível. Ele não se importava tanto com a chuva; sua prioridade era proteger-se do frio.

E, assim, seu capuz bloqueava a melodia metálica quase inaudível em meio ao vento uivante que rodopiava ao redor, levantando a areia e as folhas. Na verdade, se ele não tivesse deixado a trilha irremediavelmente inundada para se abrigar sob o beiral do antigo prédio da alfândega de Parkum, talvez nunca tivesse ouvido o toque do celular no bolso do paletó. Não estava esperando nenhuma ligação: não havia antenas de telefonia móvel na ilha, então ele não via sentido em verificar seu aparelho. E, no entanto, como Viktor percebeu assim que puxou para trás o capuz, alguém estava ligando para ele.

Ele fitou a tela. O número parecia conhecido.

— Alô?

Ele segurou o celular na orelha direita e enfiou um dedo na esquerda por causa do vento ensurdecedor. Aparentemente não havia ninguém na linha.

— Alô? Está me ouvindo?

Por um momento a ventania diminuiu, e Viktor julgou ter ouvido um soluço de choro.

— Anna? É você?

— Desculpe, dr. Larenz, eu...

Precisamente nesse instante, um pesado galho cedeu à ira da tempestade e desabou no telhado. Viktor perdeu o final da frase.

— Anna, onde você está?

— Eu estou... Âncora...

Os fragmentos de informação não acrescentavam muita coisa, mas ele estava determinado a mantê-la na linha.

— Escute, Anna, sei que você não está hospedada na Âncora. O Patrick Halberstaedt me contou. Por que você não me manda uma mensagem com sua localização exata? Estarei aí em alguns minutos, e poderemos conversar cara a cara. É muito melhor do que pelo...

— Ela voltou!

Anna gritou a última frase no exato instante em que o furacão concedeu à ilha devastada um breve respiro. Um momento depois o vento retornou com uma fúria devastadora.

— Quem voltou?

— A Charlotte... Ela está no...

Viktor não precisou ouvir a frase inteira. Ele sabia exatamente o que ela estava tentando lhe dizer. Anna estava tendo outro surto esquizofrênico agudo. Charlotte ganhou vida.

•

De tão absorto em seus pensamentos, Viktor levou alguns minutos para perceber que a linha estava muda. Aturdido e sem entender, ele encarou a tela do celular: sem sinal. E ainda assim o bipe-bipe do seu aparelho Nokia anunciou a chegada de uma mensagem:

"Não tente me procurar. EU IREI ATÉ VOCÊ!"

44

A verdadeira razão pela qual a maioria dos motoristas odeia engarrafamentos é que ficar parado no trânsito faz com que se sintam impotentes para tomar decisões sobre seu próprio destino. A reação natural ao ver uma fileira de lanternas traseiras estacionárias é procurar instintivamente uma maneira de escapar. Para algumas pessoas, a ideia de ficar preso é tão angustiante, que encontrar uma rota de fuga e avançar por estradas secundárias desconhecidas parece melhor do que esperar que o tráfego melhore.

Viktor se viu em situação análoga à de um motorista diante do dilema de ou entrar na fila do congestionamento da hora do rush de uma tarde de sexta-feira, ou acionar a seta e pegar a primeira saída. Como a maioria das pessoas, ele não suportava a ideia de esperar passivamente, por isso decidiu agir. Anna lhe pediu que não a procurasse, mas ele não estava preparado para ficar de braços cruzados enquanto ela dava as cartas. Precisava encontrá-la enquanto ainda tinha chance.

Assim, cobrindo a cabeça com o capuz e inclinando o corpo contra o vento, ele partiu em direção ao vilarejo. Para enganar a tempestade, mantinha-se o mais abaixado possível e contornava as poças que se formavam nos buracos da trilha arenosa.

Já deixara para trás o solitário restaurante da ilha e estava a apenas quinhentos metros da marina quando se deteve abruptamente para examinar os arredores. Poderia jurar que havia alguém à frente.

Enxugou as gotas de chuva do rosto e protegeu os olhos com a mão.

Lá.

Foi exatamente como ele havia pensado. A cerca de vinte metros de distância, uma figura com uma capa de chuva azul lutava contra a tempestade e arrastava atrás de si algo numa guia.

No início, ele não foi capaz de dizer se a pessoa era homem ou mulher — tampouco se estava caminhando em sua direção ou se afastando. Por causa do aguaceiro, mesmo de muito perto era quase impossível enxergar qualquer coisa. Um relâmpago faiscou sobre as ondas, iluminando brevemente a trilha. No momento em que o trovão ribombou, Viktor soube quem estava se aproximando e também o que segurava à sua frente.

— Michael, é você? — gritou ele para o balseiro quando chegou a apenas alguns passos de distância. O vento uivava com fúria tão desmedida, que nenhum dos dois conseguiu ouvir o outro enquanto não chegaram perto o suficiente para se tocarem.

Michael Burg tinha 71 anos e aparentava a idade, embora fosse difícil dizer por causa da chuva torrencial. O vento e o sal haviam deixado profundos sulcos em sua pele coriácea; entretanto, apesar do rosto envelhecido, ele tinha a aparência robusta de alguém que passou a vida inteira ao ar livre, sob a revigorante brisa marítima.

O velho estendeu a mão esquerda. Na mão direita ele segurava a ponta de uma guia à qual estava preso um schnauzer encharcado e trêmulo.

— Minha esposa achou que o cachorro precisava dar um passeio! — gritou Burg contra o vento, balançando a cabeça como se quisesse dizer que somente uma mulher poderia ter uma ideia tão estúpida. Viktor pensou em Sindbad e estremeceu com a dolorosa lembrança.

— E o senhor? O que o senhor está fazendo neste tempo medonho? — Burg quis saber.

Raios riscaram o céu, e por uma fração de segundo Viktor teve uma visão clara do balseiro, que o olhava com indisfarçável desconfiança.

Ele decidiu contar a verdade não porque sentisse a obrigação de ser honesto, mas porque não conseguiu imaginar uma explicação plausível para estar arriscando a vida ao atravessar a ilha numa perigosa caminhada no meio de uma raivosa tempestade.

— Estou à procura de alguém. Talvez você possa me ajudar.

— Farei o melhor que eu puder. De quem se trata?

— Anna. Anna Spiegel. Baixa, loira, trinta e poucos anos. Ela chegou aqui há três dias. Você a transportou na balsa desde Sylt.

— Há três dias? Não sei onde o senhor conseguiu suas informações, mas deve ter ouvido errado.

Pelo tom de voz do balseiro, Viktor percebeu que ele compartilhava de sua perplexidade. Perguntou-se quantas vezes havia sentido a mesma mistura de incredulidade e mau pressentimento durante as últimas horas.

O schnauzer preto de Burg já estava puxando a guia. O cão tremia mais do que antes e parecia ter a mesma opinião pouco lisonjeira de seu dono acerca do tempo inclemente, sobretudo agora que estavam parados.

— Não entendi o que você quer dizer. — Pareceu a Viktor que ele era obrigado a gritar cada vez mais alto para se fazer ouvir.

— Faz três semanas que eu não saio com a balsa. — Ele encolheu os ombros. — O movimento é fraco nesta época do ano; ninguém visita Parkum no inverno. O último passageiro que eu transportei foi o senhor. — O balseiro parecia ansioso para dar o fora de lá.

— Então, com mil demônios, como foi que ela chegou aqui? — Viktor exigiu saber.

— Em outro barco, eu acho, mas normalmente eu ficaria sabendo. Como foi que o senhor disse que era o nome dela?

— Spiegel. Anna Spiegel.

Burg balançou a cabeça.

— Nunca ouvi falar. Desculpe, dr. Larenz, mas preciso ir embora; neste tempo nós vamos pegar uma baita pneumonia.

Como que para sublinhar suas palavras, um trovão estrondeou no norte da ilha. Uma parte de Viktor se perguntou por que ele não tinha visto o relâmpago, ao passo que outra se engalfinhava com mais uma peça do quebra-cabeça por encaixar: como Anna chegou a Parkum? E por que ela mentiu?

Os pensamentos de Viktor foram interrompidos pelo velho balseiro, que deu alguns passos e depois se deteve.

— Hã... Dr. Larenz, sei que não é da minha conta, mas o que o senhor quer com ela?

Burg não precisou articular a questão completa; Viktor sentiu a opressiva presença da indagação pairando no ar tempestuoso: *Por que um homem casado estaria procurando uma jovem debaixo de uma chuva torrencial?*

O velho balseiro encolheu os ombros e foi embora. *Porque eu quero saber o que aconteceu com minha filha.*

45

A Âncora era tudo o que os visitantes esperavam de uma pousada numa tranquila ilha do mar do Norte. Com exceção do farol do Promontório Struder, o encantador edifício de madeira de três andares era um dos mais altos de Parkum, e as janelas da frente davam para a marina. Desde a morte do marido, Trudi administrava sozinha o negócio, e a modesta pensão que ela recebia, juntamente com os lucros de hospedar um punhado de turistas de verão que desembarcavam na ilha, permitiam-lhe sobreviver e manter o local em funcionamento. Os ilhéus consideravam a Âncora uma instituição e se empenhavam com absoluto comprometimento para assegurar sua preservação. Para a maioria deles seria preferível mudar-se de mala e cuia para a pousada a perder o centro da vida no vilarejo. Os melhores dias eram durante as regatas de vela, quando a Âncora acomodava confortavelmente até vinte hóspedes. Nos raros dias de sol, Trudi transferia para o jardim as mesas de jantar e servia limonada caseira e café gelado aos turistas e amigos. Assim que chegava o outono, os ilhéus mais velhos se reuniam no átrio em volta do fogão de ferro forjado e trocavam histórias de marinheiro, saboreando os bolos e doces de Trudi — menos quando ela decidia escapar do inverno de Parkum para visitar parentes, ocasiões em que fechava a pousada até a primavera. E foi exatamente isso — Viktor percebeu em sua estranha conversa com Halberstaedt — que ela havia feito este ano. Caminhando lentamente em direção ao prédio, ele não se surpreendeu ao ver que as venezianas estavam fechadas e que não saía fumaça da chaminé.

Viktor olhou em volta em busca de vestígios de Anna. *Eu deveria ter me poupado da trabalheira,* pensou sombriamente.

Por um momento teve de sufocar o ímpeto de chamar o nome de Anna, apenas para ter a certeza de que ela não havia arrombado a porta da pousada para levar a cabo outro de seus ardilosos jogos.

Só então o celular de Viktor tocou. Desta vez foi o toque de chamada reservado apenas a familiares e amigos.

— Alô?

— Essa é sua ideia de piada?

— Kai? Aconteceu alguma coisa? — Viktor se afastou da pousada e seguiu pela trilha na direção leste. Ficou surpreso com o tom de voz detetive particular.

— Você tem um senso de humor doentio.

— Não sei do que você está falando.

— Estou falando do fax, Viktor, do fax.

— Ah, eu tentei ligar pra você. O fax veio em branco.

— Então, envie o fax de novo pra você mesmo. Eu não sou tão burro quanto você pensa.

— Eu não acho que você seja burro. Kai, o que está acontecendo?

Uma repentina rajada de vento lançou um jato de gotas de chuva no rosto de Viktor. Ele se virou e fitou a Âncora. Desse ângulo, a pousada vazia parecia uma fachada de papelão num set de filmagem.

— Eu mandei rastrear o fax. Quero dizer, quem diabos me enviaria o desenho de um gato?

O gato da Josy. Nepomuk.

— E então?

— Foi você. O desenho foi enviado do seu número. Você enviou por fax da sua casa.

Isso é impossível, pensou Viktor.

— Escute, Kai, eu não sei o que... — Ele ouviu uma série de bipes e percebeu que a linha estava muda. Uma voz robótica lhe disse para desligar e tentar novamente mais tarde. — Merda!

Viktor checou seu celular e amaldiçoou em voz alta sua má sorte. Sem sinal, zero chance de fazer contato com o continente. Ele se virou e ficou de costas para a Âncora, examinando o terreno à frente. Terminou contemplando o céu, como se a solução estivesse escrita nas sinistras nuvens negras.

Quem poderia ajudá-lo agora? Sobrou alguém em quem confiar? Uma graúda gota de chuva atingiu-o bem no olho. Piscando freneticamente, ele se lembrou de quando era menino e se sentava na banheira, apertando os olhos para se livrar do xampu que escorria. Passou a mão pelo rosto e ficou surpreso ao constatar que conseguia enxergar com mais clareza agora. Tudo parecia muito mais nítido e em foco, como se, depois de o oftalmologista ajustar a lente certa, até a linha inferior de letras miúdas se tornasse perfeitamente legível. Ou talvez tenha sido apenas pura coincidência que um momento depois ele soubesse exatamente o que fazer.

46

Exatamente como Viktor esperava, as luzes ainda estavam acesas na cabana do zelador da ilha. Ele subiu correndo os degraus até a varanda e apertou a campainha da porta da frente.

Ouviu ao longe os latidos de um cachorro, provavelmente o schnauzer do balseiro, e alguma coisa — um portão ou uma veneziana — batendo ao vento. Mas não sabia ao certo se a campainha havia realmente tocado. Aguardou mais um minuto, para o caso de Halberstaedt já ter ouvido e estar a caminho da porta.

Mas, quando o segundo toque da campainha não produziu nenhuma resposta, Viktor dispensou as boas maneiras e bateu impacientemente a pesada aldrava na porta de cedro. Dois anos antes a esposa de Halberstaedt o trocara por um ricaço de Munique, e agora ele morava sozinho.

Ainda sem resposta.

Maldito vento. Acho que ele não consegue me ouvir por causa da tormenta, pensou Viktor enquanto circundava a casa, situada num ponto privilegiado, bem ao lado da Âncora e com vista para a marina, mas sem cais nem acesso à praia, o que obrigava Halberstaedt a atravessar a estreita estradinha costeira para chegar ao mar. Claro, isso não era um grande problema numa ilha tão diminuta como Parkum, mas Viktor era da opinião de que as casas à beira-mar deveriam estar localizadas diretamente na praia. Caso contrário seria preferível evitar incômodos e ficar no continente, às margens de um lago.

•

As rajadas que vinham do mar espancavam a ilha, e foi um alívio para Viktor dobrar a esquina e se ver protegido pela fachada da casa.

Até então ele vinha sendo fustigado sem piedade pelas pancadas de vento, protegido apenas por um punhado de pinheiros de aparência patética, com troncos finos vergados ao meio devido ao clima tempestuoso do mar do Norte. Agora que Viktor se escondeu atrás da casa, a chuva decidiu amainar um pouco, e ele pôde se dar ao luxo de recobrar o fôlego. Depois de se permitir descansar um pouco, retomou suas buscas pelo zelador da ilha.

O janelão nos fundos pertencia ao escritório, mas Halberstaedt obviamente havia ido para o andar de cima. A escrivaninha estava atulhada de inúmeras páginas de anotações manuscritas, e um laptop havia sido abandonado, ainda aberto, em cima de um banquinho. Não havia sinal de vida, e o fogo da lareira estava se apagando. Na verdade, Viktor quase perdeu de vez as esperanças, mas então notou que a luminária da mesa ainda estava acesa. *Ele não pode ter saído*, pensou consigo mesmo.

Não conseguia imaginar por que Halberstaedt precisava de um escritório, muito menos de um computador.

Uma rápida olhada de relance no restante da casa foi suficiente para concluir que as luzes estavam apagadas no andar de cima. É claro que isso não significava nada: se Halberstaedt tivesse subido, era mais do que provável que já estivesse na cama; nesse caso, teria fechado as cortinas.

Viktor estava ficando sem ideias. Até então, sua incursão não havia resultado em nada além de se molhar. Mas isso era totalmente previsível, uma vez que ele não tinha ideia do paradeiro de Anna, muito menos do que faria caso a localizasse.

Não tente me procurar. Eu irei até você!

Viktor decidiu bater uma última vez. E foi aí que notou um barracão nos fundos do jardim coberto de mato.

Em circunstâncias normais, a luz fraca que vazava sob a porta de ferro corrugado não teria chamado a atenção de Viktor, mas as últimas horas haviam cobrado um preço tão grande de seu corpo, que sua mente estava aguçada, trabalhando em regime de hora extra. Ele registrou várias coisas ao mesmo tempo: o barracão estava iluminado, a única janela do lado de dentro estava lacrada com grossas tábuas, e uma coluna de fumaça se projetava da estreita chaminé de metal no topo do telhado plano.

O que teria convencido Halberstaedt a ir para seu barracão debaixo de uma chuva torrencial? E quem em sã consciência vedaria com tábuas a janela de um barracão enquanto deixava as luzes acesas e as cortinas abertas em sua casa?

•

Viktor teve a vaga sensação de que algo ruim estava para acontecer, mas engoliu as dúvidas e atravessou correndo o gramado encharcado. Ele descobriria o que Halberstaedt estava fazendo no barracão.

47

A porta não estava trancada. Viktor a abriu devagar, com cautela, e foi envolvido por um ar denso, bolorento. O barracão cheirava a óleo, trapos velhos e madeira mofada, o tipo de odor que costuma permear todos os porões ou oficinas negligenciadas. Com exceção de alguns besouros e piolhos que fugiram para se proteger quando ele surgiu da chuva, o barracão estava deserto.

Mas Halberstaedt não era a única ausência notável. Para surpresa de Viktor, não havia uma única ferramenta no barracão. Nada de pás, ancinhos ou espátulas, nenhuma lata de tinta meio vazia nas prateleiras de aglomerado, nada de materiais de construção abandonados no chão.

Apesar de suas dimensões generosas, do tamanho de uma garagem dupla, o barracão não abrigava nem sequer um carrinho de mão, muito menos um velho barco a remo ou uma bicicleta antiga. Mas não foi apenas a falta de equipamentos cotidianos que fez Viktor ter calafrios. Ele estava com frio dos pés à cabeça. Durante toda a longa caminhada desde sua casa ventania afora, ele não havia notado a gelidez no ar; mas, tão logo entrou no galpão escondido nos fundos do jardim do zelador da ilha, sentiu-se congelado até os ossos. O friúme começava na região lombar e rastejava espinha acima, espalhando-se pelo couro cabeludo e pelo resto do corpo, causando-lhe arrepios.

A morte é sempre fria.

Viktor se sacudiu um pouco, em parte para ter certeza de que não estava sonhando, em parte para dissipar os pensamentos opressivos que atacavam sua mente. Ele tinha acabado de compreender o que estava acontecendo.

O que ele teria dado para estar em casa, onde quer que fosse. Em casa, sentado com a esposa junto à lareira ou em uma banheira de água morna rodeada de velas. Em casa, protegido do mundo por portas sólidas e janelas com venezianas. Em casa, ou em qualquer lugar menos ali, o mais longe possível das centenas de fotos e artigos de jornal que o insultavam por todos os lados.

Alguém — Halberstaedt ou Anna — cobriu as paredes com uma monstruosa colagem de fotos, manchetes e matérias de jornais e revistas, material compilado ao longo de muitos meses. O assunto não era abominável de um jeito convencional. Não havia cadáveres respingados de sangue, sádicas perversões sexuais ou imagens explícitas de sites pornográficos, mas os recortes compartilhavam um tema comum, um tema que o encheu de pavor. Por toda parte havia fotografias — afixadas com tachinhas nas paredes, presas com pregos nas prateleiras e penduradas em varais suspensos —, e, para onde quer que ele olhasse, via um único rosto: Josy.

Viktor teve a sensação de percorrer tropegamente um labirinto de papel de memórias e ficar aprisionado no olhar da filha. O barracão era um santuário para uma obsessão patológica. Alguém dedicara um bocado de tempo livre pesquisando o sequestro de Josy. A filha de Viktor era objeto de um culto irracional e monstruoso.

•

A velha lâmpada pendurada no teto banhava com uma luz hesitante os recortes nas paredes. Viktor venceu a repulsa e examinou mais de perto a colagem.

A princípio pensou que estava imaginando coisas, depois percebeu nos recortes de jornal manchas de impressões digitais ensanguentadas. Impressões digitais delicadas; delicadas demais para alguém com as grandes mãos de urso de Halberstaedt.

Mas foram as manchetes que convenceram Viktor de que ele estava vendo o trabalho de uma mente doentia. Cada título havia sido cortado no tamanho certo, destacado com um marcador colorido e colado em uma fotografia.

Enrolando o cachecol na mão direita para protegê-la do calor, ele estendeu a mão e inclinou a lâmpada em direção à parede para ler melhor os textos da colagem. As manchetes entraram em foco.

FILHA DE RENOMADO PSIQUIATRA DESAPARECE
PSIQUIATRA SUCUMBE A TRAUMA DE PESADELO
MÉDICO CELEBRIDADE DA TV ABANDONADO PELA ESPOSA
QUEM ENVENENOU A PEQUENA JOSY?
VEREDICTO DE LARENZ: REGISTRO DE PSIQUIATRA É CASSADO!

Que tipo de doente inventaria tamanho absurdo? Algumas das manchetes eram genuínas, mas a maior parte era de invencionices — informações falsas, tolices cada vez mais disparatadas.

Deve ter sido ela.

Viktor não era capaz de imaginar a quantidade de tempo e esforço necessária para conceber as manchetes, imprimi-las em estilo de jornal e arrumá-las nas paredes. E ele ficou perplexo com as fotos. Algumas eram baixadas da internet, mas outras ele nunca tinha visto.

Anna já devia estar perseguindo a família dele muito antes de Josy desaparecer. Ela havia tirado as fotos sem o conhecimento deles? Ainda era muito cedo para provar alguma coisa, mas Viktor tinha certeza de que estava olhando para o trabalho de Anna.

Preciso ler as manchetes, concluiu, inclinando a lâmpada para a esquerda. *Se eu as estudar cuidadosamente, conseguirei encontrar a chave para o que ela deseja.*

Se Viktor não estivesse tão empenhado em inspecionar a colagem, os acontecimentos poderiam ter tomado um rumo diferente. Talvez ele tivesse ouvido o farfalhar no jardim em vez de encarar, imerso em pensamentos, as enigmáticas mensagens na parede. Poderia ter saído do barracão sem nunca ter reparado na folha de papel que o fez gritar de horror e o impediu de ouvir o som de gravetos se partindo. Com um pouco de sorte, poderia ter se virado e percebido o perigo. Quem sabe.

Em vez disso, Viktor largou a lâmpada e rasgou o ofensivo pedaço de papel pregado na parede com um prego enferrujado. Não parou para ler seu conteúdo. O aspecto alarmante no papel era a sua proveniência. Ele já tinha visto uma resma semelhante. Tinha o mesmo tom acinzentado de papel reciclado e a mesma caligrafia cerrada e miúda. Sem sombra de dúvida, a folha pertencia ao manuscrito espalhado sobre a escrivaninha de Patrick Halberstaedt. O arquiteto da colagem estava trabalhando na casa — na casa pertencente ao zelador de Parkum.

•

Munido dessa convicção e de uma arma carregada, Viktor saiu correndo do barracão.

48

Dois minutos depois, ele estava segurando a chave. Tal qual o próprio Viktor fazia, Halberstaedt também guardava uma chave sobressalente debaixo do vaso de flores na varanda.

Assim que destrancou a porta, Viktor disparou corredor adentro, chamando o nome de Halberstaedt. Seus instintos lhe disseram que não havia ninguém lá, mas mesmo assim ele verificou a casa inteira, correndo de cômodo em cômodo. Nem sinal do zelador. Em silêncio, Viktor rezou para que nada de terrível tivesse acontecido com ele. E se recusava a acreditar que Halberstaedt fosse um cúmplice de Anna. As evidências contra o zelador se avolumavam: seu estranho comportamento ao telefone e agora o alarmante conteúdo de seu barracão — mas Viktor o conhecia havia anos. O xis da questão era: se Halberstaedt era inocente, por que desapareceu? Alarmado, Viktor de repente pensou em Isabell. Não havia como saber até que extremos Anna estava disposta a ir, e Viktor esperava sinceramente que ela não começasse a atacar sua família e seus amigos.

Ele voltou para o escritório e marchou até a escrivaninha. Seus sapatos deixaram um rastro de pegadas enlameadas no carpete bege, mas ele não parou para descalçá-los.

O olhar de Viktor pousou na pilha de papel ao lado do laptop. Ele se perguntou se seria obra de Halberstaedt ou de Anna. Por fim se convenceu de que o mistério logo seria resolvido.

Tirou a capa de chuva, colocou a arma ao lado da pilha de papéis e se sentou para ler a primeira página.

O texto estava escrito à mão e formatado como uma entrevista. Ao ler as primeiras linhas, Viktor foi dominado por uma extraordinária sensação de déjà-vu.

Bunte: Como você se sentiu após o desaparecimento de sua filha?
Larenz: Foi como morrer. Claro, eu ainda comia, bebia e respirava, e às vezes conseguia dormir algumas horas seguidas, mas já não estava mais vivo. Minha vida acabou no dia em que Josy desapareceu.

Ele recomeçou desde o início e sentiu vontade de se beliscar para ter certeza de que estava acordado. Não era uma das histórias de Anna. Era a entrevista dele. Sua primeira resposta às perguntas da revista *Bunte*.

A princípio, Viktor não conseguiu entender como Anna poderia saber sobre a entrevista, mas então se lembrou de que o disco rígido de seu laptop havia sido apagado. Ela deve ter se aproveitado de uma oportunidade, talvez ontem, enquanto ele dormia, para roubar seus arquivos sem que ele notasse.

Era estranho que ela tivesse copiado o texto à mão. Poderia ter optado por imprimir a entrevista em vez de se dar ao trabalho de transcrever palavra por palavra. A caligrafia masculina não combinava com suas mãos delicadas. *Talvez tenha sido Halberstaedt, afinal.* Viktor rapidamente descartou essa hipótese. Halberstaedt não tinha entrado em sua casa, não teve acesso a seu computador, portanto não poderia ter mexido em seus arquivos.

Viktor folheou às pressas o manuscrito e descobriu que Anna copiara a entrevista na íntegra. Todas as perguntas, todas as respostas, palavra por palavra, frase por frase, estavam lá. Era uma perfeita e integral cópia de seu trabalho.

Ele se virou para o laptop. Era da mesma marca e modelo que o dele. O protetor de tela desapareceu assim que ele tocou no touchpad. Ele queria — não, ele *precisava* — ver no que Anna estava trabalhando.

Viktor clicou e abriu um documento Word. Era um dos arquivos dele. Continha as perguntas da *Bunte*; na verdade, era exatamente o mesmo anexo de e-mail que o editor da revista lhe enviara.

O olhar de Viktor pousou no manuscrito. Ele sabia que, em teoria, Anna poderia ter roubado um de seus arquivos em Berlim e deletado os dados de seu laptop, mas seu computador só havia sido violado na noite anterior, e Anna estava em péssimas condições físicas. Como ela conseguiu copiar a entrevista tão rapidamente e com mão tão firme?

Não parece possível.

Viktor se lembrou de seu primeiro encontro com Anna, quando ela voltou da praia, debaixo de uma chuva copiosa, sem nenhum vestígio de areia ou sujeira em seus sapatos elegantes.

O fator tempo incomodava Viktor. Seria humanamente possível preencher tantas páginas em tão poucas horas? O manuscrito parecia muito mais longo do que o arquivo original.

Ele puxou as últimas páginas do fundo da pilha e engoliu em seco. Não era para menos. Não se tratava do trabalho dele. Anna estava seriamente perturbada: não contente em copiar as respostas dele, ela acrescentou algumas de sua própria autoria.

Viktor começou a ler:

Eu me sinto culpado pela morte da minha filha. E me sinto culpado pelo fim do meu casamento.
Há muitas coisas que eu faria diferente se pudesse voltar no tempo.
Eu não deveria ter feito o que fiz com minha esposa.

Ele fitou, incrédulo, o excerto. Anna obviamente estava do lado de Isabell. Isso era prova de uma conspiração entre as duas? Mas por quê? O que elas tinham a ganhar com isso? Viktor esperava uma luz para dar fim à escuridão, a calmaria da tempestade, mas o manuscrito estava piorando as coisas.

Estava absorto demais lendo a passagem seguinte para ouvir os passos que se aproximavam atrás dele.

Eu deveria ter ouvido minha esposa. Ela sempre sabia o que era melhor. Por que eu a acusei de se voltar contra mim quando na verdade fui eu quem a afastou? Agora eu vejo que errei ao culpá-la pelo que aconteceu com Josy. Se eu tivesse confiado nela, Josy estaria a salvo.

Viktor leu e releu repetidas vezes a última frase, cujo significado era indecifrável para ele. Ele não conseguiu entender patavina. Derrotado, ele se perguntou se deveria pegar o manuscrito e ir embora.

•

Mas o tempo dele já estava esgotado.

49

—Certamente a esta altura você já deve ter entendido tudo, não é mesmo?

Viktor reconheceu imediatamente a voz e, alarmado, largou o manuscrito. O pânico espremeu sua garganta feito uma jiboia. A pistola dele estava em algum lugar da escrivaninha de Halberstaedt, soterrada sob a montanha de papel. Ele se virou e se entregou à mercê de Anna, apenas para descobrir que estava armada. Ela empunhava a faca de aparência letal com tanta força, que os nós dos dedos estavam brancos. Não havia dúvida de que ela pretendia machucar Viktor, mas mesmo assim estava linda. Na verdade, parecia tão viçosa e atraente como quando se conheceram. Nem um único fio de cabelo fora do lugar; seu terninho preto, agora cuidadosamente passado a ferro, exibia sua silhueta bem-torneada, e seus sapatos de couro envernizado praticamente brilhavam à luz. Ela estava obviamente se sentindo muito melhor.

Não tente me procurar. Eu irei até você!

Viktor decidiu tomar a iniciativa e fingir não notar a postura ameaçadora da mulher.

— Olá, Anna. Eu posso te ajudar, você sabe disso.

Ela afirma ser esquizofrênica, mas não é.

— Ah! Você não consegue nem ajudar a si mesmo! Veja o que você fez com sua própria vida: sua filha, sua esposa, sua carreira!

— O que você sabe sobre minha esposa?

— Nós fomos morar juntas. Ela é minha melhor amiga.

Viktor procurou no rosto dela sinais de loucura, mas não havia nenhum. Ela estava mais bonita do que nunca, o que aumentou o horror das palavras que saíam de sua boca.

— Você gostaria de me dizer qual é seu nome verdadeiro? — sugeriu ele, na esperança de provocar uma reação nela.

— Você sabe meu nome — respondeu ela, ainda perfeitamente composta. — Eu sou Anna. Anna Spiegel.

— Tudo bem, vou te chamar de Anna se você quiser, mas eu sei a verdade. A Clínica Park me contou o que aconteceu.

Ela abriu um sorriso cínico.

— Você consultou a clínica? Eu não percebi que você se importava.

— Anna Spiegel não era uma paciente. Ela era uma estudante que fazia estágio na clínica. E está morta.

— Que horrível. Como ela morreu?

Ela virou a faca de trinchar em um ângulo. A lâmina cintilou à luz da luminária da escrivaninha, ofuscando a visão de Viktor, que piscou.

— Eles não me contaram — respondeu ele, decidindo que era mais seguro mentir. — Por favor, seja sensata, não faça nada precipitadamente.

A mente de Viktor estava em polvorosa. Anos atrás, ele havia sido ameaçado por um paciente, e após esse incidente mandou instalar um botão de pânico sob a escrivaninha do consultório. Mas a situação com Anna era muito mais perigosa, e ele não tinha como pedir ajuda. *Eu deveria ter mantido minha política de nunca atender pacientes em casa.* Ele decidiu tentar uma estratégia diferente.

— Você não me disse que todas as personagens fictícias que você inventa em seus livros tendem a ganhar vida?

— Sim. Parabéns. Nota máxima pela atenção, dr. Larenz.

Preciso dar um jeito de mantê-la falando até Halberstaedt chegar em casa. Ou até que algo aconteça — não importa o quê.

Parecia conveniente brincar com a suposta esquizofrenia de Anna.

— Quando você me ligou mais cedo, você disse que "ela" estava de volta. Você se referiu a uma de suas personagens, certo?

Ela inclinou ligeiramente a cabeça, gesto que Viktor interpretou como um meneio de concordância.

— Há uma explicação perfeitamente natural. Você *pensou* em suas personagens ganhando vida apenas porque transcreveu minha entrevista.

— Não — rebateu ela com firmeza, balançando violentamente a cabeça.

— Você copiou o que eu escrevi e pensou que tinha sido invenção minha, mas o fato é que eu sou real. Minha filha e eu existimos na vida real.

— Você não entende.

— Anna, por favor! É tudo muito simples. Eu não sou uma invenção da sua imaginação; eu sou um ser humano normal. Você *não* me criou. O livro em que você estava trabalhando era *minha* história. Eu a escrevi primeiro.

— Você não sabe do que está falando! — retrucou Anna, subitamente com raiva. Ela brandiu a faca de trinchar, rasgando o ar. Viktor deu alguns passos para trás e se encostou na escrivaninha.

Havia um brilho de raiva nos olhos dela.

— Você não vê o que está acontecendo? Não é possível que não tenha notado os sinais!

— De que sinais você está falando?

— Você se acha tão inteligente, não é, sr. Psiquiatra! Você acha que eu invadi sua casa, acha que roubei seus arquivos, acha que estou de conluio com sua esposa! Você acha até que eu sequestrei sua filha! Você não entende, não é? Você realmente não entendeu nada.

Assim que terminou de falar, ela voltou a ser o que era antes — uma bela jovem vestida com roupas pitorescamente conservadoras. A crueldade e a fúria desapareceram de seu rosto, e Anna sorriu para ele com calma.

— Não importa — continuou ela —, ainda não terminamos. Vou ter que levar isto adiante.

Adiante? Até onde mais ela está preparada para ir?

— O que você quer de mim? — perguntou Viktor, sentindo a garganta se contrair de medo. Ele mal conseguia respirar.

— Venha aqui — disse ela, apontando a faca na direção da frente da casa, onde as janelas davam para o mar. — Quero que você dê uma olhada lá fora.

Viktor obedeceu às instruções dela.

— E então? — perguntou ela.

— Há um carro na entrada. Um Volvo — falou devagar, hesitante, desconfiando do que via. Veículos particulares eram proibidos em Parkum, e o carro era muito parecido com o Volvo que o aguardava em Sylt.

— Você não vem? — perguntou Anna, já na porta.

— Para onde?

— Vou levar você pra dar um passeio. É melhor nos apressarmos; o motor está ligado.

Viktor encostou o rosto na janela e viu que havia alguém sentado ao volante.

— E se eu me recusar a ir? — perguntou ele, olhando-a diretamente nos olhos.

Sem dizer uma palavra, Anna enfiou a mão no bolso do casaco e tirou a pistola que minutos antes Viktor havia procurado na escrivaninha de Halberstaedt.

•

Resignado, Viktor cedeu ao inevitável e caminhou lentamente até a porta.

50

O interior do Volvo cheirava a cera de abelha e couro recém-lustrado. Era tão idêntico a seu próprio carro que, por um momento, Viktor ficou mais perplexo do que com medo. Há três semanas, ele havia deixado um veículo da mesma marca e modelo num estacionamento em Sylt. Tudo no carro era estranhamente familiar, até os acessórios. Ele brincou com a ideia de que alguém viera de Sylt com seu Volvo, mas isso simplesmente não era possível, sobretudo em um mau tempo como aquele.

— Para onde você está me levando? — Viktor exigiu saber. A pergunta se dirigia tanto ao motorista anônimo sentado ao volante e olhando fixamente para a frente quanto a Anna, que se instalou no banco de trás.

— Pra um passeio — respondeu Anna laconicamente. Ela bateu palmas, e o motorista deu a partida, acelerando com suavidade.

Não podemos ir muito longe, Viktor pensou. Havia apenas duas estradas em Parkum. Em seis minutos eles chegariam ao farol e teriam que voltar.

— Aonde vamos? — insistiu ele.

— Você sabe perfeitamente aonde estamos indo, Viktor. Basta somar dois mais dois, e você chegará por si mesmo à solução.

O carro ganhou velocidade. Apesar da violenta chuva, o motorista parecia pouco disposto a acionar os limpadores de para-brisa.

— Aqui, leia isto! — Anna entregou a Viktor três folhas de papel A4 cheias de texto. Viktor reconheceu a esferográfica azul e deduziu que Anna era a autora. Receoso, pegou o manuscrito.

— O que é isto?

— O derradeiro capítulo da história da Charlotte. A conclusão. Achei que você gostaria de saber o final.

Ele notou que as bordas das folhas de papel estavam ligeiramente chamuscadas. Era quase como se Anna tivesse voltado no tempo e na última hora resgatado o manuscrito em chamas da lareira.

— Leia! — ordenou Anna, batendo nas páginas com a coronha da arma.

Viktor começou a ler.

EM FUGA

— Não seria mais fácil você me contar o que...
— Continue lendo! — Ela o silenciou. Nervoso, Viktor leu as primeiras linhas:

> A noite no Hyatt foi horrível. O nariz de Charlotte sangrava sem parar, e eu tive que ligar para o serviço de quarto e pedir lençóis e toalhas limpos. Os remédios estavam acabando, mas eu não podia ir à farmácia 24 horas para comprar mais porque Charlotte estava com medo de ficar sozinha. Depois de algum tempo, ela enfim adormeceu. Pensei em pedir ao recepcionista que nos trouxesse penicilina e uma caixa de paracetamol, mas não valia a pena correr o risco. Era líquido e certo que Charlotte acordaria assim que alguém batesse na porta.

O carro passou em alta velocidade num buraco, espirrando água da poça em todas as direções, e o solavanco fez Viktor erguer os olhos. Até aquele momento, o manuscrito não fornecera pista alguma para ajudar a explicar por que ele estava preso em um carro com uma mulher louca que o forçava, sob a mira de uma arma, a ler um relato manuscrito dos delírios dela.

Ela gosta de dizer que é esquizofrênica, mas não é.

Como se a situação já não fosse suficientemente ruim, a tempestade ainda estava forte, com visibilidade inferior a quatro metros, e o motorista, que aparentemente era surdo ou mudo, ou ambos, parecia decidido a bater um novo recorde mundial de velocidade em plena tempestade. O carro avançava em disparada, tão rápido que a visão através das janelas riscadas de água da chuva era um borrão. Viktor não tinha ideia de onde estava.

— Continue lendo! — ordenou Anna assim que ele ergueu os olhos do papel. Para mostrar que estava falando sério, ela soltou a trava de segurança da arma.

— Calma, Anna. Estou lendo, juro que estou.

Mais uma vez, Viktor cedeu ao inevitável. E, mais uma vez, foi pior do que ele imaginava.

51

Na manhã seguinte, após um rápido e leve café da manhã, saímos do hotel e seguimos para a estação ferroviária. Embarcamos em um trem e descemos em Westerland, onde esperamos cerca de uma hora. Por fim, convencemos um velho pescador de pele castigada pelas intempéries a nos transportar até Parkum. Charlotte não quis me dizer para onde estava me levando, mas me pareceu que ela queria acabar logo com as coisas. Talvez Parkum, devido ao seu isolamento, fosse o lugar propício para o fim.

Ao chegar à terra firme, Charlotte passou por uma milagrosa transformação. Ela parecia ter florescido, como se a brisa do mar do Norte lhe estivesse fazendo bem. E, como que para ressaltar a mudança, ela fez questão de mudar de nome e me disse:

— Não me chame de Charlotte. Aqui na minha pequena ilha eu uso outro nome.

— Josy? — disse Viktor, levantando os olhos.
Anna sorriu para ele.

— Claro. Não me diga que você ainda não sabia.

— Mas não faz sentido. As pessoas teriam notado se você e Josy tivessem visitado Parkum. Alguém teria notado, alguém diria alguma coisa.

— Claro que sim — concordou Anna, olhando para Viktor como se ele fosse um paciente com deficiência mental que precisasse de assistência constante. — Continue lendo.

Viktor continuou lendo.

52

Percorremos uma trilha até uma cabana na praia, localizada a dez minutos a pé do vilarejo e da marina. Josy me contou que o chalé pertencia aos pais dela: nos fins de semana eles iam para Sacrow, mas o verão e as férias mais longas a família passava em Parkum.

Eu estava ansiosa para acender a lareira e fazer um chá, mas Josy tinha outras ideias.

— Vamos, Anna — disse ela, pegando-me pela mão e me puxando para a janela da frente, que tinha uma vista espetacular do mar. — É hora da pista final. — Ela apontou para fora. — Olha lá, você está vendo? Ele estava perseguindo a gente o tempo todo. De Sacrow a Berlim, de Berlim a Hamburgo, de Hamburgo a Sylt; e agora ele está aqui. Está na ilha.

Levei um tempo para entender o que ela queria dizer, mas então avistei uma figura minúscula a quinhentos metros da casa.

Eu queria desesperadamente provar que estava equivocada, mas, à medida que a figura se aproximava, não pude ignorar o que meus olhos me mostravam. Josy disse a verdade: o mal morava com ela em Schwanenwerder e nos seguiu até a cabana.

Peguei a mão dela e corri para a porta. Eu não sabia para onde levá-la, mas sabia que tínhamos de nos esconder. A poucos metros da varanda havia um

> galpão de jardim que abrigava o gerador. Corremos para dentro.
>
> O ar frio e fedorento nos impregnou como o cheiro de tabaco velho numa cabine telefônica, mas qualquer coisa era preferível a esperar ao ar livre. Fechei a porta com força — bem na hora.
>
> A essa altura, apenas cem metros nos separavam da mulher na praia.
>
> Isabell rumava diretamente para a varanda.

Viktor não se atreveu a olhar Anna nos olhos.

— Vocês estavam se escondendo da minha esposa?

— Sim.

— O que ela fez com a Josy?

— Você vai descobrir se continuar lendo.

O rugido do motor do Volvo quase abafou a ensurdecedora pulsação do sangue que latejava nos ouvidos de Viktor. Ele sentiu o jorro de adrenalina percorrer seu corpo, instigado pela pistola engatilhada ou pela velocidade com que o carro trafegava pela estrada de terra batida — ou talvez fossem ambos. Ele ficou surpreso por ser capaz de pensar com clareza, quanto mais ler, numa situação em que sua vida estava em jogo. *Graças a Deus eu não fico enjoado num carro em movimento*, pensou, apenas para, um instante depois, se repreender por perder tempo com preocupações tão banais.

Ele continuou lendo.

53

Para minha consternação, percebi que a porta do galpão só poderia ser trancada por fora. Naquele momento, eu não sabia o que Isabell estava tramando, qual era o poder dela e o que ela reservava para Josy, mas era óbvio que ela nos encontraria no acanhado galpão. A porta era nossa única saída, não havia janelas, e Isabell seria capaz de nos localizar com um olhar de relance. Pensei em me esconder atrás do gerador, mas não havia espaço suficiente entre o motor e a parede de ferro corrugado. Por sorte o gerador era tão barulhento, que não precisávamos nos preocupar em sermos ouvidas.

— O que a Isabell fez a você? — perguntei a Josy enquanto procurava uma saída para o apuro em que estávamos.

— Eu não consigo decifrar as pistas para você. — Dessa vez ela não parecia tão segura de si.

— Eu não tenho tempo para isto — disparei sem rodeios. — Se você quiser que eu a ajude, preciso saber o que estamos enfrentando. Apenas me diga o que ela fez a você.

Josy abaixou a voz para um sussurro.

— Ela me envenenou.

Eu girei o corpo, convencida de que alguém estava se aproximando do galpão.

— Por quê? — perguntei, rastejando em direção à porta.

> — Eu fiz algo errado. Ela ficou com raiva de mim lá em Sacrow.
> — O que você fez?
> — Eu sangrei no chão. A Mamãe não gostou. Ela disse que eu era a menininha dela. Ela não quer que eu cresça.

Viktor soltou o manuscrito. As folhas de papel caíram no chão a seus pés.

— Agora você entende? — perguntou Anna.

— Acho que sim — murmurou.

De repente tudo fez sentido. O sangue no banheiro, o veneno, Isabell. Mas parecia tão irreal. Será que Isabell quis punir a filha por não desejar que ela se tornasse adulta? Ela tentou tornar Josy indefesa e dependente? Ela era doentia e perversa a ponto de envenenar sua própria filha?

— Como você sabe tanto sobre minha família? — Viktor exigiu saber. — Por que você se envolveu?

— Não posso te contar. — Anna se esquivou. — Está na história. Você terá que continuar lendo.

•

Viktor se abaixou e procurou debaixo do banco as páginas de texto. Ele precisava chegar ao fim do pesadelo em que estava vivendo nos últimos quatro anos.

54

Abri uma fresta de um ou dois centímetros na porta e recuei com medo. Isabell estava na varanda, armada com uma faca de cozinha. Seu olhar varreu o jardim, depois ela desceu lentamente os degraus.

Fechei a porta.

— Como foi que ela envenenou você, Josy?
— Eu tenho alergia — explicou Josy com voz rouca.
— Não posso tomar nem paracetamol, nem penicilina, porque me deixam doente. Ela é a única que sabe.

Não pude questioná-la mais, porque nosso tempo estava acabando. Eu sabia que ela contava comigo para protegê-la de Isabell, mas não havia onde nos esconder. Era difícil enxergar alguma coisa no breu, e eu não queria chamar a atenção acendendo a luz, então peguei meu isqueiro e acendi. Normalmente eu não chegaria nem perto de um gerador segurando uma chama na mão.

Tentando não entrar em pânico, vasculhei o galpão com Josy a reboque. Tive de segurá-la junto a mim, como precaução caso ela não conseguisse controlar o medo e tentasse fugir.

— Não adianta, Anna — ela disse com voz suave.
— A Mamãe vai encontrar e matar nós duas. Eu não deveria ter deixado a Mamãe furiosa.

Fingi que não ouvi e continuei procurando, já convencida de que a qualquer momento Isabell abriria a porta e nos enfrentaria com uma faca. Eu podia ouvi-la chamando o nome de Josy.

— Josy? Onde você está, querida? A Mamãe está preocupada.

Sua voz era artificialmente suave — e estava perigosamente próxima. Josy começou a chorar. Por sorte, o zumbido do gerador abafou o barulho. Meu isqueiro de plástico barato lançava um halo tremeluzente no teto, nas paredes e no chão. Pela milionésima vez olhei para o gerador enferrujado e enfim encontrei a resposta. Um cano se projetava perpendicularmente do canto inferior direito do motor em direção ao chão. O tanque de combustível!

Como eu já suspeitava, o tanque, assim como o gerador, havia sido instalado muito antes de alguém se importar com normas de segurança. Na verdade, o tanque era apenas um recipiente sintético com quase um metro de diâmetro jogado sobre a base do galpão e cujos lados se projetavam cerca de dez centímetros acima do chão. Uma fina laje de concreto fazias as vezes de tampa para o proteger. Quebrei o lacre e tentei afastar a tampa, que era pesada. A princípio achei que eu não fosse forte o bastante, mas em seguida tentei de novo, dessa vez apoiando os calcanhares na parede do galpão e canalizando meu medo e desespero para empurrá-la. Funcionou. Consegui criar uma abertura de cerca de quarenta centímetros de diâmetro, suficientemente grande para Josy e eu nos espremermos lá dentro.

— Eu não vou entrar aí — disse Josy, aproximando-se de mim e espiando a escuridão. Era nauseante o cheiro de óleo diesel velho.

— Não temos escolha — aleguei. — Ela vai nos encontrar.

Como que para provar meu ponto de vista, a voz de Isabell soou do lado de fora do galpão.

— Josy? Venha com a Mamãe! Cadê a minha boa garotinha?

Ela estava a apenas alguns metros da porta.
— *Não há nada a temer, Josy* — *disse a ela.* — *Apenas confie em mim, tá bom?*

A menina estava enrijecida de medo, o que facilitou as coisas para mim, porque assim eu consegui pegá-la no colo e colocá-la no tanque. O espaço tinha cerca de um metro e meio de profundidade e estava cheio de diesel apenas até a metade, portanto não havia risco de Josy se afogar. Assim que ela se acomodou em segurança no tanque, corri até a porta e a emperrei, enfiando uma velha cadeira de jardim sob a maçaneta. Em seguida peguei um pé de cabra na parede e quebrei a lâmpada do teto. Trabalhando na escuridão quase total, rompi o cano que ligava o tanque ao gerador, enfiei o pé de cabra sob a tampa de concreto e o ergui no ar. Meus joelhos gritavam para que eu parasse, mas usei o que restava de minhas forças e continuei empurrando o pé de cabra; por fim, depois de um último e monumental esforço, consegui tombar a tampa até que ela caísse no chão entre o gerador e o tanque.

A ideia de ficar de pé no fluido viscoso me encheu de asco e pavor, mas tentei não pensar nisso e mergulhei no tanque. Bem a tempo: mais alguns segundos, e teria sido tarde demais. Quando me abaixei e tentei me equilibrar depois que meus pés tocaram o fundo escorregadio, Isabell já estava na porta, sacudindo a maçaneta.

— *Josy? Você está aí?*

A cadeira a impediu de abrir a porta, mas eu sabia que não demoraria muito para ela forçar a entrada.

— *Ela vai ver a gente.* — *Josy soluçou, enfiando a mão manchada de óleo na minha.* — *Por que você removeu a tampa?*

— *Ela teria visto a tampa pendurada na lateral. Eu pensei em puxá-la por cima de nós, mas não tenho forças. Vamos ter de torcer para que ela não note a tampa no chão.*

Eu sabia que era ridículo pensar que ela não nos veria; não tínhamos a menor chance.

TERAPIA

A porta se abriu, batendo com estrépito contra a lateral do galpão. Senti uma lufada de ar frio quando o vento entrou de supetão no galpão e rodopiou pelo chão até nosso esconderijo no tanque.

— Josy?

Isabell estava evidentemente dentro do galpão, mas eu não conseguia ouvir seus passos, porque o zumbido do gerador aumentava o tempo todo.

A julgar pela escuridão contínua, a única luz no galpão vinha dos raios de sol poente, o que significava que Isabell não tinha lanterna. Eu estava rezando para que ela não notasse o tanque aberto — e para que não nos visse na penumbra. Era óbvio o que aconteceria se ela decidisse acender um fósforo num tanque de combustível, mas certamente nem mesmo Isabell faria isso...

Instruí Josy a se ajoelhar no fundo, e ela obedeceu. Apenas a cabeça dela se projetava acima do óleo; o resto do corpo estava coberto de combustível frio.

Nesse momento ela tossiu — não o fraco chiado de sempre causado pela doença, mas uma tosse curta e seca provocada pelo cheiro tóxico. Eu quis tranquilizá-la, mas quando tentei acariciar seus cabelos, meus dedos deixaram uma pasta semilíquida de diesel em seu couro cabeludo.

— Não se preocupe. Vamos ficar bem — sussurrei, mas Josy estava inconsolável.

A essa altura ela tremia e chorava sem parar. Coloquei minha mão sobre sua boca, deixando espaço suficiente para ela respirar pelo nariz. Ela me mordeu com toda a força de que era capaz. Uma dor aguda percorreu meu braço, mas não a soltei. Eu tinha que mantê-la quieta enquanto Isabell estivesse no galpão.

Quanto tempo permanecemos assim, eu em pé, Josy ajoelhada, no interior do tanque fedorento? Sinceramente, não sei. Consigo me lembrar apenas da falta de ar e de que segurei a menina em pânico com a força de um torno de bancada enquanto ela tremia na escuridão. Talvez tenha passado um minuto, talvez cinco; eu perdi a noção do tempo. Em algum momento percebi que Isabell havia ido embora. A luz do lusco-fusco do entardecer diminuiu e parou de se espalhar pelo chão. Ela devia ter fechado a porta.

Aliviada, afrouxei o aperto na soluçante Josy.
— Papai, estou com medo. — Ela choramingou.
Gostei do jeito como ela me chamou de "Papai"; pois era uma prova de que eu havia conquistado a confiança dela.
— Eu também estou — falei, apertando-a junto a mim. — Mas agora estamos bem.
Talvez estivéssemos mesmo. O pior já havia passado, Isabell fora embora.
Eu sabia que ela ainda estava por perto — provavelmente no chalé, procurando uma lanterna —, mas tínhamos tempo suficiente, tempo para sair do tanque, correr até o vilarejo, pedir ajuda...
Tempo suficiente para escapar.
Só que as coisas não aconteceram assim. Josy estava transtornada demais para ficar quieta. Tínhamos passado por uma provação terrível, ela era apenas uma criança e não conseguia parar de chorar. Ela se sentiu encarcerada dentro do tanque escorregadio e fedorento, e lá embaixo era escuro, mais escuro que uma cripta. Seus soluços de choro se transformaram em gritos ensurdecedores. Nada pude fazer para impedi-la. Estávamos presas numa armadilha, e eu não consegui acalmá-la. Mas esse não era o verdadeiro problema. O que selou nosso destino foi um erro que eu cometi antes de Isabell entrar no galpão. Eu nunca deveria ter sabotado o tubo de combustível, mas só então percebi as consequências. O gerador começou a falhar, até de súbito desligar completamente.
Essa foi a nossa ruína. A partir daí, todos os ruídos que fazíamos no galpão podiam ser ouvidos do lado de fora.

55

Os olhos de Viktor se encheram de lágrimas.

Sua pobre filhinha, enterrada viva em um tanque de óleo fedorento. Ele olhou de relance para Anna, respirou o cheiro do Volvo e sentiu o zumbido do motor vibrando por seu corpo. Ele estava de volta ao seu pesadelo recorrente, só que desta vez era real.

— O que aconteceu com ela? Onde ela está?
— Termine de ler a história.

> A porta se escancarou e, dessa vez, sem o barulho do gerador, ouvi os passos dela nas tábuas do assoalho. Eu estava ficando sem opções. Em poucos segundos Isabell chegaria ao nosso esconderijo, e eu sabia que ela estava desesperada o suficiente para acender o isqueiro e apontá-lo para o tanque. Só havia uma coisa que eu poderia fazer para impedir Josy de denunciar a nossa presença: eu a agarrei, submergi no combustível do gerador e a puxei junto comigo.
> O diesel encharcou nossas roupas e grudou em nossos corpos como uma mortalha. Uma película pegajosa de óleo cobriu nossos rostos, entupindo nossas bocas, tapando nossas narinas e obstruindo nossos ouvidos. Naquele momento, eu me senti como uma águia marinha moribunda, lutando para sobreviver ao livrar-se da viscosidade de uma camada de veneno negro, tentando limpar a plumagem suja e afundando cada vez mais sob as ondas do mar poluído de petróleo.
> Meus pulmões gritavam por ar e, mais do que tudo, eu queria emergir, mas me forcei a ficar abaixada e continuei pressionando a cabeça de Josy para baixo. Eu não tinha ideia do que estava acontecendo no

> galpão. Não conseguia ver, não conseguia ouvir, e
> estava ficando sem forças. Esperei até não aguentar
> mais nem um segundo sequer, então empurrei Josy para
> a superfície e subi para respirar. Eu meio que espe-
> rava ver Isabell espreitando na borda do tanque, mas
> sabia que tinha feito o meu melhor. Fiquei no chão
> o maior tempo possível, e não seria minha culpa se
> tivéssemos subido cedo demais.
> Não subimos cedo demais.
> Já era tarde demais.
> Josy jazia inerte em meus braços. Limpei a pelí-
> cula oleosa de sua boca e separei seus lábios para
> que ela pudesse respirar. Eu a sacudi. Eu queria
> dar-lhe o beijo da vida, mas no meu coração eu sabia
> que ela havia partido.
> Até hoje não sei ao certo o que tirou a vida
> dela, se foi o pavor ou o óleo, mas uma coisa é
> indubitável: a assassina não foi Isabell. Fui eu.

Viktor queria gritar de desespero, mas sua voz saiu apenas como um grasnado.

— Isso é mentira, e você sabe disso!

— Não, Viktor, é a verdade — disse Anna com frieza, dando uma rápida olhada de relance pela janela do passageiro.

Viktor passou a mão pelos olhos, depois fungou.

— Diga-me que não é verdade.

— Infelizmente, não posso.

— Você inventou isso. Você está louca.

— Sim, infelizmente estou.

— Por que você está me torturando? Qual é o sentido de suas mentiras? A Josy não está morta!

— Ela está morta.

Ela apenas finge que é esquizofrênica porque isso é mais fácil do que enfrentar a verdade.

O motor rugiu, e Viktor ergueu os olhos. Ao longe, ele avistou uma linha borrada de luzes através do para-brisa riscado de água da chuva.

— Não se preocupe, não vai demorar muito mais. — Ela pegou a mão dele.

— Quem é você? Como você sabe essas coisas? — perguntou Viktor, aos berros.

— Eu sou a Anna. A Anna Spiegel.

— Responda à pergunta! Qual é o seu nome verdadeiro? O que você quer de mim?

O para-brisa estava inundado de água porque os limpadores ainda estavam desligados, mas Viktor percebeu que havia luzes se aproximando. Ele sabia exatamente onde estava. O carro avançava ao longo de um cais, acelerando em direção ao mar aberto.

— Diga-me de uma vez por todas quem é você! — gritou Viktor. Ele sabia que estava prestes a morrer, mas sentia-se como um estudante depois de uma briga no pátio da escola: arrasado, choroso e com o nariz catarrento.

— Eu sou a Anna Spiegel. Eu matei a Josy.

As luzes estavam a apenas duzentos metros de distância. Um quilômetro atrás deles ficava a praia, e à frente a vasta extensão do gélido mar do Norte.

— Quem é você?

A agudeza histérica de sua voz foi engolida pelo rugido do motor, pelo vento uivante e pelas ondas furiosas.

— Anna. Anna Spiegel. Não resta muito tempo. Você tem de se concentrar no que importa. A história ainda não acabou. Você ainda não leu a última página.

Viktor balançou a cabeça e levou a mão ao nariz. Estava sangrando.

— Como quiser — disse ela. — Já ajudei você o suficiente, então é melhor eu ler o final pra você.

Ela tirou da mão dele a última página.

•

Enquanto o carro continuava seu inexorável caminho em direção ao mar, Anna começou a ler.

56

Josy estava morta. Eu não queria acreditar, mas não tive escolha, não havia mais dúvida. Agarrei-me ao seu corpo frágil e sem vida, e um grito subiu pela minha garganta, acumulando-se na minha boca e fazendo força para sair por entre os meus lábios, mas meu urro de dor foi emperrado por uma mordaça de óleo pegajoso. Não havia mais necessidade de me esconder, eu não precisava mais me esconder de Isabell; ela havia conseguido o que queria. Josy, minha companheira constante nos últimos dias; Josy, a filha da própria Isabell, estava morta.

Eu me levantei e rastejei para fora do tanque. Abri a porta, limpei o óleo da boca com as costas da mão e chamei o nome dela.

Em voz baixa no começo, depois berrando com toda a força dos meus pulmões.

— Isabell. ISABELL! — Saí do galpão e corri em direção à varanda. — ISABELL! VOCÊ MATOU A MENINA!

Parei, de súbito alertada por um barulho que vinha por trás de mim. O chão do galpão rangia. Eu me virei e a vi no vão da porta. Naquele momento eu soube o que tinha acontecido: ela estava lá o tempo todo. Ela ficou observando e esperando enquanto eu afogava sua única filha.

Lentamente, caminhei em direção a ela. Por causa do óleo no meu olho esquerdo, eu mal conseguia

> distinguir suas feições. A distância entre nós duas caiu para alguns poucos metros. Quando minha visão voltou de repente, por fim eu pude vê-la com clareza. Por fim eu entendi.
>
> Ela estendeu uma das mãos, toda lambuzada de óleo, e então eu percebi a extensão do meu erro. Desde o início, eu entendi tudo errado. E eu só podia culpar a mim mesma. A pessoa na minha frente não era Isabell. Eu me vi cara a cara com...

Viktor e Anna trocaram olhares assim que ela começou a pronunciar as palavras fatais. E então aconteceu.

O carro voou pelos ares em direção ao mar, e nesse momento a névoa se dissipou e Viktor viu tudo com perfeita clareza.

Um cano de aquecedor. Uma luz de teto. Um quarto pequeno.

Finalmente ele entendeu.

Uma cama com armação de metal. O carpete cinza. Um frasco de soro fisiológico.

Tudo fez sentido.

Anna Spiegel!

A percepção queimou o corpo de Viktor e se apossou de sua mente.

Eu me vi cara a cara com...

A última peça do quebra-cabeça se encaixou no lugar certo: *Anna*. Um nome palíndromo. A-n-n-a da esquerda para a direita e a-n-n-A de trás para a frente. Anna diante do espelho. Anna Spiegel.

— Eu sou você — disse Viktor. Nesse instante, o carro desapareceu de vista, e ele se viu em um quarto de hospital.

— Sim.

Foi a última vez que o som da sua própria voz o fez sobressaltar-se. Ele se sentiu como um animal assustado que finalmente reconheceu seu reflexo no espelho. Repetiu a frase, para ter certeza de que não estava equivocado.

— *Eu me vi cara a cara com...*

— *Eu me vi cara a cara comigo mesmo.*

Ninguém disse uma palavra.

•

Era segunda-feira, 26 de novembro, e o radiante sol do inverno penetrava pelas grades do quarto 1.245, onde o dr. Viktor Larenz, ex-psiquiatra e especialista de fama mundial em casos de esquizofrenia, estava internado na renomada Clínica de Tratamento de Distúrbios Psicossomáticos de Berlim-Wedding. Após quatro anos recebendo cuidados para múltiplos distúrbios psicológicos, o paciente, cuja medicação havia sido suspensa quase duas semanas antes, vivenciava o primeiro momento de lucidez desde o desaparecimento da filha.

•

A ventania havia amainado, as nuvens se dissiparam e as tempestades que abalaram a cidade nos últimos dias passaram de vez. Era uma tarde fresca e ensolarada.

57

NOVE DIAS DEPOIS, CLÍNICA DE TRATAMENTO DE DISTÚRBIOS PSICOSSOMÁTICOS DE BERLIM-WEDDING

O auditório da clínica estava inusualmente vazio. No púlpito, uma pequena figura de cabelos grisalhos se dirigia a dois homens sentados à sua frente, no meio da primeira fila, rodeados por cadeiras vazias. A maior parte do auditório, com capacidade para quinhentos lugares, estava mergulhada na escuridão, mas uma fileira de holofotes iluminava o palco. Ao contrário da prática normal, as portas estavam trancadas.

O professor Malzius, diretor da clínica, comunicava informações absolutamente confidenciais a Freymann e Lahnen, dois dos melhores advogados de defesa de Berlim.

— Antes do colapso mental, durante muitos anos o dr. Larenz foi um psiquiatra eminente, dono de uma clínica particular de grande sucesso no centro de Berlim. Tenho certeza de que os senhores estão cientes das inúmeras realizações profissionais dele, por isso não as irei analisar em pormenores agora. Basta dizer que ele escreveu vários livros e era um convidado habitual de programas de rádio e TV.

Os dois juristas assentiram e pigarrearam. O professor Malzius pegou o controle remoto e apontou para o projetor. Eles viram a imagem de um jovem médico de aparência impressionante em seu consultório, e então o slide seguinte apareceu. Ainda se reconhecia o dr. Larenz, mas desta vez com aspecto deplorável, nu e enrodilhado em posição fetal numa cama de hospital.

— Ele sofreu um colapso nervoso após o desaparecimento da filha. Foi internado na clínica; a princípio pensamos que ficaria por um curto período, mas seu estado piorou progressivamente, e ele nunca se recuperou o suficiente para ser transferido ou receber alta.

Ele clicou em outro slide. Era uma manchete de jornal:

A PROCURA POR JOSY CONTINUA
QUATRO ANOS DESDE QUE A FILHA DO FAMOSO
PSIQUIATRA DESAPARECEU SEM DEIXAR VESTÍGIOS

— Quatro anos atrás, em novembro, a filha do dr. Larenz desapareceu. Nos onze meses anteriores ao seu desaparecimento, a menina de doze anos desenvolveu uma série de sintomas inexplicáveis. A causa da sua doença, a natureza do seu rapto e a identidade dos sequestradores nunca foram descobertas, permaneceram um mistério... — explicou Malzius. Depois de uma pausa de alguns segundos, concluiu: — Até agora!

Ele foi interrompido por um dos advogados, um homenzinho de cabelos loiros encaracolados, que ergueu os pés como se dissesse: "Objeção, Meritíssimo!".

— Com todo o respeito, professor Malzius, meu colega e eu esperávamos ouvir algo novo. Nosso tempo está acabando.

— Agradeço sua ponderação, dr. Lahnen. Estou ciente de que o senhor e o sr. Freymann têm uma agenda extremamente ocupada.

— Bem. Nesse caso o senhor entenderá nossa preocupação. Tenha em mente que daqui a exatos trinta minutos nosso cliente deverá ser transferido para a ala psiquiátrica da penitenciária de Moabit. A audiência preliminar acontecerá amanhã, o que significa que precisamos deliberar sobre nosso cliente hoje. Assim que ele for libertado desta clínica, a lei irá considerá-lo suficientemente são e apto para ser julgado por homicídio culposo ou, possivelmente, homicídio comum.

— De fato — retrucou Malzius, irritado por ter sido interrompido em seu próprio auditório por um leigo sem formação médica. — Se o senhor me permitir prosseguir com as instruções, talvez descubra algo relevante para a defesa dele.

Lahnen franziu os lábios e se sentou novamente.

— Durante os últimos quatro anos, o paciente não tinha consciência acerca do que o rodeava — continuou Malzius com a explicação. — Ele estava vivendo em um mundo imaginário, desconectado da realidade. Então, há três semanas, optamos por uma medida radical, e ouso dizer *inovadora*, no que diz respeito ao seu tratamento. Pouparei os senhores dos detalhes clínicos a fim de me concentrar nos resultados.

Lahnen e Freymann assentiram com gratidão.

— A primeira coisa a esclarecer é que Viktor Larenz sofre de duas doenças simultâneas e distintas: síndrome de Münchausen por procuração e esquizofrenia. Presumo que os senhores estejam mais familiarizados com esta última, então permitam-me familiarizá-los primeiro com a síndrome de Münchausen. O nome do transtorno deriva do barão Münchausen, célebre por suas mentiras e fanfarronices. Indivíduos com essa síndrome mentem e fingem que estão doentes a fim de ganhar a simpatia e o carinho de seus médicos e amigos. Há casos bem documentados de pacientes que, ao fingir sintomas físicos, convencem os médicos a realizar cirurgias desnecessárias: apendicectomias, por exemplo. Eles podem também tentar prolongar a necessidade de tratamento esfregando excrementos ou vômito em um ferimento para que não cicatrize.

— Isso é loucura — murmurou Lahnen, franzindo a testa. Seu colega advogado parecia igualmente chocado.

— Bem, sim, esses indivíduos não estão bem em termos de saúde mental. O problema é que o diagnóstico é muito difícil. A doença de Münchausen é mais comum do que a maioria das pessoas imagina. Alguns hospitais têm recorrido à vigilância por câmeras de vídeo para ajudar na detecção, mas mesmo esse recurso teria sido ineficaz no caso de Viktor Larenz. Vejam bem, Larenz sofria de síndrome de Münchausen por procuração, também conhecida como SMPP, ou transtorno factício imposto a outro, o que significa que ele infligia, produzia e falsificava intencionalmente sintomas ou sinais físicos ou psicológicos em uma pessoa sob seus cuidados, a saber, a sua filha Josephine.

Malzius fez uma pausa para avaliar o efeito das suas palavras.

— Larenz era o único que sabia que sua filha sofria de um distúrbio do sistema imunológico, e usou seus conhecimentos médicos com fins assassinos. Josephine, ou Josy, como ele a chamava, tinha uma reação de hipersensibilidade ao paracetamol e à penicilina, ambos administrados por ele em quantidades progressivamente mais elevadas. Suponho que se poderia dizer que foi o crime perfeito. Larenz continuou a prescrever paracetamol para as dores de cabeça de Josephine e penicilina para seus outros sintomas misteriosos, e todos julgavam que ele era um pai exemplar. Sua família e seus amigos nada sabiam sobre as alergias da menina, então do ponto de vista clínico o regime de medicamentos parecia adequado. Na verdade, Larenz estava colocando a filha em choque anafilático. Durante os estágios finais, as doses foram tão altas, que a mataram.

O diretor da clínica parou para tomar um gole de água.

— As intermináveis séries de consultas e a incessante via-crúcis de exames médicos são outro sintoma típico do transtorno factício imposto a outro. No caso de Larenz, o comportamento abusivo foi desencadeado por um incidente ocorrido quando ele, a esposa e a filha estavam de férias em Sacrow. Na época, Josephine tinha onze anos, e a relação pai-filha era de extrema proximidade. Tudo isso estava prestes a mudar. Josephine precisava de mais privacidade: ela começou a se fechar no banheiro e parecia mais à vontade na companhia da mãe. A explicação era simples: ela havia começado a menstruar. Larenz ficou arrasado com esse marco no desenvolvimento da filha. Ele não conseguia lidar com a ideia de que sua menininha logo se tornaria uma adulta independente. Nem mesmo a esposa percebeu sua atitude patologicamente possessiva em relação a Josephine e, portanto, não lhe ocorreu que ele envenenaria de propósito a filha para impedi-la de crescer. Ele lhe administrava paracetamol e penicilina para torná-la vulnerável e dependente; um típico caso de transtorno factício imposto a outro. A síndrome de Münchausen por procuração geralmente está associada às mães. É a primeira vez que vejo isso em um homem.

— Fascinante, professor Malzius — disse Freymann, aproveitando uma brecha. — Talvez pudéssemos nos concentrar nos aspectos legais. Na sua opinião, o dr. Larenz foi responsável pelas próprias ações? Ele envenenou sua filha durante um período de quase um ano. Isso envolve planejamento estruturado e premeditação, não é?

— Não necessariamente. Não se pode esquecer que Larenz é um mentiroso patológico. Ele sofre da síndrome de Münchausen por procuração e mentiu sobre a doença da filha, mas é mais complicado que isso. Larenz vive suas mentiras, *acredita* piamente nelas; ele delira. E assim chegamos à intervenção de seu segundo distúrbio: a esquizofrenia.

Malzius olhou de Freymann para Lahnen.

— O comportamento dele não segue as regras habituais.

58

Como as portas do auditório estavam trancadas, dr. Roth foi obrigado a sair ao pátio e enfrentar o frio para espiar o interior pelas janelas externas. Poucos minutos antes, Viktor havia chegado ao fim de sua história, e Roth desceu correndo as escadas para descobrir aonde os dois advogados haviam ido. Ele nutria a secreta esperança de que o professor estivesse presenteando os visitantes com uma de suas explicações famosamente prolixas: a dificuldade usual era persuadi-lo a parar de falar. As luzes do auditório ainda estavam apagadas, e Malzius estava a todo vapor. Na verdade, a julgar pelo número de slides restantes, o professor e os advogados ainda estariam ocupados por pelo menos mais quinze minutos, tempo suficiente para Roth conseguir o que precisava, contanto que agisse com rapidez. Correndo com determinação, fez uma parada na farmácia da clínica para pegar alguns comprimidos, e três minutos depois estava na porta do quarto de Viktor. Parou por um momento a fim de recuperar o fôlego, alisou o cabelo e espiou pelo olho mágico: tudo igual. Ainda amarrado à cama, Viktor fitava o teto. Roth hesitou do lado de fora; por fim se decidiu e inseriu a pesada chave na fechadura. Uma rápida virada para a direita, e a porta de metal se abriu.

— Então você está de volta.

Viktor ergueu um pouco a cabeça e esticou o pescoço para ver o psiquiatra entrar na sala. Roth manteve a mão esquerda enfiada no fundo do bolso, de modo que Viktor não tinha certeza se ele estava ou não carregando alguma coisa.

— Sim, estou de volta.

— Você decidiu me ajudar afinal?

O dr. Roth caminhou em silêncio até a janela e olhou para a escuridão. Nevava desde a manhã, e os flocos se haviam assentado, cobrindo com um manto branco o feio pátio de concreto.

— Você conseguiu o que eu pedi?

— Ainda não...

— Ora, dr. Roth, você ouviu o que aconteceu e sabe que estou certo.

Em seu íntimo, Roth concordou, mas não queria colocar sua carreira em perigo sem lembrar a Viktor o risco que estava correndo em nome dele. Roth hesitou.

— Eu conto com você, dr. Roth. Não temos muito tempo. Já estão meia hora atrasados.

— Tudo bem, dr. Larenz, devo estar louco por concordar com isso, mas farei o que o senhor está me pedindo. Você confiou a mim sua história, e depois disso estaremos encerrados. Não espere mais nada de mim.

Roth deixou o frasco de comprimidos no bolso, retirou a mão esquerda e afrouxou habilmente as faixas de contenção. Agradecido, Viktor esfregou os pulsos e tornozelos.

— Obrigado. É uma imensa bondade da sua parte.

— Sem problemas. Veja, temos no máximo dez minutos, depois disso preciso amarrá-lo de novo na cama. Você quer ir ao banheiro e lavar o rosto?

— Não. Você sabe o que eu quero.

— Você quer sua liberdade.

— Sim.

— Fora de questão. Você sabe que não posso fazer isso.

— Por quê? Achei que, depois de você ter ouvido a história completa...

— Eu já ouvi a história completa?

— Claro. Eu te contei tudo.

— Não estou convencido de que você tenha feito isso. — Dr. Roth balançou a cabeça e respirou pesadamente pelas narinas. — Acho que você está escondendo alguma coisa. Alguma coisa importante. Você sabe do que eu estou falando, não é?

— Eu? — indagou Viktor com um sorriso maroto.
— O que é tão engraçado?
— Nada. — Viktor abriu um sorriso de orelha a orelha. — Eu estava curioso para saber quanto tempo você levaria para perguntar.

59

Professor Malzius pigarreou um pouco, tomou outro gole de água e continuou sua palestra em um tom de voz grave e monótono, normalmente reservado a quem tinha o duvidoso prazer de ser médico, paciente ou aluno da clínica.

— Graças à esquizofrenia, o Larenz conseguiu refugiar-se numa realidade diferente, habitar seus mundos de fantasia. Nos estágios iniciais de sua doença, ele estava ancorado no mundo normal, mas depois de algum tempo os delírios se tornaram sua vida. Por causa de sua esquizofrenia, ele não sabia o que estava fazendo com a filha. Era uma espécie de mecanismo de defesa: os delírios permitiram-lhe continuar a dar paracetamol e penicilina à menina, acreditando que Josephine necessitava da medicação. Ele não precisava fingir ser um pai dedicado porque realmente acreditava nisso, e tudo o que fazia tinha a intenção de melhorar a saúde dela: ele até abandonou o emprego e o exercício de sua profissão para se lançar diligentemente à busca de uma cura. Josephine foi examinada por todos os especialistas imagináveis, com uma exceção flagrante: o Larenz se omitiu de levá-la a um alergista. À medida que a condição de Josephine piorava, agravavam-se também os delírios e as alucinações esquizofrênicas dele. Seu relacionamento com Isabell se deteriorou, e ele se convenceu de que a esposa era a culpada pelos problemas de saúde de Josephine. Na verdade, chegou a ponto de acusá-la de matar a filha, quando na verdade o culpado era ele, embora sem saber.

— Em outras palavras, homicídio culposo, não assassinato — o professor foi interrompido por Freymann, um homem corpulento e gigantesco. Ele vestia um blazer azul-marinho trespassado com fileiras de botões peculiares. Uma corrente de ouro pendia do cinto até o relógio no bolso, e uma barriga protuberante se insinuava acima do cós das calças cinza.

— As implicações legais são da sua alçada. — Malzius adotou um tom de voz que se costuma usar com crianças mal-educadas. — A minha tarefa, a meu juízo, é delinear os fatos; e esses são os fatos, até onde sabemos. Mas, se querem saber a minha opinião, o dr. Larenz não estava em plena posse de suas faculdades mentais e, portanto, não pode ser responsabilizado pelo que fez. Logicamente ele nunca teve a intenção de matar a filha; queria apenas impedi-la de crescer e se tornar independente. E ele não agiu com premeditação: a Josephine não morreu por causa do envenenamento; ela se afogou.

O professor pegou o controle remoto e avançou para o slide seguinte. Mostrava a mansão dos Larenz em Schwanenwerder.

— A casa do dr. Larenz, um lugar verdadeiramente magnífico. — Freymann e Lahnen remexeram-se nos assentos e assentiram com impaciência. — Na ocasião do acidente, a esquizofrenia do Larenz havia atingido um estágio avançado. O psiquiatra acreditava que ele e a filha estavam de férias em uma pequena ilha do mar do Norte chamada Parkum, quando na verdade estavam no jardim da casa. As fatídicas alucinações começaram quando ele se convenceu de que Isabell, que naquele dia havia saído para trabalhar, como sempre, chegou à porta da frente. Como mencionei antes, ele já via a Isabell como uma ameaça para sua filha e, ao ouvir a voz da esposa, pegou Josephine e a levou para a casa de barcos.

O professor apertou o controle remoto e apontou para uma vistosa construção de madeira à beira da água.

— A essa altura, o Larenz já havia se convencido de que a Isabell pretendia machucá-los, então instruiu a filha a ficar quieta e se esconder. Josephine ficou alarmada, o que é compreensível, e começou a gritar. Larenz reagiu colocando a mão sobre a boca da menina e empurrando-a para debaixo da água. Infelizmente, ela se afogou.

Malzius ergueu os olhos e viu os dois advogados cochichando e resmungando. Ele conseguiu entreouvir palavras isoladas como "parágrafo vinte" e "tratamento psiquiátrico".

— Se eu puder contar com a atenção dos senhores por um momento, gostaria de salientar um ponto importante. — Ele os interrompeu. — Como os senhores sabem, não sou advogado, mas entendo que o veredicto dependerá da intenção de Larenz de matar a filha.

— Até certo ponto, sim.

— A questão da intenção pode ser resolvida com referência a um fato óbvio: Larenz amava a filha de todo o coração. Assim que percebeu o que havia feito, teve um segundo surto psicótico. Ele quis desesperadamente reparar o dano: encontrar uma forma de fazer a filha ficar boa de novo, trazê-la de volta à vida. Em seu estado delirante, acreditava que ela ainda estava com ele. Ele a colocou no carro e a levou ao consultório de um alergista. A clínica estava tão movimentada, que ninguém notou que ele entrou lá sozinho, sem a filha. Não havia registro de agendamento da consulta, mas a confusão foi atribuída a um recepcionista recém-contratado, que ainda estava pelejando para aprender a rotina de suas funções no emprego. Depois de algum tempo, Larenz saiu da sala de espera para pegar um copo d'água, voltou e começou a alegar que Josephine havia sido sequestrada. O dr. Grohlke, o alergista, era amigo da família, e nem ele nem a polícia tinham motivos para duvidar da alegação de Larenz de que a menina havia sido sequestrada. Antes mesmo de deixar a clínica, Larenz desabou e foi internado aos nossos cuidados. Durante quatro anos, não respondeu ao tratamento. Naturalmente atribuímos sua condição ao abalo causado pelo desaparecimento de Josephine, e o medicamos da forma tradicional adequada. Contrariando nossas expectativas, o tratamento não funcionou. Na verdade, teve o efeito oposto: seu estado piorava semana a semana, mês a mês, e a cada dia a probabilidade de recuperação parecia mais remota. É claro que, se soubéssemos que o Larenz havia matado a filha, teríamos lidado com a questão de maneira bem diferente. Naquele contexto, nós tratamos sua depressão profunda, e a medicação o fez piorar. Durante a maior parte do tempo que passou aqui, ele caiu em um estado de paralisia catatônica, incapaz de falar ou se mover. Sem que soubéssemos, ele escapou para seu mundo de faz de conta na ilha de Parkum, rodeado de personagens imaginárias, incluindo um cachorro chamado Sindbad, um zelador chamado Halberstaedt e um balseiro chamado Burg. Ele acreditava estar trabalhando em uma entrevista. Desnecessário dizer que era um delírio. Nada era real.

— Quais elementos fazem o senhor considerar que ele está apto a ser levado a julgamento? — Freymann quis saber, preocupado porque o tempo estava acabando. Ele consultou seu relógio de bolso. — Larenz estava gravemente doente. Durante quatro anos ele viveu em um mundo imaginário. Pelo telefone o senhor disse que ele estava bem o suficiente para falar conosco. O que mudou?

— Que bom que o senhor fez essa excelente pergunta — disse Malzius enquanto inseria um novo cartucho no projetor. — Vamos dar uma olhada nestes outros slides. Examinemos a progressão da doença. Aqui está ele no dia em que foi internado. Como podem ver, ele está confuso, mas olha diretamente para a câmera. A partir daí ele piorou. — As imagens mudaram em rápida sucessão. — Durante os estágios finais ele desmoronou por completo. Aqui pode-se vê-lo deitado em seu quarto, babando e encarando fixamente as paredes.

Malzius limpou a garganta.

— Mesmo que os senhores sejam leigos em medicina, tenho certeza de que percebem que nossas tentativas de tratar o Viktor estavam piorando o quadro dele. A medicação, as tentativas de terapia, nada parecia funcionar. Até que um dos nossos jovens psiquiatras, o dr. Martin Roth, sugeriu uma nova abordagem para o caso. Francamente, a ideia era um tanto heterodoxa, mas tentamos. Interrompemos a medicação de Larenz.

— Ah! — exclamou Lahnen, entusiasmado. — E assim que ele parou de tomar os fármacos...

— ... Teve início um processo de autocura — continuou Malzius, interrompendo-o. — Seus delírios continuaram, mas dessa vez centrados em uma terapeuta imaginária: Anna Spiegel.

TERAPIA

Lahnen emitiu um assobio baixo e foi repreendido com um olhar furioso do colega. Ambos eram figurões do mundo jurídico, mas Freymann era obviamente o mais velho dos dois.

— A princípio, o Larenz confundiu a Anna com uma paciente, mas acabou descobrindo a verdade: ele era o paciente, e ela era sua analista. A pista estava no nome dela: tal qual um espelho, ela refletia o comportamento dele e mostrava o que ele havia feito. Por fim, o Larenz conseguiu aceitar a morte da filha, o que faz dele o primeiro paciente esquizofrênico a tratar o próprio distúrbio com a ajuda de suas próprias alucinações.

•

As luzes se acenderam. A palestra, como os advogados perceberam, aliviados e gratos, chegara ao fim. Eles estavam uma hora atrasados, e um relatório por escrito teria funcionado igualmente bem. Mas o tempo não foi de todo desperdiçado: eles reuniram uma série de detalhes úteis que os ajudaria a montar uma estratégia de defesa do seu cliente.

— Há mais alguma coisa em que eu possa ajudá-los? — perguntou o professor, destrancando as portas do auditório e conduzindo seus ouvintes para o hall de entrada.

— Na verdade há, sim — respondeu Freymann enquanto Lahnen balançava a cabeça vigorosamente ao fundo.

— Sua explanação foi muito interessante e instrutiva, mas...

— Mas o quê? — replicou Malzius, erguendo as sobrancelhas em desaprovação. Ele não contava com outra coisa além de elogios retumbantes.

— Em última análise, nossa compreensão atual dos acontecimentos deriva das informações fornecidas pela narrativa pessoal do paciente Viktor Larenz depois que ele se recuperou de seu estado catatônico. Correto?

Malzius fez que sim com a cabeça.

— Mais ou menos. Ele não foi exatamente aberto ou comunicativo. Tivemos que juntar as peças e deduzir os fatos.

Numa conversa telefônica anterior, o professor lhes dissera que nos últimos dias Larenz vinha se comportando com particular cautela, recusando-se a falar com qualquer pessoa que não fosse o dr. Roth. Não chegava a ser surpresa o fato de que era impossível afirmar com certeza o que se passara pela cabeça de Larenz no dia em que Josephine morreu.

Freymann não estava satisfeito.

— O senhor mesmo disse que o dr. Larenz é um mentiroso patológico. O que o leva a pensar que a última história dele não é mais uma invenção ou fantasia?

Malzius, que considerou a pergunta uma perda de tempo, olhou de seu relógio de pulso para o relógio digital na parede e de novo para seu relógio.

— Creio que o senhor não compreende a natureza da psiquiatria — disse ele, irritado. — Quando é que se pode ter qualquer tipo de plena certeza? Mas, na minha opinião, é extremamente improvável que um paciente de Münchausen simulasse um episódio esquizofrênico com duração de quatro anos apenas para dar credibilidade a uma mentira. Agora, se não há mais nada a perguntar, sugiro que os senhores...

— Não! — retrucou Freymann, elevando ligeiramente a voz. Seu tom não era exatamente rude, mas foi suficiente para impedir Malzius de lhe virar as costas.

— Algum problema? — O professor estava visivelmente irritado.

— Apenas uma última pergunta.

Malzius franziu a testa e desviou o olhar de Freymann para Lahnen e vice-versa.

— Qual é a pergunta a que eu ainda não respondi? — indagou ele entre dentes. — Minha explanação não foi suficientemente completa?

— O senhor não respondeu à verdadeira pergunta. A pergunta que nos trouxe até aqui. — Freymann abriu um sorriso inocente. — Onde está o cadáver?

60

— Bravo! — exclamou Viktor, batendo palmas. — Uma pergunta óbvia, mas parabéns por perguntar mesmo assim.

— Então, onde está? — insistiu dr. Roth pela segunda vez. — O que você fez com o corpo?

Viktor parou de bater palmas, esfregou os pulsos e olhou para o chão. A luz da fita de led do teto dava ao linóleo marrom um matiz esverdeado.

— Muito bem. — Ele suspirou. — Mas eu quero fazer um acordo.

— Você me conta o final da história, e eu lhe dou sua liberdade?

— Isso mesmo.

— Sinto muito, mas não posso!

Viktor soltou um profundo suspiro.

— Eu sei que mereço ser punido. Fiz a pior coisa que um pai poderia fazer. Eu amava a minha filha mais do que tudo no mundo, e a matei. Eu matei minha própria filha. Mas eu não estava bem; ainda não estou bem, e nunca estarei, não tenho cura. O que acontecerá se me levarem a julgamento? Para a imprensa, será um prato cheio, serei trancafiado numa cadeia pelo resto da vida, ou num manicômio, se tiver sorte, mas será que o mundo ficará melhor com meu encarceramento?

Dr. Roth encolheu os ombros.

— Meu argumento é: de que forma a sociedade se beneficiaria? Sim, eu cometi um assassinato, mas não sou um homem violento. Você poderia me libertar agora mesmo, sabendo que eu nunca mais machucaria ninguém. Por quê? Porque eu nunca mais amarei alguém tanto quanto amei a Josy. Você não acha que já recebi punição suficiente? Levar-me a julgamento não será útil pra ninguém.

Roth balançou a cabeça.

— Talvez não, mas o que você espera que eu faça? Eu estaria infringindo a lei.

— Pelo amor de Deus, dr. Roth, não estou pedindo que você destranque a porta. Você não precisa se preocupar com a possibilidade de eu escapar no sentido literal. Apenas me dê meu coquetel de remédios, e eu voltarei a Parkum.

— Parkum? Depois de tudo que você me contou sobre o lugar? Parkum foi um pesadelo!

— Parkum só se tornou um pesadelo quando vocês interromperam minha medicação. Antes disso, era a ilha dos meus sonhos. — Viktor riu de sua própria escolha de palavras. — Fazia sol, Halberstaedt cuidava do gerador, Michael me trazia peixe fresco, Sindbad cochilava aos meus pés, e a minha mulher me ligava todos os dias e dizia que em breve rumaria para lá e ficaria comigo. Mas o melhor de tudo é que a Josy estava comigo. Tudo era perfeito. A tempestade de horror veio mais tarde.

No fundo, Roth queria ajudá-lo. Ele enfiou a mão no bolso, e seus dedos envolveram o frasco de comprimidos.

— Não sei. Isso não seria ético.

— Tudo bem — disse Viktor, sentando-se na cama. — Aqui está o seu incentivo. Responderei à sua pergunta sobre o paradeiro do corpo da Josy, mas com uma condição: primeiro você me dá meus comprimidos.

— Não — respondeu Roth, alisando nervosamente o cabelo nas têmporas. — Vamos fazer o contrário: você me conta o que aconteceu com o corpo dela, e em seguida eu lhe darei os remédios.

— Não sou digno de um pouco de confiança? Contei minha história sem prometer nada em troca. Agora é sua vez. Dê-me os comprimidos, e direi onde procurar. Eles levarão pelo menos dois minutos para fazer efeito, de início você não notará nenhuma mudança. Você terá tempo mais que suficiente para descobrir o que deseja saber.

Dr. Roth pairava, titubeante, ao lado da cama. Estava prestes a fazer algo que contrariava tudo o que ele defendia como médico. Mas não conseguiu evitar; simplesmente precisava saber.

Tirou do bolso um pequeno frasco plástico contendo os medicamentos que Viktor havia recebido na forma de injeção todos os dias durante sua internação na clínica — com exceção das últimas três semanas.

— Obrigado. — Sem perder um só minuto, Viktor contou oito comprimidos e os colocou na palma de sua mão estranhamente pálida. Roth o observou, impassível, mas assim que os comprimidos chegaram à boca de Viktor ele foi tomado por um súbito impulso de segurar a mão do paciente e pegá-los de volta. Já era tarde demais; Viktor engoliu tudo.

— Relaxe, dr. Roth, pretendo cumprir minha promessa. Você fez a escolha certa. E, de qualquer forma, já se passaram exatamente três semanas; já não é hora de eu ter uma recaída? Ninguém pensará em fazer um exame de sangue. E meus advogados farão com que ninguém tente. É trabalho deles me manter longe do banco dos réus. O professor Malzius me encontrará olhando fixamente para o teto e perderá sua convicção em meus poderes de autocura. Para começo de conversa, ele não se sentiu confortável em interromper a medicação; ele retomará o tratamento clássico e voltará a me entupir de fármacos.

— E se ele decidir fazer uma lavagem estomacal?

— Esse é um risco que estou preparado para viver, ou morrer por ele. — Viktor recostou-se nos travesseiros. Ele havia tomado o dobro da dosagem padrão, e os efeitos já eram evidentes em sua respiração difícil e fala pomposa. Ele ergueu a mão cansada e fez sinal para que dr. Roth se aproximasse. O psiquiatra se abaixou para que Viktor pudesse sussurrar em seu ouvido.

Foi um choque ver o olhar instável de seu paciente. Temendo que estivesse sob o iminente risco de perder a resposta à sua pergunta, Roth pegou Viktor pelos ombros e o sacudiu.

— Onde está a Josy? — exigiu saber. — O que você fez com o corpo dela?

As pálpebras de Viktor ficaram trêmulas por um segundo, mas em seguida ele firmou o olhar e encarou o psiquiatra nos olhos. Quando falou, sua voz era firme e determinada.

— Ouça com atenção — disse Viktor.

Dr. Roth inclinou-se ainda mais, o mais perto possível.

— Preste atenção ao que eu vou dizer. Isso vai mudar sua carreira e deixar você famoso.

Epílogo

SEIS MESES DEPOIS, CÔTE D'AZUR

A suíte 910 do Hotel Vista Palace em Roquebrune proporcionava vistas espetaculares de Cap Martin e de Mônaco, mas isso era apenas parte de seu encanto. Além de três quartos e dois banheiros, o apartamento de luxo incluía piscina privativa para poupar seus abastados hóspedes da indignidade de nadar com a ralé que só tinha condições de pagar por um quarto executivo.

Isabell Larenz relaxava em uma espreguiçadeira à beira da piscina. Em vez de comer no restaurante, ela tirou proveito do serviço de quarto que funcionava 24 horas por dia e pediu um filé com batatas italianas e uma taça de champanhe. Um garçom de libré trouxera a refeição numa bandeja de prata e a servira num prato de porcelana. Um segundo garçom entrou para encontrar uma cadeira que combinasse com a mesa de jantar de teca. Isabell não tinha intenção de se contentar com móveis de jardim comuns.

— Senhora, há alguém batendo na porta.
— Como disse?

Irritada com a interrupção, Isabell largou o exemplar da mais recente edição da revista *InStyle* e protegeu os olhos com a mão.

— Senhora, há um cavalheiro aqui para visitá-la. Quer que eu o acompanhe até a piscina?

— Acho que sim — disse Isabell, levantando-se e sinalizando com gestos impacientes que ele se apressasse. Ela estava com fome, os garçons eram lentos e não iam embora nunca, e ela estava ansiosa para saborear seu almoço. Enquanto esperava, mergulhou o dedão do pé na piscina e olhou criticamente para as unhas: era hora de a esteticista do hotel fazer outra visita à sua suíte. O esmalte que ela escolhera no dia anterior ficaria horrível com o vestido que ela planejava usar naquela noite.

— Boa tarde, sra. Larenz.

Gemendo por dentro, Isabell se virou e viu um homem junto às portas de correr que davam acesso ao terraço. O desconhecido tinha estatura mediana, cabelo bagunçado e estava bem-vestido, mas não com caras roupas de grife. Ela notou que ele se dirigiu a ela em alemão.

— Quem é você? — perguntou Isabell, tentando descobrir para onde teriam ido os garçons. Geralmente eles se demoravam para receber uma gorjeta, mas dessa vez desapareceram sem servir os legumes. Ela bufou de desgosto.

•

— Meu nome é Roth, dr. Martin Roth. Sou o médico do seu marido.

— Sei — disse Isabell. Ela queria se sentar e comer, mas não poderia fazer isso sem oferecer algo ao inesperado convidado, por isso permaneceu hesitante à beira da piscina.

— Vim até aqui com uma mensagem importante, algo que seu marido me confidenciou antes de sofrer sua última recaída.

— Por que esse esforço tão grande e urgente? Certamente você não veio de Berlim até aqui apenas pra me comunicar uma mensagem, certo? Você não poderia ter feito isso por telefone?

— É algo que talvez seja melhor discutirmos pessoalmente.

— Muito bem, dr. Roth. Parece muito barulho por nada, mas se você insiste. — Ela apontou para a cadeira, com fingida polidez. — Você gostaria de se sentar?

— Não, obrigado, não vai demorar muito. — Dr. Roth atravessou o pátio, parou no meio do gramado e se posicionou ao sol. — Belo apartamento.

— Sim.

— A senhora já se hospedou aqui antes?

— É a primeira vez que visito a Europa em mais de quatro anos. Veja bem, eu sei que você percorreu um longo caminho, mas será que podemos ir direto ao ponto e acabar logo com isso? Meu almoço está esfriando.

— A senhora se mudou para Buenos Aires, não foi? — insistiu Roth, ignorando as palavras dela. — A senhora deixou Berlim após o falecimento de sua filha Josy.

— Eu precisava fugir e deixar tudo para trás. Qualquer pessoa que tenha filhos entenderia meus motivos.

— De fato. — O médico a encarou com um olhar inquisitivo. — Sra. Larenz, seu marido me confessou ter induzido uma reação alérgica em sua filha durante um período de onze meses. Ele também admitiu tê-la afogado acidentalmente.

— Os advogados que eu contratei já me colocaram a par dos fatos.

— Nesse caso, provavelmente lhe disseram que a confissão dele desencadeou uma grave recaída.

— Sim, ele não mostrou nenhum sinal de recuperação, que eu saiba.

— Mas não creio que tenham mencionado o assunto da minha última conversa com ele. Nos derradeiros momentos antes de Viktor retornar ao estado de paralisia catatônica, ele concordou em me contar o que aconteceu com o corpo da filha.

Isabell não mostrou nenhum sinal visível de emoção. Ela tampou os olhos com os óculos escuros Gucci que até então estavam encaixados em sua cabeça como uma tiara.

— E então? O que ele contou? — perguntou ela com firmeza.

— Nós sabemos onde ela está.

— Onde? — questionou Isabell.

Roth, que até então esquadrinhava com atenção o rosto de Isabell, detectou o primeiro sinal de emoção: um tremor no lábio inferior. Ele atravessou o gramado e se inclinou sobre a balaustrada. O hotel estava situado no topo de um penhasco, várias centenas de metros acima do mar.

— Venha até aqui ao meu lado — disse ele em tom encorajador.

— Por quê?

— Por favor, sra. Larenz, isso não é fácil para mim. Prefiro contar aqui.

Isabell hesitou, depois juntou-se a ele na balaustrada.

— A senhora vê a piscina principal? — perguntou Roth, apontando para o terraço diagonalmente abaixo deles.

— Sim.

— Por que a senhora não nada lá?

— Pelo amor de Deus, dr. Roth, tenho minha própria piscina privativa. E, francamente, prefiro que nos limitemos ao assunto em questão.

— Claro — ele murmurou sem erguer os olhos. Parecia estar olhando para as pessoas na piscina. — O problema é que estou tentando descobrir o que aquele cavalheiro está fazendo lá. — Ele apontou para uma figura bem-torneada, de calção vermelho e branco. O homem, que devia ter uns quarenta e poucos anos, arrastava sua espreguiçadeira para a sombra.

— Como é que eu vou saber? Não nos conhecemos.

— Ele está hospedado na suíte ao lado da sua. Assim como eu, ele é médico e, assim como a senhora, pagou por um apartamento com piscina... Mas parece que nunca a usa.

— Estou começando a perder a paciência, dr. Roth. Achei que você queria me contar o que aconteceu com a minha filha, e não lançar calúnias sobre os hábitos de natação de pessoas com as quais não temos relação nenhuma.

— Absolutamente não. Peço desculpas. É apenas...

— O quê? — retrucou Isabell, tirando os óculos escuros e cravando no médico seus olhos negros como piche.

— Bem, talvez ele prefira a piscina principal porque isso lhe dá a oportunidade de ficar de olho nas garotas bonitas. Ele parece gostar da aparência daquela linda adolescente. Cabelos loiros, três espreguiçadeiras à esquerda, não muito longe do chuveiro.

— Já chega — retrucou Isabell. — Não tenho nenhum interesse no seu...

— Ah, é mesmo? — Dr. Roth colocou dois dedos na boca e soltou um assobio estridente.

O barulho atraiu a atenção de diversas pessoas que estavam nadando na piscina ou deitadas em espreguiçadeiras ao redor, inclusive a da menina loira. Ela largou o livro que estava lendo. Ao ver o dr. Roth acenando, retribuiu a saudação.

— *¿Hola?* — gritou ela, hesitante, levantando-se e dando alguns passos para trás da espreguiçadeira a fim de enxergar melhor.

Isabell congelou quando a menina olhou primeiro para o dr. Roth e depois para ela.

— *Hola. ¿Qué pasa?* — gritou ela em espanhol. — *¿Quién es el hombre, mami?*

•

Isabell, conforme o dr. Roth previra, tentou fugir imediatamente. Ela chegou até as portas do pátio antes que um homem invadisse o apartamento.

— Isabell Larenz, a senhora está presa sob suspeita de perverter o curso da justiça e de negligência criminosa — anunnciou o policial francês.

— Isso é ridículo! — protestou ela. As algemas se fecharam. — Você vai se arrepender disso!

O policial murmurou algo em seu walkie-talkie e, segundos depois, um helicóptero apareceu e pairou a cerca de cem metros acima do hotel.

— Ninguém pode criticar sua engenhosidade, sra. Larenz — disse Roth, seguindo o policial apartamento afora. Isabell continuou andando, mas ele sabia que ela o estava ouvindo. — Josy não morreu afogada. Ela estava inconsciente quando a senhora a encontrou. A senhora a levou às escondidas para fora de Berlim e a colocou num barco rumo à América do Sul. A esquizofrenia de Viktor o tornou sugestionável, e a senhora o incitou a acreditar que Josy estava morta. Como era de se esperar, ele desabou quando pensou que a havia matado. Depois disso, a senhora agiu para que ele fosse declarado mentalmente incapaz e teve acesso a uma procuração para reivindicar para si a fortuna dele. Os seus advogados trataram da papelada, e havia dinheiro suficiente no banco para silenciar os rumores sobre a mulher do psiquiatra e a sua filha; essa é a vantagem da Argentina, creio eu. Funcionou bem durante quatro anos, mas a senhora cometeu um erro: trazer a Josy de volta à Europa. Após a confissão de Viktor, a senhora pensou que estava a salvo.

•

O policial conduziu Isabell escada acima, até o quinto andar e a cobertura do Hotel Vista Palace. O heliporto normalmente era destinado às aeronaves de hóspedes abastados, mas no momento estava ocupado por um helicóptero militar pertencente ao comando da polícia francesa. Isabell manteve um silêncio pétreo e não prestou atenção às perguntas que dr. Roth lhe fazia aos gritos.

— O que a senhora disse a Josy? A senhora a convenceu de que ela estaria melhor em Buenos Aires, sem o circo midiático vigiando cada movimento dela? Ela gostou de sua nova identidade? Ela pede para ver o pai?

Isabell não respondeu. Ela não demonstrou interesse em responder às perguntas dele — tampouco em fazer as suas próprias perguntas. A maioria das pessoas teria exigido um advogado ou implorado pelo direito de se despedir da adolescente que agora estava sendo consolada por uma policial à beira da piscina. Isabell não disse uma palavra, e foi levada embora sem resistir.

— Seu marido estava doente! — berrou dr. Roth, esperando que sua voz não estivesse sendo abafada pelas hélices do helicóptero. — Mas a senhora... a senhora não passa de uma mercenária!

Por fim Isabell se deteve e se virou. O policial imediatamente sacou sua arma. Isabell parecia estar dizendo alguma coisa, mas Roth não conseguia ouvir. Ele deu um passo para mais perto.

— Como foi que o Viktor descobriu?

As palavras chegaram até o psiquiatra em alto e bom som.

— Como foi que o meu marido descobriu?

Ah, ele soube imediatamente, pensou Roth sem responder. Viktor soube assim que sua cabeça desanuviou e ele foi capaz de pensar com clareza. Ele já sabia muito antes de Roth lhe perguntar sobre o corpo. A polícia não descobriu nenhuma evidência do cadáver de Josy na casa de barcos e, portanto, Viktor concluiu que a filha não estava morta. E, se Josy não estava morta, alguém devia tê-la levado embora. Não foi difícil juntar as peças.

De início, a insistência de Viktor em retornar a Parkum intrigou Roth. Mas então ele percebeu que seu paciente queria fugir da realidade precisamente porque sua filha estava viva. Ele estava com medo. Com um medo terrível. Medo do que talvez tivesse feito com a filha. Ele a machucou, quase a matou. Sua doença era incurável e, como psiquiatra, ele sabia disso. Então escolheu o único lugar onde Josy nunca correria perigo: Parkum.

— Como foi que o Viktor descobriu? — repetiu Isabell, lutando para se fazer ouvir por cima do barulho surdo das pás do helicóptero.

— *Ela* contou a ele! — gritou Roth. Por um momento ele ficou surpreso ao se ouvir dizendo exatamente o que Viktor gostaria que sua esposa ouvisse.

— Ela contou a ele? *Quem* contou a ele?

— Anna.

— Anna?

O policial deu um leve empurrão em Isabell e ordenou que seguisse adiante. Ela avançou aos tropeções, mas continuou olhando para trás. Queria falar com dr. Roth, fazer uma última pergunta. Mas estava sendo levada para longe do médico, que não conseguia entender as palavras que ela dizia. Roth não precisava. Ele leu a pergunta de Isabell pelo movimento dos lábios dela.

— Mas quem diabos é Anna?

A expressão de incompreensão de Isabell e o desamparo em seus olhos quando o helicóptero decolou foram as últimas coisas que Martin Roth viu dela. Foi uma imagem que ele jamais esqueceu.

TERAPIA

•

Lentamente, Roth deu meia-volta e se dirigiu às escadas. Enquanto descia os degraus, sabia que o verdadeiro desafio estava pela frente. Nos meses seguintes, ele enfrentaria o primeiro teste verdadeiro à sua capacidade como terapeuta. Uma nova paciente estava à espera para fazer terapia com ele, e seu trabalho era contar a ela a verdade. Ele havia dado sua palavra ao pai dela.

Agradecimentos

Em primeiro lugar, eu gostaria de agradecer a você, leitor. Não porque eu seja obrigado a fazer isso, mas porque penso que compartilhamos certa solidariedade. Ler e escrever são atividades solitárias e intensamente pessoais, e tenho a honra de ser merecedor do presente mais valioso do mundo: o seu tempo. Sobretudo se você leu o livro inteiro e chegou até esta seção de agradecimentos.

Talvez você queira me contar o que achou do livro. Você pode entrar em contato comigo pelo meu site: **www.sebastianfitzek.de**
Ou me mande um e-mail: **fitzek@sebastianfitzek.de**

•

Em seguida, eu gostaria de agradecer a todas as pessoas que contribuíram para me "criar", por exemplo:

Meu agente literário, Roman Hocke, que me tratou como um de seus muitos autores de best-sellers e nunca me fez sentir um novato.

Minha agente no Reino Unido, Tanja Howarth, que abriu as portas da Pan Macmillan, na qual fui calorosamente recebido por Stefanie Bierwerth e Daniela Rapp, minhas editoras em Londres e Nova York. Muito obrigado por todo o seu trabalho duro para tornar realidade um sonho e fazer com que um romancista estreante de Berlim fosse publicado na língua de seus heróis literários, os maiores escritores de suspense do mundo.

Minha tradutora, Sally-Ann Spencer, que fez um trabalho tão completo e maravilhoso com a edição em inglês, que agora eu gosto do livro ainda mais do que antes.

Minha editora alemã, dra. Andrea M. Muller, que me "descobriu" e desempenhou um papel significativo na lapidação do romance.

Meu amigo Peter Prange, que de forma abnegada compartilhou comigo as lições aprendidas em anos escrevendo romances best-sellers, e sua esposa, Serpil Prange, que me ofereceu excelentes orientações e comentários. Eles foram muito generosos com seu tempo, e espero ter conseguido seguir seus conselhos.

Clemens, meu irmão, que ajudou com o conteúdo médico. Nunca é demais ter um especialista em neurorradiologia na família, e é um alívio para nossos pais saber que um de nós está trabalhando em uma profissão sensata. Para garantir que Clemens não seja culpado por meus erros, devo salientar que ele não checou meus rascunhos.

Cada livro representa o culminar de uma longa jornada, e a minha começou com os meus pais, Christa e Freimut Fitzek. Agradeço-lhes o amor generoso e o apoio incondicional.

Só vale a pena contar histórias se você tiver alguém a quem contá-las. Gerlinde merece reconhecimento por ouvir *Terapia* na íntegra pelo menos seis vezes e dar a cada nova versão sua aprovação entusiástica. É claro que a objetividade pode ser um tanto duvidosa.

E há também todas as pessoas cujos nomes não sei, mas sem as quais este livro não existiria na sua forma atual: os designers que criaram a brilhante capa, os tipógrafos, os impressores, os livreiros que colocaram o romance nas prateleiras para o leitor comprar.

E eu não poderia terminar estes agradecimentos sem agradecer a você, Viktor Larenz. Onde quer que você esteja...

Sebastian Fitzek,
o dia mais ensolarado do ano,
Parkum

Este livro foi publicado em fevereiro de 2025,
pela Editora Nacional, impresso pela Leograf.